O GAROTO da CASA ao LADO

OUTRAS OBRAS DA AUTORA PUBLICADAS PELA RECORD

Série *O Diário da Princesa:*

O diário da princesa
A princesa sob os refletores
A princesa apaixonada
A princesa à espera

Série *A Mediadora:*

A terra das sombras (a sair)

Meg Cabot

O GAROTO da CASA ao LADO

Tradução de
CELINA CAVALCANTE FALCK

EDITORA RECORD
RIO DE JANEIRO • SÃO PAULO
2004

CIP-Brasil. Catalogação-na-fonte
Sindicato Nacional dos Editores de Livros, RJ.

Cabot, Meg, 1967-
C116g O garoto da casa ao lado / Meg Cabot; tradução de Celina Cavalcante Falck – Rio de Janeiro: Record, 2004.
400p. :

Tradução de: The boy next door
ISBN 85-01-06617-6

1. Ficção americana. I. Falck, Celina Cavalcante, 1960- . II. Título.

CDD – 813
03-2714 CDU – 821.111(73)-3

Título original norte-americano
THE BOY NEXT DOOR

Composição: DFL

Publicado mediante acordo com Harper Collins, Publishers, Inc.

Direitos exclusivos de publicação em língua portuguesa para o Brasil adquiridos pela
DISTRIBUIDORA RECORD DE SERVIÇOS DE IMPRENSA S.A.
Rua Argentina 171 – Rio de Janeiro, RJ – 20921-380 – Tel.: 2585-2000
que se reserva a propriedade literária desta tradução

Impresso no Brasil

ISBN 85-01-06617-6

PEDIDOS PELO REEMBOLSO POSTAL
Caixa Postal 23.052
Rio de Janeiro, RJ – 20922-970

EDITORA AFILIADA

Para Benjamin

Agradecimentos

Sou imensamente grata a
Beth Ader, Jennifer Brown,
Laura Langlie e David Walton.

O GAROTO da CASA ao LADO

Para: Mel Fuller <melissa.fuller@thenyjournal.com>
De: Recursos Humanos <recursos.humanos@thenyjournal.com>
Assunto: Atrasos

Prezada Melissa Fuller:

Esta é uma mensagem automatizada da Divisão de Recursos Humanos do *New York Journal*, o principal periódico especializado em fotojornalismo de Nova York. Queira tomar conhecimento de que segundo seu supervisor, o editor-chefe George Sanchez, seu expediente aqui no *Journal* começa exatamente às 9 da manhã, o que significa que se atrasou 68 minutos hoje. Esse é o seu 37º atraso acima de 20 minutos até agora este ano, Melissa Fuller.

Nós, da Divisão de Recursos Humanos, não estamos "perseguindo" os empregados que se atrasam com freqüência, como mencionou de forma tão injusta em um artigo do boletim dos funcionários. Os atrasos são um assunto sério que causam grandes prejuízos aos empregadores de todo o país. Os empregados costumam fazer pouco dos atrasos, mas aqueles que costumam se atrasar podem ter problemas sérios, como:

- alcoolismo
- dependência de drogas
- vício em jogos de azar
- violência conjugal
- insônia
- depressão patológica.

Além de inúmeros outros distúrbios. Se você sofre de qualquer dos problemas acima, queira entrar imediatamente em contato com sua Representante da Divisão de Recursos Humanos, Amy Jenkins. Sua Representante terá grande satisfação em inscrevê-la no Programa de Assistência aos Funcionários do *New York Journal*, onde receberá ajuda de um profissional de saúde mental competente, que procurará auxiliá-la a desenvolver todo o seu potencial.

Melissa Fuller, nós, aqui do *New York Journal*, trabalhamos em equipe. Vencemos em equipe, e perdemos em equipe, também. Melissa Fuller, não deseja participar de uma equipe vencedora? Então, por favor, esforce-se para chegar ao trabalho pontualmente de agora em diante!

Atenciosamente,
Divisão de Recursos Humanos
New York Journal

Favor observar que qualquer outro atraso no futuro poderá acarretar sua suspensão ou demissão desta empresa.

Para: Mel Fuller <melissa.fuller@thenyjournal.com>
De: Nadine Wilcock <nadine.wilcock@thenyjournal.com>
Assunto: Você está ferrada

Mel, onde você se meteu? Vi que a Amy Jenkins do RH andou rondando disfarçadamente sua baia. Acho que você está para receber outro daqueles puxões de orelha por falta de pontualidade. Qual vai ser, o qüinquagésimo?

É melhor ter uma boa desculpa dessa vez, porque o George estava dizendo alguns minutos atrás que os colunistas sociais são como mato e que ele podia contratar Liz Smith em um piscar de olhos para te substituir se quisesse. Acho que estava brincando. Era difícil saber porque a máquina de refrigerantes quebrou, e ele ainda não tomou o energético Mountain Dew esta manhã.

Por falar nisso, aconteceu alguma coisa entre você e o Aaron ontem à noite? Ele andou tocando Wagner na baia dele outra vez. Sabe como isso incomoda o George. Brigaram outra vez?

E aí, como é que fica, vamos almoçar juntas mais tarde?

Nad :-)

Para: Mel Fuller <melissa.fuller@thenyjournal.com>
De: Aaron Spender <aaron.spender@thenyjournal.com>
Assunto: Noite passada

Por onde você anda, Mel? Vai bancar a infantil por causa do que aconteceu e não vir trabalhar até ter certeza de que fui embora? É isso?

Não dá para a gente se sentar e conversar sobre o assunto como adultos?

Aaron Spender
Correspondente sênior
New York Journal

Para: Mel Fuller <melissa.fuller@thenyjournal.com>
De: Dolly Vargas <dolly.vargas@thenyjournal.com>
Assunto: Aaron Spender

Melissa,

Não se deixe enganar, querida, EU NÃO ANDEI te espionando, mas precisaria ser CEGA para não notar que você sentou a bolsa na cabeça do Aaron Spender na noite passada no Pastis. Provavelmente nem mesmo me viu; eu estava no bar, e olhei em torno porque pensei ter ouvido seu nome, veja só, logo quem — não devia estar cobrindo o desfile da Prada? —, e aí BUM! Altoids e Maybelline para todo lado.

Querida, foi uma glória.

Você realmente tem muito boa pontaria. Mas duvido muito que Kate Spade tenha idealizado aquela linda bolsinha de mão para servir de arma. Tenho certeza de que faria o fecho mais forte se soubesse que as mulheres iam arremessar a coisa feito uma bola de tênis assim.

Sério, querida, eu simplesmente preciso saber: terminou tudo entre você e o Aaron? Porque jamais pensei que combinassem. Quero dizer, o cara estava concorrendo a um Pulitzer, santo Deus! Embora, se quiser mesmo saber, qualquer um poderia ter escrito aquela matéria sobre o garotinho etíope. Achei-a de um sentimentalismo enjoativo. Aquela parte onde a irmã vende o corpo dela para comprar arroz para o menino... por favor. Parece até história do Dickens.

Então, como é, não vai bancar a durona, vai? Porque tenho um convite para a casa do Steven em Hamptons, e estava pensando em convidar o Aaron para preparar uns cosmos, aqueles drinques de maçã com vodca, para mim. Mas não convido, se você for bancar a Joan Collins para o meu lado.

P.S.: Devia ter ligado se não pretendia vir hoje, meu bem. Acho que está encrencada. Vi aquela pessoinha semelhante a um pequeno troll (Amy qualquer coisa?) do RH farejando em volta da sua escrivaninha no início do expediente.

XXXXOOOO

Dolly

Para: Mel Fuller <melissa.fuller@thenyjournal.com>
De: George Sanchez <george.sanchez@thenyjournal.com>
Assunto: Onde é que você se meteu, droga?

Onde é que se meteu, hein? Parece estar com a impressão errada de que os dias de folga não precisam ser combinados com seu chefe.

Não estou convencido ainda de que possa ser uma colunista. Parece que está mais para revisora, Fuller.

George

Para: Mel Fuller <melissa.fuller@thenyjournal.com>
De: Aaron Spender <aaron.spender@thenyjournal.com>
Assunto: Noite passada

Foi um comportamento que não condiz com você, Melissa. Quero dizer, pelo amor de Deus, a Barbara e eu estivemos em um campo de guerra juntos. Tinha fogo de artilharia antiaérea explodindo para todo lado em torno de nós. Achávamos que podíamos ser capturados pelas forças rebeldes a qualquer momento. Não dá para entender isso?

Não significou nada para mim, Melissa. Eu juro.

Meu Deus, jamais devia ter lhe contado. Pensei que fosse mais madura. Mas se comportar assim, sumindo de circulação, francamente...

Ora, eu jamais teria esperado isso de uma mulher como você, só tenho isso a dizer.

Aaron Spender
Correspondente sênior
New York Journal

Para: Mel Fuller <melissa.fuller@thenyjournal.com>
De: Nadine Wilcock <nadine.wilcock@thenyjournal.com>
Assunto: Isso não é engraçado

Garota, onde você se enfiou? Estou começando a me preocupar mesmo. Por que não me ligou pelo menos? Espero que não tenha sido atropelada por um ônibus ou coisa assim. Mas acho que se tivesse sido, nos telefonariam. Presumindo-se que estivesse com suas credenciais de imprensa, digo.

Tá legal, não estou achando que tenha morrido. Estou preocupada mesmo é que seja demitida, e que eu vá precisar almoçar com Dolly outra vez. Fui obrigada a rachar o almoço com ela porque você está sumida, e isso me deixa louca. A mulher comeu uma salada sem molho. Está entendendo o que eu disse? SEM MOLHO!

E aí ela se sentiu obrigada a tecer comentários sobre as mínimas coisas que eu punha na boca. "Sabe quantos gramas de gordura tem nessa fritura aí?" "Não sei se sabe, Nadine, mas um bom substituto para a maionese é o iogurte *light*."

Eu adoraria dizer a ela o que ela pode fazer com o iogurte *light*.

Aliás, acho que devia saber que o Spender andou espalhando que você está agindo assim por causa do problema entre vocês na noite passada.

Se isso não trouxer você aqui, e rápido, não sei o que dará resultado.

Nad :-)

Para: George Sanchez <george.sanchez@thenyjournal.com>
De: Mel Fuller <melissa.fuller@thenyjournal.com>
Assunto: Onde eu estava

Como é indispensável para você e Amy Jenkins que seus empregados descrevam todos os momentos que passam longe da redação, eu vou fazer um resumo detalhado de meu paradeiro enquanto estive inevitavelmente impedida de comparecer ao serviço.

Está pronto? Já tomou seu Mountain Dew? Eu ouvi dizer que a máquina do departamento de arte está funcionando perfeitamente bem.

A manhã da Mel:
7:15 — Soa o alarme. Aperto o botão de soneca.
7:20 — Soa o alarme. Aperto o botão de soneca.
7:25 — Soa o alarme. Aperto o botão de soneca.
7:26 — Acordo ao som dos latidos do cão da vizinha. Desligo o alarme.
7:27 — Trôpega, dirijo-me ao banheiro? Tomo banho.
7:55 — Trôpega, dirijo-me à cozinha. Ingiro alimento sob forma de barra de cereais, e o *kung pao* da noite de terça-feira, que pedi para viagem.
7:56 — O cachorro da vizinha continua latindo.
7:57 — Seco os cabelos com o secador.
8:10 — Vejo a previsão do tempo do Canal Um.
8:11 — O cachorro da vizinha continua latindo.
8:12 — Tento encontrar algo para vestir entre as roupas amontoadas no armário tamanho geladeira do meu quitinete.
8:30 — Desisto. Visto saia de raiom preta, blusa de raiom preta, sapatilha preta aberta.
8:35 — Pego a bolsa preta. Procuro as chaves.
8:40 — Encontro as chaves na bolsa. Saio do apartamento.
8:41 — Noto que o exemplar do *New York Chronicle* da Sra. Friedlander (sim, George, minha vizinha do lado assina

o jornal de seu maior rival; agora não concorda comigo que precisamos mesmo fazer alguma coisa para atrair mais leitores da terceira idade?) ainda está no chão, diante da porta dela. Ela normalmente acorda às seis para levar o cachorro para passear e pega o jornal a essa hora.

8:42 — Noto que o cachorro da Sra. Friedlander ainda está latindo. Bato à porta para ver se está tudo bem. (Alguns nova-iorquinos realmente se preocupam com os vizinhos, George. Não deve estar a par disso, é claro, pois as histórias sobre gente que se preocupa com os outros em seu bairro não costumam ser consideradas boas matérias. As matérias do *Journal*, segundo já observei, tendem a girar em torno de vizinhos que atiram nos outros, e não que pedem emprestadas xícaras de açúcar.)

8:45 — Depois de bater várias vezes à porta, a Sra. Friedlander não veio atender. Paco, o dinamarquês dela, late com mais força ainda.

8:46 — Tento abrir a porta do apartamento, mexendo na maçaneta. Estranhamente, a porta está destrancada. Entro.

8:47 — Sou recebida pelo dinamarquês e dois gatos siameses. Nem sinal da Sra. Friedlander.

8:48 — Encontro a Sra. Friedlander caída de bruços no tapete da sala de estar.

Entendeu, George? A mulher estava caída de bruços no tapete da sala de estar! O que eu devia fazer, George? Hein? Me diga. Ligar para a Amy Jenkins do Departamento de Recursos Humanos?

Não, George. Aquele curso de primeiros socorros que nos obrigou a fazer valeu, entende? Eu fui capaz de constatar que não só o pulso da Sra. Friedlander estava normal como também que ela estava respirando. Então liguei para o 911 e esperei ao lado dela até a ambulância chegar.

Com a ambulância, George, vieram policiais. E adivinha só o que eles disseram, George? Disseram que achavam que a Sra. Friedlander tinha levado uma cacetada na cabeça. Pelas costas, George. Algum anormal havia acertado a nuca da coitadinha da velha!

Dá pra acreditar? Quem faria isso com uma senhora de 80 anos?

Não sei onde irá parar esta cidade, George, quando as velhinhas não estão mais a salvo nem dentro dos seus apartamentos. Mas estou lhe dizendo, isso é notícia — e acho que eu é que devo redigi-la.

O que me diz, George?

Mel

Para: Mel Fuller <melissa.fuller@thenyjournal.com>
De: George Sanchez <george.sanchez@thenyjournal.com>
Assunto: Isso é notícia

A única notícia é a que não ouvi. E essa é a história do motivo pelo qual, só porque sua vizinha levou uma pancada na cabeça, você não apareceu na redação, nem ligou para ninguém para dar satisfação sobre o que estava fazendo.

Essa é uma história que eu realmente ia gostar de escutar.

George

Para: George Sanchez <george.sanchez@thenyjournal.com>
De: Mel Fuller <melissa.fuller@thenyjournal.com>
Assunto: Onde eu estava

George, você tem mesmo um coração de pedra. Encontrei minha vizinha de bruços na sala de estar, vítima de um ataque brutal, e acha que eu só devia ter pensado em ligar para o meu chefe para explicar por que ia me atrasar?

Bom, sinto muito, George, mas essa idéia nem me passou pela cabeça. A Sra. Friedlander é minha amiga, droga! Eu queria ir com ela na ambulância, mas havia o probleminha do que fazer com o Paco.

Ou será que eu devia dizer o problemão do que fazer com o Paco? Paco é o dinamarquês da Sra. Friedlander, George. Pesa uns 60 quilos, mais do que eu.

E precisava sair. Estava desesperado para ir à rua.

Então, eu o levei para passear, lhe dei comida e água e fiz o mesmo com o Chico Bum e o Sr. Botucas, os gatos siameses dela (Chico Bam, infelizmente, morreu no ano passado). Enquanto estava fazendo isso, os tiras examinavam a porta dela para saber se alguém a havia arrombado. Mas não tinha sinal de arrombamento, George.

Sabe o que significa isso? Significa que provavelmente ela conhecia o agressor, e o deixou entrar por sua própria iniciativa!

Ainda mais estranho foi o fato de que os 276 dólares que estavam na bolsa dela não foram tocados. As jóias também continuavam lá, George. Não foi um assalto.

George, por que não acredita que isso é notícia? Tem alguma coisa errada. Muito errada.

Quando finalmente cheguei ao hospital, me informaram que a Sra. Friedlander estava sendo submetida a uma cirurgia. Os médicos estavam tentando aliviar a pressão no cérebro dela resultante de um gigantesco coágulo que havia se formado sob o crânio! O que eu devia fazer, George? Ir embora? Os tiras não conseguiam entrar em contato com ninguém da família. Ela só podia contar comigo.

Doze horas. Doze horas, eles gastaram. Eu precisei ir ao apartamento dela levar o Paco mais duas vezes à rua antes de a cirurgia terminar. E, quando terminou, os médicos saíram e me disseram que tinha ido apenas parcialmente bem. A Sra. Friedlander está em coma, George! Talvez nunca mais saia desse estado.

E até ela sair, quem é que vai ter que ficar tomando conta do Paco, do Chico Bum e do Sr. Botucas?

Vai, responde, George.

Não estou tentando convencê-lo a se solidarizar comigo, eu sei. Devia ter ligado. Mas o trabalho não era tão primordial na minha cabeça naquele momento, George.

Escute, agora que eu finalmente voltei, o que acharia de me deixar redigir uma matéria sobre o que ocorreu? Sabe, podemos direcionar para "cuidado com quem deixa entrar no seu apartamento". Os tiras ainda estão procurando o parente mais próximo da Sra. Friedlander, o sobrinho dela, acho, mas, quando o encontrarem, eu podia entrevistá-lo. Sabe, a mulher é mesmo um fenômeno. Aos 80 anos ela ainda vai à academia três vezes por semana, e no mês passado foi a Helsinque de avião para uma apresentação do *Anel dos nibelungos*. Juro por Deus. O marido se chamava Henry Friedlander, aquele que deixou a herança dos fechos de arame para embalagem. Sabe, aqueles araminhos com que se fecham os sacos de lixo? Ela vale no mínimo seis ou sete milhões de dólares.

Vamos, George, me deixe tentar. Não pode me obrigar a ficar redigindo fuxicos sobre famosos para a Página Dez eternamente.

Mel

Para: Mel Fuller <melissa.fuller@thenyjournal.com>
De: George Sanchez <george.sanchez@thenyjournal.com>
Assunto: Não pode me obrigar a ficar redigindo fofocas sobre famosos para a Página Dez

---

Posso, sim.

E sabe por quê? Porque sou o editor-chefe desse jornal, e posso fazer tudo que quiser.

Além disso, Fuller, precisamos de você na Página Dez.

Gostaria de saber por que precisamos de você na Página Dez? Porque a verdade, Fuller, é que você se liga nisso. Você adora as batalhas judiciais da Winona Ryder, se preocupa com o *peeling* do Harrison Ford. Fica mesmo fissurada nos seios da Courtney Love, e se são de silicone ou não.

Admita, Fuller, você adora.

Esse outro assunto não dá matéria nenhuma, Fuller. Todo dia uma velhinha leva uma cacetada na cabeça para receber auxílio-doença.

O nome do troço é telefone, viu? Da próxima vez, vê se você se lembra de usar o bicho.

Capisce?

Agora, vai me dando logo aí a matéria do desfile da Prada.

George

Para: George Sanchez <george.sanchez@thenyjournal.com>
De: Mel Fuller <melissa.fuller@thenyjournal.com>
Assunto: Não estou nem aí para os peitos da Courtney Love...

...e você vai se arrepender de não me deixar redigir a história da Sra. Friedlander, George. Estou lhe dizendo, tem algo de podre, e dá para sentir o fedor.

Falando nisso, Harrison JAMAIS faria *peeling*.

Mel

P.S.: E quem é que não se preocupa com a Winona Ryder? Do jeito que ela é gracinha? Não quer que ela seja inocentada, George?

Para: Recursos Humanos <recursos.humanos@thenyjournal.com>
De: Mel Fuller <melissa.fuller@thenyjournal.com>
Assunto: Minha falta de pontualidade

Prezado pessoal do RH:
O que posso dizer? Vocês me pegaram. Acho que meu

- alcoolismo
- dependência em drogas
- vício em jogos de azar
- violência conjugal
- insônia
- depressão patológica

e todos os outros tipos de distúrbios finalmente me levaram ao fundo do poço. Por favor, me inscrevam no Programa de Assistência aos Funcionários imediatamente! Se puderem me entregar nas mãos de um psicólogo que se pareça com Brendan Fraser e, de preferência, realize sessões sem camisa, eu adoraria.

Porque a doença básica de que estou sofrendo é que sou uma mulher de 27 anos, moradora da cidade de Nova York, e não consigo encontrar um cara que preste. Só um cara que não me engane, não more com a mãe e não leia a seção de Artes do *Chronicle* antes de qualquer outra coisa na manhã de domingo, se é que me entende. Será que é pedir demais???

Veja se seu Programa de Assistência aos Funcionários é capaz disso.

Mel Fuller
Colunista da Página Dez
New York Journal

Para: Aaron Spender <aaron.spender@thenyjournal.com>
De: Mel Fuller <melissa.fuller@thenyjournal.com>
Assunto: Não dá para nos sentarmos e conversarmos como adultos?

Não temos nada para conversar. Francamente, Aaron, peço desculpas por ter dado aquela bolsada. Foi uma explosão infantil da qual me arrependo profundamente.

E não quero que pense que o motivo pelo qual estamos rompendo o namoro é a Barbara. Francamente, Aaron, antes mesmo de me contar sobre seu caso com a Barbara já não havia mais nada entre nós. Vamos encarar, somos muito diferentes: você gosta do Stephen Hawking. Eu gosto do Stephen King.

Sabe que jamais teria dado certo.

Mel

Para: Dolly Vargas <dolly.vargas@thenyjournal.com>
De: Mel Fuller <melissa.fuller@thenyjournal.com>
Assunto: Aaron Spender

Não joguei a bolsa nele. Ela escapou da minha mão quando eu ia pegar minha bebida, e acidentalmente voou e bateu no olho do Aaron.

E se quiser ficar com ele, Dolly, não faça cerimônia.

Mel

Para: Nadine Wilcock <nadine.wilcock@thenyjournal.com>
De: Mel Fuller <melissa.fuller@thenyjournal.com>
Assunto: Onde eu estava

Tá legal, tá legal, eu devia ter telefonado. O negócio todo foi simplesmente um pesadelo. Mas não vai acreditar.

Aaron me traiu em Cabul.

É isso aí. E jamais vai adivinhar com quem. Estou falando sério. Tenta só adivinhar. Não vai conseguir.

Tá legal, vou dizer: Barbara Bellerieve.

Hum, hum. Leu direito, sim. Barbara Bellerieve, a respeitada apresentadora experiente da ABC, correspondente de telejornalismo, que recentemente passou a apresentar aquele programa de atualidades *TwentyFourSeven*, e foi considerada uma das 50 pessoas mais bonitas da *People* no mês passado.

Dá pra acreditar que ela dormiu com o AARON??? Fala sério, ela podia dormir com o George Clooney, caramba. Por que iria querer dormir com o AARON???

Bem que eu desconfiava. Eu sempre achei aquelas matérias que ele andou enviando nos e-mails daquele mês extremamente metidas.

Sabe como eu descobri? Sabe? ELE ME CONTOU. Ele achou que estava "pronto para dar um passo adiante em matéria de intimidade" comigo (três tentativas de adivinhar QUE PASSO seria esse), e que para isso precisava "desabafar" tudo o que havia acontecido. Diz que desde que ocorreu isso ele vem "se roendo de tanta culpa" e que "não significou nada para ele".

Cacete, mas que droga! Não dá pra acreditar que desperdicei três meses da minha vida com esse cara.

Será que não existe nenhum homem que preste por aí? Quer dizer, além do Tony. Juro, Nadine, seu namorado é o último homem bom sobre a face da Terra. O último! Vê se segura bem ele porque a coisa está feia.

Mel

P.S.: Não dá pra almoçar contigo hoje. Preciso voltar para casa e levar o cachorro da vizinha pra passear.
P.P.S.: Nem me pergunte: é uma longa história...

Para: Mel Fuller <melissa.fuller@thenyjournal.com>
De: Nadine Wilcock <nadine.wilcock@thenyjournal.com>
Assunto: Aquele canalha

Olha, acredite, o cara te fez um favor. Sério, Mel. Será que estava mesmo imaginando que haveria um futuro para vocês dois juntos? Convenhamos, o cara fuma CACHIMBO. E aquelas músicas clássicas que ele ouve? Quem ele pensa que é, afinal? Harold Bloom?

Não. Ele é repórter, exatamente como todos nós. Não é autor de literatura de alta categoria. E que busto de William Shakespeare é aquele que ele tem em cima do monitor?

Ele é um grande farsante, é isso que ele é, e você sabe disso, Mel. Foi por isso que, apesar do fato de vocês saírem juntos durante três meses, você não dormiu com ele.

Lembra?

Nad ;-)

Para: Nadine Wilcock <nadine.wilcock@thenyjournal.com>
De: Melissa Fuller <melissa.fuller@thenyjournal.com>
Assunto: Aquele canalha

Nunca fui para a cama com ele por causa daquele cavanhaque. Como é que eu iria para a cama com alguém que se parece com o Robin Hood?

Ele não gostava de mim o bastante para raspá-lo.

O que há de errado comigo, Nad? Será que não vale a pena barbear-se por minha causa?

Mel

Para: Mel Fuller <melissa.fuller@thenyjournal.com>
De: Nadine Wilcock <nadine.wilcock@thenyjournal.com>
Assunto: Uma sacudida

Deixa de se fazer de vítima, Mel. Você é a maior gata. O cara é que obviamente está sofrendo de algum problema mental. Devíamos botar a Amy Jenkins na cola dele.

Por que não pode almoçar comigo hoje? E não esquenta, eu não estou a fim de ir ao Burger Heaven. Se não emagrecer a ponto de vestir manequim 40 em dois meses, vou precisar desmarcar o casamento. Todas as moças da família usaram o vestido da minha mãe no dia do casamento. Eu não vou ser a primeira Wilcock a recorrer à Gorda Elegante.

Nad :-)

Para: Nadine Wilcock <nadine.wilcock@thenyjournal.com>
De: Mel Fuller <melissa.fuller@thenyjournal.com>
Assunto: Almoço

Não dá para ir almoçar. Preciso ir em casa e levar o cachorro da Sra. Friedlander à rua.

Soube da última? Chris Noth está com a Winona.

Não estou brincando. Viram os dois se beijando diante do Crunch Fitness Center na Lafayette Street.

Como é que ela pode ser tão cega? Será que não dá para ver que ele não serve para ela? Olha só o que fez com a coitada da Sarah Jessica Parker em *Sex and the City*.

Mel

Para: Mel Fuller <melissa.fuller@thenyjournal.com>
De: Nadine Wilcock <nadine.wilcock@thenyjournal.com>
Assunto: Se liga

Mel, odeio te dizer isso, mas *Sex and the City* é ficção. Talvez tenha ouvido dizer que existem programas de televisão, não? É, eles são fictícios. O que ocorre neles não reflete de forma alguma a realidade. Por exemplo, na vida real, Sarah Jessica Parker é casada com Matthew Broderick, e o que o personagem de Chris Noth fez com ela no programa não aconteceu de verdade.

Em outras palavras, acho que devia deixar de se preocupar tanto com Winona e se preocupar mais consigo mesma.

Mas essa é apenas a minha opinião, é claro.

Nad

Para: Mel Fuller <melissa.fuller@thenyjournal.com>
cc: Nadine Wilcock <nadine.wilcock@thenyjournal.com>
De: Tim Grabowski <timothy.grabowski@thenyjournal.com>
Assunto: CONFIDENCIAL

Muito bem, garotas, segurem-se porque aí vem bomba. Recebi a informação que pediram sobre os aumentos salariais para o ano que vem. Não foi fácil, não.

Se contarem a alguém onde conseguiram essa informação, eu as acuso, ambas, de serem viciadas em jogos de azar, e quando abrirem o olho vão estar as duas inscritas no Programa de Assistência aos Funcionários.

Aí vai:

Nome:	Cargo:	Salário:
Peter Hargrave	Redator-chefe	120.000 dólares
George Sanchez	Editor-chefe	85.000 dólares
Dolly Vargas	Editora de Moda	75.000 dólares
Aaron Spender	Correspondente-chefe	75.000 dólares
Nadine Wilcock	Crítica de Culinária	45.000 dólares
Melissa Fuller	Colunista da Página Dez	45.000 dólares
Amy Jenkins	Gerente de RH	45.000 dólares

Leiam e lamentem, meninas.

Timothy Grabowski
Programador de computadores
New York Journal

Para: Mel Fuller <melissa.fuller@thenyjournal.com>
De: Nadine Wilcock <nadine.wilcock@thenyjournal.com>
Assunto: CONFIDENCIAL

Não dá pra acreditar que Amy Jenkins ganhe tanto quanto a gente. O que ELA faz? Fica só sentada ouvindo as pessoas se lamentarem o dia inteiro sobre o plano odontológico.

Fala sério.

Estou pasma com a Dolly. Eu pensava que ela ganhava mais. Quer dizer, como é que ela consegue comprar aqueles lenços Hermès todos ganhando só 75.000 dólares por ano?

Nad ;-)

Para: Nadine Wilcock <nadine.wilcock@thenyjournal.com>
De: Mel Fuller <melissa.fuller@thenyjournal.com>
Assunto: CONFIDENCIAL

Está brincando? Dolly tem família rica. Nunca ouviu falar daquele papo dela de que costumava passar o verão em Newport?

Eu ia convidar o Aaron para tomar um drinque, tipo "eu te perdôo", depois do trabalho — NÃO para voltar com ele, só para ele parar de ouvir esse Wagner maldito —, só que agora que vejo como o salário dele é muito mais alto que o meu, não dá nem pra olhar mais para ele. Eu SEI que redijo muito melhor do que ele. Então, por que ele ganha 75.000 dólares por ano, enquanto eu não passo de 45.000, cobrindo desfiles de moda e estréias de filmes?

Mel

Para: Mel Fuller <melissa.fuller@thenyjournal.com>
De: Nadine Wilcock <nadine.wilcock@thenyjournal.com>
Assunto: CONFIDENCIAL

Hum, deixa eu pensar... porque você é boa nisso? Desfiles de moda e estréias de filmes, quero dizer.

Nad ;)

P.S.: Preciso escrever uma crítica sobre aquele lugarzinho novo que serve pato à Pequim na Mott. Vem comigo!

Para: Nadine Wilcock <nadine.wilcock@thenyjournal.com>
De: Mel Fuller <melissa.fuller@thenyjournal.com>
Assunto: Almoço

Não dá. Sabe que não posso. Preciso levar o Paco para passear.

Mel

Para: Mel Fuller <melissa.fuller@thenyjournal.com>
De: Nadine Wilcock <nadine.wilcock@thenyjournal.com>
Assunto: Almoço e esse cachorro

Tá legal, quanto tempo vai durar isso? Você e esse cachorro, quero dizer? Não dá para sair sozinha para almoçar todo dia. Quem vai me impedir de comer o sanduíche de cheddar duplo?

Estou falando sério. Esse cachorro está atrapalhando minha vida.

Nad

Para: Nadine Wilcock <nadine.wilcock@thenyjournal.com>
De: Mel Fuller <melissa.fuller@thenyjournal.com>
Assunto: Almoço e esse cachorro

E o que devo fazer, Nadine? Deixar aquele pobre coitado sentadinho no apartamento o dia inteiro até estourar? Sei que você não gosta muito de cachorros, mas tenha pena da pobre criatura. É só até a Sra. Friedlander melhorar.

Mel

P.S.: Notícia fresquinha: sabe o Harrison Ford e a mulher? Fizeram as pazes. Juro. O relações-públicas dele acabou de ligar.

Estou feliz da vida pelos filhos deles, sabia? Porque, no fundo, o importante é isso.

Para: Mel Fuller <melissa.fuller@thenyjournal.com>
De: Nadine Wilcock <nadine.wilcock@thenyjournal.com>
Assunto: É só até a Sra. Friedlander melhorar

E QUANDO é que isso vai acontecer? Terra chamando Mel. Responda, Mel. A mulher está em COMA. Entendeu? Está em coma. Acho que devia tentar encontrar alguma solução alternativa para cuidar dos bichos da velha senhora. Você é um verdadeiro CAPACHO. Uma mulher em COMA está te usando como CAPACHO.

A mulher deve ter parentes, Mel. VÁ PROCURÁ-LOS!

Além disso, as pessoas não deviam criar dinamarqueses nas grandes cidades. É uma crueldade.

Nad :-(

P.S.: Você é a única pessoa que conheço que ainda se preocupa com a reconciliação entre o Harrison e a mulher. Esquece isso.

Para: Mel Fuller <melissa.fuller@thenyjournal.com>
De: Don e Beverly Fuller <DonBev@dnr.com>
Assunto: Debbie Phillips

Melissa, querida, é a mamãe. Olha, seu pai e eu criamos uma conta de e-mail! Não é ótimo? Agora posso te enviar mensagens, e talvez você responda, para variar.

Estou só brincando, querida.

Voltando ao assunto, seu pai e eu achamos que talvez você quisesse saber que Debbie Phillips — lembra-se da Debbie, não? A menininha do Dr. Phillips? Ele foi seu dentista. E a Debbie não foi Rainha da Festa dos Ex-Alunos no seu último ano do segundo grau? Bom, a Debbie acabou de se casar! Isso mesmo! O anúncio do casamento saiu no jornal.

E sabe do que mais, Melissa? O jornalzinho daqui, o *Duane County Register*, agora está *on the line*... Ah, o papai diz ON-LINE, não *on the line*. Que seja. Faço a maior confusão com essas coisas...

Bom, para encurtar a história, o anúncio do casamento da Debbie está ON-LINE, então, estou mandando para você o que chamam de anexo. Espero que goste, querida. Ela se casou com um rapaz com doutorado em Westchester! Sempre soubemos que ela ia se dar bem. Aquela cabeleira loura linda... E sabe, ela se formou com louvor em Princeton! Fez direito. Realmente impressionante.

Claro que não há nada de errado na carreira de jornalismo, sabe. Os jornalistas são tão importantes quanto os advogados! E Deus sabe que todos precisamos ler umas fofoquinhas de vez em quando. Já ouviu dizer que Ted Turner e Martha Stewart estão juntos? Não podia ter ficado mais espantada.

Bom, então, divirta-se! E trate de trancar bem a porta à noite. Papai e eu nos preocupamos com você, morando aí sozinha nessa cidade tão grande.

Até mais,

Mamãe.

Anexo: 🖂 (foto de estúdio de noivo e noiva)

Deborah Marie Phillips, filha do Dr. e da Sra. Reed Andrew Phillips, de Lansing, casou-se na semana passada com Michael Bourke, filho do Dr. e da Sra. Reginald Bourke, de Chapaqua, Nova York. O Padre James Smith celebrou a cerimônia na Igreja Católica Romana de Saint Anthony, em Lansing.

A Srta. Phillips, 26 anos, trabalha na firma de advocacia Schuler, Higgins & Brandt, uma empresa internacional com sede em Nova York. Ela se formou com louvor em Princeton, e fez Direito em Harvard. O pai é cirurgião-dentista em Lansing, e trabalha na Clínica Odontológica Phillips.

O Sr. Bourke, 31 anos, formou-se em Yale e obteve um MBA na Columbia University. Trabalha no grupo de investimentos Lehman Brothers. O pai, agora aposentado, foi presidente da Bourke & Associates, uma empresa de investimentos privados.

Depois de uma viagem de lua-de-mel à Tailândia, o casal irá morar em Chapaqua.

Para: Mel Fuller <melissa.fuller@thenyjournal.com>
De: Dolly Vargas <dolly.vargas@thenyjournal.com>
Assunto: Mães

Querida, quando ouvi toda aquela gritaria angustiada vindo de sua baia há pouco, pensei que no mínimo o Tom Cruise tinha finalmente assumido. Mas a Nadine me contou que é só porque você recebe um e-mail da sua mãe.

Entendo você perfeitamente bem. E como agradeço a Deus por minha mãe viver bêbada demais para aprender a mexer num teclado! Recomendo que você envie a seus pais corujas uma caixa de Campari e acabe logo com isso. Creia-me, é a única forma de calar a boca deles sobre esse assunto horroroso do "C". Como, por exemplo, a pergunta: "Por que não se C ainda? Todos os seus amigos se C. Você nem mesmo está tentando se C. Não quer que eu veja meus netos antes de morrer?"

Até parece que eu PENSO em passar por um parto. Creio que um garotinho bem-educado de seis anos seria legal, mas eles simplesmente não NASCEM assim. É preciso TREINÁ-LOS.

É cansativo demais. Posso entender sua agonia.

XXXOOO

Dolly

P.S.: Notou que o Aaron raspou o cavanhaque? É uma pena. Eu nunca tinha notado como o queixinho dele é atrofiado.

Para: Mel Fuller <melissa.fuller@thenyjournal.com>
De: Amy Jenkins <amy.jenkins@thenyjournal.com>
Assunto: Programa de Assistência aos Funcionários

Prezada Srta. Fuller,
Talvez pense que é engraçado fazer piada do Programa de Assistência aos Funcionários do Departamento de Recursos Humanos, mas eu posso lhe garantir que já ajudamos muitos de seus colegas em momentos muito penosos e difíceis. Através do aconselhamento e da terapia, todos eles conseguiram levar vidas significativas e proveitosas. Acho lamentável que faça pouco de um programa que tem feito tanto por tantas pessoas.

Favor observar que uma cópia de seu último e-mail foi colocada em sua pasta pessoal e estará disponível para seu supervisor durante sua próxima avaliação.

Amy Jenkins
Gerente de Recursos Humanos
New York Journal

Para: Amy Jenkins <amy.jenkins@thenyjournal.com>
De: Mel Fuller <melissa.fuller@thenyjournal.com>
Assunto: Programa de Assistência aos Funcionários

Prezada Srta. Jenkins,
O que acho lamentável é o fato de eu ter recorrido à senhorita, e a todos os outros gerentes de Recursos Humanos, e, em vez de receber a ajuda tão desesperadamente necessária, ter sido brutalmente rechaçada. Está me dizendo que meu estado crônico de solteira não é motivo para ajuda? Preciso lhe dizer como é desmoralizador comprar refeições Lean Cuisines Fiesta para Um toda noite no Food Em-

porium? E que tal precisar ter que pedir pizza em fatias? Acha que isso não está acabando com a minha autoconfiança, fatia por lamentável fatia?

E a salada? Faz alguma idéia de quantos quilos de alface ingeri na tentativa de conservar meu corpinho em forma para poder atrair os homens? Mesmo que vá contra todas as fibras de meu ser feminista ater-me à concepção misógina existente na cultura ocidental segundo a qual a atração depende do tamanho da cintura das pessoas?

Se estiver dizendo que ser solteira em Nova York não é uma espécie de deficiência, então eu respeitosamente lhe sugiro que visite uma *delicatessen* de Manhattan numa noite de sábado. Quem é que se pode ver se amontoando no balcão de saladas?

É isso mesmo. As solteiras.

Cai na real, Amy. A coisa está feia. É matar ou morrer. Estou só sugerindo que você, como especialista em saúde mental, aceite essa verdade.

Melissa Fuller
Colunista da Página Dez
New York Journal

Para: Mel Fuller <melissa.fuller@thenyjournal.com>
De: George Sanchez <george.sanchez@thenyjournal.com>
Assunto: Pára com isso

Pára de atormentar a Amy Jenkins do RH. Sabe que ela não tem senso de humor.

Se está com tanto tempo livre, venha conversar comigo. Vou te dar mais trabalho para fazer. O cara que faz a coluna do obituário acabou de pedir demissão.

George

Para: Mel Fuller <melissa.fuller@thenyjournal.com>
De: Aaron Spender <aaron.spender@thenyjournal.com>
Assunto: Me perdoa

Não sei por onde começar. Antes de mais nada, não consigo suportar isso. Você pergunta o que é "isso".

Eu vou dizer: "Isso" é ficar sentado aqui o dia inteiro vendo você na sua baia, sabendo que disse que nunca mais quer falar comigo outra vez.

"Isso" é ver você vindo na minha direção, pensar que podia ter mudado de idéia, e depois ver você passar sem nem mesmo olhar de relance na minha direção.

"Isso" é saber que vai sair daqui no fim do dia, que eu não vou ter a menor idéia de onde você pode estar, do que vai fazer e que vai se passar uma eternidade antes que torne a entrar aqui no dia seguinte.

"Isso" é... ou deveria dizer "essas são" as incontáveis horas durante as quais minha mente me abandona e te persegue pela porta afora, seguindo-a em uma jornada que se encerra em lugar nenhum, exatamente onde eu comecei, sentado aqui pensando sobre "isso".

Aaron Spender
Correspondente sênior
New York Journal

Para: Aaron Spender <aaron.spender@thenyjournal.com>
De: Mel Fuller <melissa.fuller@thenyjournal.com>
Assunto: "Isso"

Fiquei comovida, Aaron. Já pensou em escrever ficção para ganhar a vida?

Estou falando sério, acho que você tem talento, mesmo.

Mel

Para: Nadine Wilcock <nadine.wilcock@thenyjournal.com>
De: Tony Salerno <rango@fresche.com>
Assunto: Temos endereço de e-mail

Nad!!! Surpresa!!! Temos endereço de e-mail!!!

Não é perfeito? Pode escrever para mim no endereço rango@fresche.com. Sacou? Eu sou o *rango,* porque sou o chefe de cozinha!

Bom, deixa pra lá. Eu só queria te dar um alô. Agora podemos enviar mensagens um para o outro o dia inteiro!

Como está vestida hoje? Como é que nunca usou o bustiê que te comprei?

Quer saber as especialidades do dia?

- pontas de aspargos enroladinhas em salmão
- caranguejo de casca mole
- sopa cremosa de lagosta
- espaguete à *puttanesca*
- vermelho com molho *orrechiette*
- filé mignon
- *crème brûlée*

Eu vou guardar um pouco da sopa cremosa para você.

E, por falar nisso, meu tio Giovanni vai organizar uma festa de noivado para a gente no próximo fim de semana. Nada muito elaborado, uma festa na beira da piscina da casa dele em Long Island. Portanto, não marque nada para o sábado na sua agenda!

Com carinho,
Tony

Para: Mel Fuller <melissa.fuller@thenyjournal.com>
De: Nadine Wilcock <nadine.wilcock@thenyjournal.com>
Assunto: Mais uma

Olha, o tio do Tony, o Gio, vai dar uma festa de noivado para a gente de novo (é isso aí, mais uma), e estou te dizendo que PRECISA COMPARECER! Francamente, Mel, não acho que consiga encarar mais uma rodada de Salernos sem você. Sabe como eles são.

E essa casa tem piscina. Sabe que vão me jogar na água. Simplesmente sabe.

Diga que vai vir e impedir que me humilhem. POR FAVOR!

Nad :-O

P.S.: E não me venha com a desculpa daquele maldito CACHORRO outra vez!

Para: Nadine Wilcock <nadine.wilcock@thenyjournal.com>
De: Mel Fuller <melissa.fuller@thenyjournal.com>
Assunto: Não dá

Sabe que não posso ir. Como é que eu vou para Long Island, longe à beça, precisando tomar conta do Paco? Sabe que ele precisa ir à rua de quatro em quatro ou de cinco em cinco horas. Estou acabando com meus sapatos Steve Maddens, assim, correndo entre a redação e a minha casa, tentando chegar lá a tempo de levá-lo para passear. Não dá para ir até Long Island, é longe demais. O coitadinho corre o risco de explodir.

Mel

P.S.: Vivica — sabe, a supermodelo, e última namorada do Donald Trump — deu o fora nele! Juro! Deu o fora no Donald! Dizem que ele está arrasado e ela sumiu de circulação.

Coitadinhos. Eu já estava achando que um deles ia pular fora.

Para: Mel Fuller <melissa.fuller@thenyjournal.com>
De: Nadine Wilcock <nadine.wilcock@thenyjournal.com>
Assunto: Paco

Tá legal, isso é ridículo. Mel, não pode deixar sua vida de lado só porque sua vizinha está em coma. Estou falando sério. Deve ter alguém na família da mulher que possa tomar conta dessa porcaria de cão. Por que é que VOCÊ precisa fazer isso?

Já fez até demais, caramba. Sabe, provavelmente salvou a vida dela. Deixa outra pessoa tomar conta do Paco e dos horários de ele ir à rua.

Estou avisando. Não vou cair naquela piscina sozinha. Se não encontrar os parentes dessa dona, eu encontro.

Nad :-(

P.S.: Aliás, entendo sua preocupação com a Winona, mas com o Donald? E a Vivica, a garota do sutiã Wonder Bra da Victoria's Secret? Eles vão sair bem dessa. Pode crer.

Para: Nadine Wilcock <nadine.wilcock@thenyjournal.com>
De: Mel Fuller <melissa.fuller@thenyjournal.com>
Assunto: Paco

É fácil pra você dizer para eu deixar outra pessoa cuidar do Paco. Meu problema seria o seguinte: QUEM?

O único parente vivo da Sra. Friedlander é o sobrinho dela, o Max, e nem mesmo os tiras conseguiram lhe comunicar o que aconteceu com a tia. Sei que ele mora em alguma parte da cidade, mas o número de telefone dele não está na lista. Pelo visto, ele é um fotógrafo emergente, com fotos no Whitney, uma coisa assim. Pelo menos, segundo o que a tia disse. E bem popular com as moças... daí não ter número na lista, presumo que para os maridos das moças não poderem encontrá-lo.

E, naturalmente, a tia dele não o anotou em lugar nenhum porque deve ter decorado o número.

De qualquer forma, o que posso fazer? Não dá para deixar aquele pobrezinho num canil. Ele já está bem assustado pelo fato de a dona ter sido... ora, você já sabe. Como é que posso deixá-lo trancafiado em alguma jaula em algum lugar? Francamente, Nadine, se visse os olhos dele, não seria capaz disso também. É a coisa mais fofa que eu já vi, incluindo sobrinhos.

Se ao menos ele fosse um homem, eu me casaria com ele. Eu juro.

Mel

Para: Nadine Wilcock <nadine.wilcock@thenyjournal.com>
De: Tony Salerno <rango@fresche.com>
Assunto: Como assim, não vai?

Nadine, você PRECISA ir. A festa é pra VOCÊ. Quero dizer, você e eu. Não dá para faltar.

E não me venha com aquela desculpa de que não quer que ninguém da família te veja de maiô. Quantas vezes preciso te dizer que você é a gata mais sensual do mundo? Acha que eu me importo com o manequim que você usa? Você é demais!

Só que precisa vestir aquele fio-dental que comprei com mais freqüência.

Não entendo qual a diferença se a Mel for ou não. Por que as mulheres vivem fazendo as coisas juntas? Não faz sentido.

Além disso, se não quiser mesmo dar um mergulho, então basta dizer que pegou uma infecção no ouvido e não pode entrar na água.

Droga, não dá pra entender vocês, mulheres. Não dá mesmo.

Tony

Para: Mel Fuller <melissa.fuller@thenyjournal.com>
cc: Nadine Wilcock <nadine.wilcock@thenyjournal.com>
De: Dolly Vargas <dolly.vargas@thenyjournal.com>
Assunto: Seu probleminha

Queridas:
Não pude deixar de ouvir o papinho discreto entre vocês no toalete agora há pouco. Estava ocupada fazendo outra coisa, senão teria participado (devíamos mesmo falar com alguém sobre aqueles boxes, são tão apertadinhos!). Felizmente o Jimmy — sabe, o novo moço do

fax — é surpreendentemente flexível, senão jamais teríamos conseguido. ;-)

Antes de mais nada, Mel, minha querida, Max Friedlander não tinha só uma foto antiga no Whitney — o que você saberia, se tivesse se arriscado a sair da Blockbuster durante tempo suficiente para obter um pouco de cultura autêntica. Ele tinha um deslumbrante auto-retrato em exposição lá na Bienal, totalmente despido. Se quer mesmo minha opinião, o cara é um gênio da fotografia.

Embora talvez o verdadeiro talento dele não resida aí, a julgar por aquela foto... Se é que me entende.

E tenho certeza de que entende.

Bom, ele resolveu, por motivos que me escapam, menosprezar seu dom prostituindo-se para, por exemplo, o catálogo de roupas de banho do *Sports Illustrated* de inverno. E também acabou de terminar o catálogo de Natal da Victoria's Secret, creio eu.

Meu bem, precisa é entrar em contato com essas publicações que citei, tenho certeza de que vão te dizer como enviar uma mensagem ao moço.

Até,

XXXOOO

Dolly

P.S.: Ai, Mel, sobre esse negócio do Aaron, será que não daria para dar uma levantada na moral dele? Ele não presta pra mim assim deprimido como está. E todas essas músicas de Wagner estão me dando enxaqueca.

Para: Nadine Wilcock <nadine.wilcock@thenyjournal.com>
De: Mel Fuller <melissa.fuller@thenyjournal.com>
Assunto: Max Friedlander

Escuta só, graças a Dolly, acho que finalmente consegui encontrar o Max Friedlander!

Ninguém parece ter acesso ao número de telefone dele, mas consegui uma conta de e-mail. Me ajuda a escrever uma mensagem para ele. Sabe que não sou boa para súplicas.

Mel

Para: Max Friedlander <reidafoto@paremasrotativas.com>
De: Mel Fuller <melissa.fuller@thenyjournal.com>
Assunto: Sua tia

Prezado Sr. Friedlander,
Espero que receba esta mensagem. Provavelmente não sabe que a polícia anda tentando encontrá-lo há vários dias. Sinto informar-lhe que sua tia, Helen Friedlander, foi gravemente ferida, vítima de um assalto a seu apartamento.

Está atualmente em estado muito grave no Hospital Israelita Beth, aqui em Nova York. Infelizmente, encontra-se em coma, e os médicos não têm como saber se ela algum dia vai sair desse estado.

Por favor, Sr. Friedlander, se receber essa mensagem, ligue para mim, o mais rápido que puder, no seguinte número de celular: 917-555-2123, ou, caso prefira, por favor responda a esta mensagem. Precisamos conversar sobre como pensa que sua tia gostaria que cuidassem dos bichos de estimação dela enquanto está internada.

Sei que essa é a última coisa com que gostaria de se preocupar no momento, considerando o estado gravíssimo de sua tia, mas não consigo imaginar que ela, gostando tanto de animais quanto gosta, não tenha algum esquema armado para esse tipo de circunstância. Sou a vizinha do lado (do apartamento 15B) e tenho levado Paco para passear e tomado conta dos gatos dela, só que, infelizmente, meu expediente de trabalho não me permite tomar conta deles em tempo integral. Essa função de tomar conta do Paco está começando a me prejudicar no trabalho.

Por favor, queira entrar em contato comigo assim que puder.

Melissa Fuller

Para: Mel Fuller <melissa.fuller@thenyjournal.com>
De: Nadine Wilcock <nadine.wilcock@thenyjournal.com>
Assunto: A carta

Gostei. Curta, mas bem redigida. E vai direto ao ponto.

Nad :)

P.S.: Acho que seria bom você deixar de lado a parte onde menciona os atrasos. Ninguém em sã consciência se preocupa com falta de pontualidade. Só nesse NOSSO emprego @%$¨%$% é que alguém se preocupa com a hora em que chegamos.

Para: Nadine Wilcock <nadine.wilcock@thenyjournal.com>
De: Mel Fuller <melissa.fuller@thenyjournal.com>
Assunto: A carta

Sim, mas acha que ele vai receber a mensagem? Pelo que posso dizer com base nas pessoas com quem falei até agora, esse tal Max Friedlander parece estar elevando o papel de artista *playboy* a níveis inusitados. Aliás, não posso acreditar que ele jamais tenha sido objeto de uma matéria da Página Dez!

Além disso, parece que ele vive viajando. O cara estava na Tailândia para uma sessão de fotos no mês passado, no Havaí na semana passada e, esta semana, quem sabe onde estará? Ninguém parece ter a menor idéia de onde ele se encontra.

Ah, e não adianta tentar se comunicar com o celular dele. De acordo com a *Sports Illustrated*, ele perdeu o celular enquanto mergulhava em Belize.

Se ele receber essa mensagem, você acha que ele é o tipo de cara que vai se incomodar com esse problema?

Estou meio preocupada.

Tudo bem, acho eu. Quero dizer, eu estou até me dando bem com os gatos (quero dizer, o Sr. Botucas não sai de baixo da cama), e o Paco agora virou meu melhor amigo.

Só que já recebi mais cinco avisos de atraso do RH. Estão pensando seriamente em me suspender! Mas o que posso fazer? O Paco PRECISA de um bom passeio de uma hora pela manhã.

Mesmo assim, se precisar dispensar mais um evento social porque preciso ir para casa levar aquele cão para passear, tenho absoluta certeza de que vou ser demitida. Perdi aquele evento da Sarah Jessica Parker uma noite dessas por causa do Paco. Precisei andar com ele quase *uma hora*.

O George quase teve um parto, porque o *Chronicle* passou à nossa frente.

Mas, francamente, o que o *Chronicle* está fazendo, em matéria de fofocas sobre celebridades, não dá para imaginar. Eu sempre pensei que eles fossem acadêmicos demais para isso!

Mel

Para: Tom Barrett <recepcao@hotelparaíso.com>
De: Max Friedlander<reidafoto@paremasrotativas.com>
Assunto: Mensagem

Por favor, enviem a seguinte mensagem para Vivica Chandler, que se encontra hospedada no Sopradilla Cottage.

Viv...
Não receba... e repito, NÃO RECEBA nenhuma mensagem, nenhum telefonema, fax, e-mail etc. enviados a mim por uma mulher chamada Melissa Fuller.

Não, não se preocupe, ela não é uma de minhas ex. É a vizinha do lado da minha tia. Parece que Helen levou uma pancada ou coisa assim, e essa Fuller está querendo entrar em contato comigo para falar daquele cachorro bobo dela.

Mas não vamos deixá-la estragar nossas pequenas férias juntos, vamos?

Então, nem atenda a porta até eu chegar aí. Estou só terminando a sessão de fotos com Neve Campbell, e depois vou pegar o vôo noturno do aeroporto de Los Angeles, então devo chegar a tempo de ver o pôr-do-sol com você, meu bem. Deixe a champanhe geladinha pra nós, tá?

Te adoro,
Max

Para: Max Friedlander <reidafoto@paremasrotativas.com>
De: Tom Barrett <recepcao@hotelparaiso.com>
Assunto: Mensagem

Prezado Sr. Friedlander,
Tenho o prazer de lhe informar que sua mensagem para a Srta. Chandler foi reencaminhada.

Se houver mais alguma coisa que possamos fazer pelo senhor no Hotel Paraíso para que melhor aprecie sua hospedagem queira nos comunicar.

Aguardamos sua presença amanhã.

Atenciosamente,
Tom Barrett
Recepcionista
Hotel Paraíso
Key West, Flórida

Para: Mel Fuller <melissa.fuller@thenyjournal.com>
De: Max Friedlander <reidafoto@paremasrotativas.com>
Assunto: Minha tia

Prezada Srta. Fuller,
Estou chocado, profundamente chocado e assombrado por saber o que houve com minha tia Helen. Ela é, como tenho certeza de que sabe, minha única parente viva. Não sei como lhe agradecer pelo que tem feito para me encontrar e me comunicar essa tragédia.

Embora esteja no momento trabalhando na África — talvez tenha ouvido falar da seca aqui da Etiópia, não? Estou tirando umas fotos para o fundo Salvem as Crianças —, vou começar a me preparar para retornar a Nova York imediatamente. Se minha tia voltar do coma antes de eu chegar, por favor, diga que já estou a caminho.

E muito obrigado, mais uma vez, Srta. Fuller. O que dizem por aí, que os nova-iorquinos são frios e insensíveis, obviamente é mentira, no seu caso. Deus a abençoe.

Atenciosamente,
Maxwell Friedlander

Para: John Trent <john.trent@thenychronicle.com>
De: Max Friedlander <reidafoto@paremasrotativas.com>
Assunto: S.O.S.

Cara.
Precisa me ajudar.

Estou falando sério. Não sabe o que está em jogo: tenho uma oportunidade de passar umas férias prolongadas com a Vivica.

É, leu direito. A Vivica. A supermodelo. Aquela que acabou de dar o fora no Trump. Aquela dos anúncios para o novo sutiã com bombinha de água. A da capa da *Sports Illustrated*.

É. AQUELA mesma.

Mas não vou conseguir, cara, se não me der uma mãozinha. Só um favorzinho bem pequenininho. É só o que eu lhe peço.

E sei que não preciso te recordar daquela vez em que salvei sua pele em Las Vegas. Lembra? Férias de primavera, nosso último ano de faculdade? Eu jamais vi ninguém beber tantas jarras de margaritas quanto você naquela noite. Estou lhe dizendo, cara, você estaria pagando pensão até hoje se não fosse por mim. Eu SALVEI você. E você me jurou no dia seguinte (à beira da piscina, lembra?) que se houvesse alguma coisa que pudesse fazer por mim, você faria.

Bom, então esse dia chegou. Estou cobrando a dívida. Aquele favor.

Droga, estão me pedindo para desligar os aparelhos eletrônicos porque vamos decolar. Vê se me responde logo, cara.

Max

Para: Jason Trent <jason.trent@trentcapital.com>
De: John Trent <john.trent@thenychronicle.com>
Assunto: Max Friedlander

Eu sabia que ia acontecer. Eu sabia que ia, e justamente agora chegou: uma mensagem do Max Friedlander exigindo que lhe pague um favor que ele me fez no fim da faculdade.

Meu Deus, isso foi há dez anos. O cara tem memória seletiva. Não consegue lembrar o número da Previdência Social, mas o "favor" que lhe devo ele se lembra. O que eu fiz para merecer isso?

Lembra-se do Max, não se lembra, Jase? Foi meu colega de alojamento, no último ano, aquele com quem morei no primeiro apartamento quando me mudei para a cidade depois da faculdade. Aquela espelunca em Hell's Kitchen, onde o cara recebeu uma facada nas costas na primeira noite que passamos lá — lembra? Saiu nos jornais no dia seguinte... Acho que foi isso que me fez resolver ser repórter policial, aliás.

Lembra-se de como a Mim se ofereceu para pagar meu aluguel para eu poder morar com ela e viver, nas palavras de Mim, "como gente"? Meu Deus, depois de morar dois meses com o Max, eu quase aceitei. É como se o cara pensasse que ainda estávamos na faculdade — meia Manhattan aparecia na nossa sala para ver o futebol de segunda à noite toda semana.

Mas quando me mudei, não guardei rancor. Ele ainda me liga de tantos em tantos meses para saber as novidades.

E agora essa.

Só Deus sabe o que o Max quer que eu faça para ele. Salvar uma jangada inteira de bailarinas cubanas refugiadas, imagino. Ou então hospedar o time inteiro de futebol americano da Austrália. Quem sabe emprestar-lhe os 50.000 dólares que ele deve àquele traficante russo.

Estou pensando seriamente em sair do país, Jason. Acha que a Mim me emprestaria o jatinho no fim de semana?

John

Para: John Trent <john.trent@thenychronicle.com>
De: Jason Trent <jason.trent@trentcapital.com>
Assunto: Max Friedlander

Naturalmente, fico meio constrangido de perguntar, mas, como seu irmão mais velho, sinto que tenho direito de saber:

O que, exatamente, esse Max Friedlander fez para você ficar devendo tanto a ele?

Jason

P.S.: Stacy mandou perguntar quando vai vir nos visitar. As crianças estão querendo saber de você. Brittany já anda muito bem a cavalo, e Haley venceu a prova de salto no campeonato da semana passada.
P.P.S.: Não vai poder usar o jatinho. A Julia vai precisar dele.

Para: Jason Trent <jason.trent@trentcapital.com>
De: John Trent <john.trent@thenychronicle.com>
Assunto: Max Friedlander

O nome dela era Heidi. Era uma vedete. Tinha plumas nos cabelos e um vestido com um decote até lá embaixo.

Bom, não era bem assim. Mas o nome dela era Heidi, e ela era vedete. E aparentemente eu estava determinado a torná-la a primeira Sra. John Trent.

Não entenderia, é claro, pois você nunca foi de fazer nada nem ligeiramente desonroso em todos os seus 35 anos, mas tente, Jason, tente se colocar no meu lugar.

Eram as férias de primavera. Eu tinha 22 anos. Estava apaixonado.

Tinha bebido muitas margaritas.

Max me arrastou da capela matrimonial, despachou a Heidi para casa, tomou-me as chaves para eu não poder segui-la, me tirou do porre e me pôs na cama.

Eu ainda penso nela às vezes. Era ruiva, e com os dentes ligeiramente tortos. Era linda de morrer.

Mas não valia ISSO.

John

P.S.: Dê os parabéns a Haley e a Brittany por mim. Vocês vão a Vineyard esta semana? Podíamos nos encontrar todos por lá.

Dependendo do que possa ser esse favor que preciso prestar ao Max.

Para: John Trent <john.trent@thenychronicle.com>
De: Jason Trent <jason.trent@trentcapital.com>
Assunto: Max Friedlander

Ah! Agora entendo tudo. Sei como você fica quando vê uma ruiva.
Então, qual É o favor que ele quer que você faça em troca?

Jason

P.S.: Não, vamos para a casa em Hamptons. Se quiser ir para lá também, fique à vontade.

Para: Max Friedlander <reidafoto@paremasrotativas.com>
De: John Trent <john.trent@thenychronicle.com>
Assunto: S.O.S.

Nem quero saber. O que é que quer que eu faça para você, Max?
E, por favor, estou te implorando, nada ilegal em Nova York nem em qualquer outro lugar.

John

Para: John Trent <john.trent@thenychronicle.com>
De: Max Friedlander <reidafoto@paremasrotativas.com>
Assunto: S.O.S.

Olha, vai ser moleza: só vai precisar fingir que sou eu durante uma ou duas semanas.

Bom, tá, quem sabe um mês.

Simples, não? O babado é o seguinte:

Minha tia, sabe, aquela podre de rica que sempre me fez lembrar uma de suas avós, a Mimi, ou sei lá qual é o nome dela. Aquela que nos tratou de forma tão rude naquele negócio do nosso apartamento, lembra? O bairro não era *tão porcaria* assim.

Bom, vamos em frente, minha tia parece que teve um ataque de senilidade e deixou um psicopata entrar no apartamento dela, e o cara lhe aplicou uma cacetada na cabeça e fugiu. Agora, ela está um verdadeiro vegetal lá no Hospital Israelita.

Tem uma probabilidade — embora pequena, de acordo com os médicos — de que ela saia do coma.

Então, entende que, simplesmente, não dá para ela acordar e descobrir que o amado Maxie dela não foi voando para a cabeceira dela assim que ouviu falar do acidente. O testamento da tia Helen foi feito com uma divisão de 80/20 — 80 por cento dos 12 milhões que a minha tia vale vão para mim se ela morrer, e os 20 por cento vão para as várias obras de caridade para as quais ela contribui. Não vamos querer que ocorra qualquer tipo de mudança indesejada nesses percentuais, só porque o Maxie resolveu brincar de casinha com uma supermodelo durante essa alarmante tragédia.

É claro que não vamos. E é aí que você, meu amigo, vai me ajudar.

Você vai dizer à vizinha dela que você sou eu.

É isso. Só se fazer passar por mim, para a Srta. Melissa Fuller dizer à tia Helen — se é que ela um dia vai sair do coma, o que é extremamente duvidoso — que, sim, o seu amado sobrinho, o Maxie, apareceu assim que ouviu a notícia do seu pequeno acidente.

Ah, sim, e talvez tenha que levar o cachorro dela para passear algumas vezes. Só para a vizinha se acalmar.

E, naturalmente, se a velhota mostrar o menor sinal que seja de voltar à consciência, me telefone. Entendeu? E aí eu volto correndo.

Mas como eu imagino que a chance de uma mulher de 80 anos voltar de uma situação dessas é praticamente nenhuma, não vou ficar na expectativa, aguardando telefonemas seus.

Sabe que não te pediria para fazer isso se não estivéssemos falando da Vivica. Sacou? A VIVICA. A gata parece que entende tudo de ioga.

IOGA, Trent.

Faz isso por mim, que ficamos quites, parceiro. O que me diz?

Max

Para: Max Friedlander <reidafoto@paremasrotativas.com>
De: John Trent <john.trent@thenychronicle.com>
Assunto: S.O.S.

Deixe-me ver se entendi direito:

Sua tia foi vítima de um ataque brutal, e você nem mesmo pensa em adiar suas férias?

Essa é uma fria, Friedlander, e das grandes.

Trocando em miúdos, está me pedindo para fingir que sou você. É isso?

Acho que devia ter me casado com a vedete.

John

Para: John Trent <john.trent@thenychronicle.com>
De: Max Friedlander <reidafoto@paremasrotativas.com>
Assunto: S.O.S.

Vocês, repórteres policiais, são todos iguais.

Por que é que está fazendo isso parecer tão desonesto? Eu já te disse, a tia Helen está em coma. Jamais vai saber o que ocorreu. Se ela bater as botas, você me liga, eu volto para tratar do enterro. Se ela sair do coma, você me liga, que eu volto para ajudá-la na convalescença.

Mas enquanto ela estiver inconsciente, jamais vai distinguir você de mim. Então, por que adiar as coisas?

Além do mais, estamos falando da Vivica.

Sabe como as coisas ficam quando começa a analisá-las demais? Você sempre foi assim. Eu me lembro daqueles testes de múltipla escolha que tínhamos em biologia, você vivia dizendo: "Não dá pra ser A, é óbvio demais. Devem estar tentando pegar a gente." E aí escolhia a D, quando a resposta era CLARAMENTE A LETRA A.

Contanto que a tia Helen — e os advogados dela — não fiquem sabendo, por que não me deixar curtir minhas feriazinhas tão merecidas? Ajudar essa vizinha dela? É só isso que lhe peço. Para levar um cachorrinho pra passear.

Acho que é um preço bem pequeno a pagar, considerando-se que te impedi de cometer o pior erro da sua vida. Acha que a velha Mimsy ainda ia te convidar para aquelas *soirées* em Vineyard se sua esposa fosse uma vedete de Las Vegas?

Acho que não.

Acho que está devendo ao seu parceiro Maxie, e muito.

Max

Para: Jason Trent <jason.trent@trentcapital.com>
De: John Trent <john.trent@thenychronicle.com>
Assunto: Max Friedlander

Ele quer que eu finja ser ele e vá levar o cachorro da tia dele para passear, enquanto a velha está em coma no hospital, para ele poder curtir as férias com uma supermodelo.

Podia ser pior. Muito pior.

Então, por que é que estou com um pressentimento tão ruim?

John

Para: John Trent <john.trent@thenychronicle.com>
De: Jason Trent <jason.trent@trentcapital.com>
Assunto: Max Friedlander

Você tem razão. Podia ser pior. Vai topar?

Jason

P.S.: Stacy manda dizer que achou a gata dos seus sonhos: a instrutora de adestramento das crianças. Vinte e nove anos, miudinha, loura, olhos azuis... O que me diz?

Para: Jason Trent <jason.trent@trentcapital.com>
De: John Trent <john.trent@thenychronicle.com>
Assunto: Max Friedlander

Por que não?

Quer dizer, levar o cachorro da velhinha para passear... que mal pode haver nisso?

John

P.S.: Sabe que não suporto adestramento. Tem alguma coisa muito esquisita em se fazer um cavalo dançar.

Para: John Trent <john.trent@thenychronicle.com>
De: Jason Trent <jason.trent@trentcapital.com>
Assunto: Max Friedlander

Os cavalos não dançam no adestramento, seu imbecil. Eles marcham.

E já pensou alguma vez que você e a Heidi talvez fossem feitos um para o outro? Quero dizer, com o tipo de sorte que vem tendo com as mulheres ultimamente, a Heidi pode ter sido muito bem sua última chance para ser feliz de verdade.

Pensa só nisso. Se tivesse feito o que seu coração estava mandando, em vez de seguir a cabeça do Max Friedlander, poderia ser você que estaria dando um neto a Mim em dezembro, no meu lugar.

Jason

Para: Jason Trent <jason.trent@trentcapital.com>
De: John Trent <john.trent@thenychronicle.com>
Assunto: Max Friedlander

Já mencionei ultimamente o ódio que sinto por você?

John

Para: Max Friedlander <reidafoto@paremasrotativas.com>
De: John Trent <john.trent@thenychronicle.com>
Assunto: S.O.S.

Tá legal, eu topo.

John

Para: John Trent <john.trent@thenychronicle.com>
De: Max Friedlander <reidafoto@paremasrotativas.com>
Assunto: Operação Paco

Então, tá. Vou dizer à vizinha que espere você (quero dizer eu) esta noite para a cerimônia de transferência das chaves. Ela tem a sobressalente da minha tia. Aparentemente, não teve a idéia de imaginar por que a tia Helen nunca me deu as chaves do apartamento dela. (Aquele incêndio no apartamento anterior não foi culpa minha. A fiação estava com problema.)

Lembre-se de que precisa fingir que você sou eu, então tente agir como se estivesse preocupado com o hematoma da senhora, ou seja lá o que for.

E, olha só, como vai agir no meu lugar, será que dava para se vestir com um pouco mais assim de... qual é a palavra mesmo que estou procurando? Ah, já sei, REQUINTE. Sei que para caras como você, que já nasceram ricos, o instinto é menosprezar os trilhões que vocês valem.

Até aí tudo bem, quero dizer, entendo isso que está fazendo, trabalhando num emprego conseguido com seu próprio suor, em vez de aceitar aquele cabide que teu irmão te ofereceu.

Concordo plenamente com isso. Se quer fingir que só ganha 45.000 por ano, está muitíssimo bem.

Mas, enquanto estiver no meu lugar, será que DAVA pra não se vestir como um universitário *hippie*? Estou te implorando, nada de camisetas do Grateful Dead, e nem daqueles sapatos tipo top sider que você sempre usa, sim? Será que você ia morrer se pusesse uma coisinha assim um pouco mais chique, tipo mocassim com franja?

E, pelo amor de Deus, invista em uma jaqueta de couro. Eu te imploro. Eu sei que vai significar tocar naqueles milhões preciosos daquela poupança que teu avô te deixou, mas francamente, alguma coisa que NÃO FOSSE comprada na Gap seria legal.

Só isso. É só o que te peço. Tente melhorar a aparência quando estiver me imitando. Eu tenho a reputação de ser um cara bem cuidado, bem vestido, você sabe.

Max

P.S.: A vizinha deixou um número, mas eu perdi. O e-mail dela é melissa.fuller@thenyjournal.

Para: Max Friedlander <reidafoto@paremasrotativas.com>
De: John Trent@john.trent@thenychronicle.com>
Assunto: S.O.S.

Meu Deus, Friedlander, ela trabalha no *New York JOURNAL*?

Você não disse isso. Não me contou que sua vizinha trabalhava no *New York Journal*.

Não sacou, Max? Ela talvez ME CONHEÇA. Eu sou jornalista. É, trabalhamos para jornais rivais, mas, cacete, o campo é muito pequeno. E se ela abrir a porta e tivermos comparecido às mesmas coletivas ou aos mesmos locais de crime?

Aí vamos ser desmascarados.

Ou será que não se importa com isso?

John

P.S.: E como é que vou poder mandar e-mail pra ela? Ela vai saber que não é você quando ler meu endereço.

Para: John Trent <john.trent@thenychronicle.com>
De: Max Friedlander <reidafoto@paremasrotativas.com>
Assunto: Operação Paco

Claro que me importo. E relaxa, eu já verifiquei onde ela trabalha. Faz a coluna social.

Duvido que esteja encontrando alguma colunista social nos locais de crime que andou cobrindo ultimamente.

Max

P.S.: Faça uma outra conta de e-mail.
P.P.S.: Pára de me encher. Vivica e eu estamos tentando assistir ao pôr-do-sol.

Para: Max Friedlander <reidafoto@paremasrotativas.com>
De: John Trent <john.trent@thenychronicle.com>
Assunto: Ainda não me convenceu

Colunista social? Ela é colunista social, Max? COM CERTEZA ela vai descobrir que eu não sou você.

John

Para: Max Friedlander <reidafoto@paremasrotativas.com>
De: John Trent <john.trent@thenychronicle.com>
Assunto: Ainda não me convenceu

Max? MAX? CADÊ VOCÊ???

Para: Nadine Wilcock <nadine.wilcock@thenyjournal.com>
De: Mel Fuller <melissa.fuller@thenyjournal.com>
Assunto: Max Friedlander

Ai, meu Deus, Nadine! Recebi uma mensagem dele!

Está fazendo umas fotos na Etiópia, de criancinhas famintas para o fundo Salvem as Crianças! E acabei de lhe pedir para largar tudo e vir para a casa tomar conta do cachorro da tia dele!

Que tipo de megera devo parecer para ele? Ai, meu Deus, eu sabia que não devia ter tentado entrar em contato com ele.

Mel

Para: Mel Fuller <melissa.fuller@thenyjournal.com>
De: Nadine Wilcock <nadine.wilcock@thenyjournal.com>
Assunto: Max Friedlander

O que é mais importante para ele, um monte de criancinhas famintas que ele não conhece ou o cachorro da tia dele?

Não queria parecer insensível, mas, com criancinhas famintas ou não, ele precisa assumir uma parte da responsabilidade.

Além do mais, a tia dele está em coma, Mel. Quero dizer, se seu único parente vivo está em coma, você volta pra casa, caramba, com ou sem criancinhas famintas.

Quando ele vai chegar, aliás? Vai conseguir comparecer à festa à beira da piscina? Porque o Tony está ameaçando romper o noivado se eu não for.

Nad :-/

Para: Mel Fuller <melissa.fuller@thenyjournal.com>
De: Dolly Vargas <dolly.vargas@thenyjournal.com>
Assunto: Max Friedlander

Querida, ouvi você soltando gritinhos o tempo todo no departamento de arte. Pensei que no mínimo o elenco de *Friends* estivesse se separando.

Mas agora descubro que foi só porque o Max Friedlander te enviou um e-mail.

E que negócio foi esse de ele estar vindo da Etiópia? Max Friedlander JAMAIS iria à Etiópia. Meu Deus, é tão... poeirento esse lugar.

Deve estar confundindo o homem com outra pessoa.

Agora, venha cá, vamos falar do Aaron: estou muito a fim de transformá-lo em alguém que não sinta vergonha de apresentar ao Stephen. E aí, acha que ele vai resistir bravamente a meus esforços de levá-lo à Barney's? Ele só precisa de umas calças de linho, não acha? Vai ficar com um ar devastadoramente F. Scott Fitzgerald com roupas de linho.

Pode dizer alguma coisa, querida, da próxima vez que passar por ele no caminho para a xerox? Alguma coisa completamente arrasadora, tipo "calça de milico legal, essa sua, hein", para eu poder manobrá-lo depois.

XXXOOO

Dolly

Para: Don e Beverly Fuller <DonBev@dnr.com>
De: Mel Fuller <melissa.fuller@thenyjournal.com>
Assunto: Debbie Phillips

Oi, mãe. Desculpe ter passado tanto tempo sem responder. É que ando muito ocupada aqui, como mencionei pelo telefone. Ainda estou levando o cachorro da Sra. Friedlander para passear, mas esta noite o sobrinho dela deve passar por aqui, e espero que resolvamos tudo.

O que é bom, porque andei me metendo aí em uns problemas no trabalho por me atrasar todos os dias. Não sei por que as pessoas no RH ficam de marcação assim com a gente, pobres assalariados. É como se pensassem que são especiais ou coisa assim, porque controlam o que acontece nos nossos registros de desempenho.

Bem, além do que aconteceu com a Sra. Friedlander (não se preocupe, mãe, esse prédio aqui é bem seguro, além do mais o aluguel do meu apartamento é tabelado pelo governo — não dá para me mudar de uma hora para outra. E sempre tranco minha porta, jamais abro a porta para estranhos — além do mais o Ralph, o porteiro, jamais deixaria um estranho subir sem me avisar antes), as coisas vão bem. Ainda estou trabalhando na coluna da Página Dez, contra a minha vontade — não consigo convencer o Sr. Sanchez, meu patrão, de que eu realmente poderia fazer umas reportagens nas ruas, se ele me permitisse.

Vamos ver, o que mais? Ah, rompi o namoro com aquele cara do qual lhe falei. Estava um tédio. Bom, pelo menos, não via o relacionamento progredir para onde ele pretendia que progredisse. E, ainda por cima, ele andou me traindo com a Barbara Bellerieve. Ora, acho que ele não traiu de verdade, porque ele e eu nunca fizemos mesmo nada juntos — não deixa o papai ler isso, tá?

Ah, a campainha. Chegou o sobrinho da Sra. Friedlander. Preciso atender à porta.

Com carinho,

Mel

Para: Mel Fuller <melissa.fuller@thenyjournal.com>
De: Don e Beverly Fuller <DonBev@dnr.com>
Assunto: Homens estranhos

Melissa! Pode me ligar assim que esse homem for embora! Como foi que pôde deixar um homem que jamais conheceu antes entrar no seu apartamento? Ele podia ser aquele maníaco que vi no *Inside Edition*! Aquele que veste as roupas das vítimas e passeia com elas depois de cortar o corpo delas em pedaços.

Se não telefonar para nós dentro de uma hora, eu vou ligar para a polícia, estou falando sério, Melissa.

Mamãe

Para: Mel Fuller <melissa.fuller@thenyjournal.com>
De: Nadine Wilcock <nadine.wilcock@thenyjournal.com>
Assunto: Max Friedlander

E aí??? Como ele era???

Nadine

Para: Mel Fuller <melissa.fuller@thenyjournal.com>
De: Tony Salerno <rango@fresche.com>
Assunto: Mel???

NÃO DIGA A NADINE QUE ESCREVI ESTA MENSAGEM.
Mas escuta, Mel, PRECISA fazer esse cara levar o cachorro para passear para você. Porque se não fizer isso, e não vier a essa festa de noi-

vado na casa do meu tio Giovanni, Nadine vai ter um colapso nervoso. Juro por Deus. Não me pergunte por que, mas ela tem um complexo de ser gorda, e precisa de seu apoio moral ou coisa assim toda vez que tem que vestir o maiô.

Como dama de honra dela, é seu dever vir com ela nessa festa de sábado. Então, veja se manda esse cara levar o cachorro à rua nesse dia, tá legal?

Se ele te causar problemas, me diga. Deixa que eu cuido dele. As pessoas pensam que os caras que cozinham não são de nada, mas não é verdade. Eu vou fazer com a fuça desse cara o que fiz com o prato especial desta noite, que, por coincidência, é minha *piccata* de vitela — bater bem até ficar bem achatadinha, nadando no molho de vinho branco mais leve que jamais experimentou. Dou a receita para você mais tarde, se quiser.

E VEJA SE NÃO SE ESQUECE, HEIN?

Tony

Para: John Trent <john.trent@thenychronicle.com>
De: Max Friedlander <reidafoto@paremasrotativas.com>
Assunto: Operação Paco

Você usou mocassins? Quando foi falar com ela esta noite?

Por favor me diga se usou.

Max

Para: John Trent <john.trent@thenychronicle.com>
De: Jason Trent <jason.trent@trentcapital.com>
Assunto: como foi?

Estava pensando em como terá sido sua representação desta noite.

E a Stacy quer saber se ainda vai vir jantar aqui no domingo como planejamos.

Jason

Para: John Trent <john.trent@thenychronicle.com>
De: Max Friedlander <reidafoto@paremasrotativas.com>
Assunto: OI!!!

OI! AQUI É A VIVICA, AMIGA DO MAX, ESCREVENDO PRA VOCÊ UM E-MAIL! O MAX ESTÁ NA HIDRO, MAS ME PEDIU PARA TE PERGUNTAR COMO FOI O NEGÓCIO COM AQUELA MOÇA ESQUISITA QUE TEM O PROBLEMA DO CACHORRO, ELA ACREDITOU QUE VOCÊ É O MAX???

É ESTRANHO ESCREVER PARA VOCÊ, UMA VEZ QUE NEM TE CONHEÇO. COMO ESTÁ O TEMPO EM NOVA YORK? AQUI ESTÁ LINDO, QUASE 30 GRAUS.

VIMOS ALGUNS GATOS SE APRESENTANDO NUM ESPETÁCULO HOJE. QUEM DIRIA QUE OS GATOS SERIAM CAPAZES DE FAZER ISSO?????

AH, O MAX DISSE PARA EU TE PEDIR PARA LIGAR PARA ELE AQUI NO HOTEL ASSIM QUE RECEBER ESSA MENSAGEM. O NÚMERO É 305-555-6576. PEÇA PARA FALAR COM O SOPRADILLA COTTAGE. SOPRADILLA É UMA FLOR. CRESCE EM TODA A KEY

WEST. KEY WEST FICA A APENAS 145 KM DE CUBA, ONDE UMA VEZ FUI TIRAR FOTOS DE ROUPA DE BANHO.

PRECISO IR, O MAX CHEGOU.

VIVICA

Para: Nadine Wilcock <nadine.wilcock@thenyjournal.com>
De: Mel Fuller <melissa.fuller@thenyjournal.com>
Assunto: Como ele era?

Tá legal, aí vão as estatísticas:

Eu diria aí um metro e oitenta e cinco, ombros largos, quero dizer largos, mesmo. Cabelos escuros, mas não muito. Olhos cor de avelã. Sabe qual é a cor. Às vezes verdes, às vezes castanhos. Às vezes penetrando como um raio em minha alma...

Brincadeirinha...

Sei lá. É meio difícil explicar. Ele não era o que eu estava esperando, isso é um fato. Quero dizer, pelo que ouvi falar, das fotos e tudo, esperava um cara meio metido, entende?

Mas que tipo de metido vai andar por aí com uma camiseta do Grateful Dead? E ele estava de *jeans*. E sapatos top sider sem meias.

Esperava uns mocassins Gucci, no mínimo.

E era tão modesto — quero dizer, para um cara que inscreveu uma foto de si mesmo pelado na Bienal. Acho que a Dolly deve ter exagerado nisso. Talvez não estivesse mesmo nu. Talvez estivesse com uma daquelas malhas cor de carne que usam nos filmes, sabe?

E ele não quis falar da viagem à Etiópia de jeito nenhum! Quando toquei no assunto das fotos que estava fazendo para o fundo Salvem as Crianças, ele até pareceu envergonhado e tentou mudar de assunto.

Eu estou lhe dizendo, Nadine, ele não parece nem um pouquinho com o cara que a Dolly descreveu.

Nem mesmo a Sra. Friedlander o descreveu bem. Vivia falando dele como se o achasse meio irresponsável, mas estou lhe dizendo, Nadine, ele não me pareceu ser assim. Perguntou tudo sobre o que tinha acontecido: como arrombaram o apartamento, essas coisas. Embora eu ache que não foi arrombamento mesmo, uma vez que a porta nem estava trancada...

De qualquer forma, foi mesmo comovente ver a preocupação que ele mostrou para com a tia. Pediu-me que lhe dissesse onde a encontrei e como estava caída, e se faltava alguma coisa...

Foi quase como se tivesse alguma experiência em lidar com crimes violentos... sei lá. Talvez tenha havido uns arranca-rabos naquelas sessões de fotos da Victoria's Secret, quem sabe???!

Mais uma coisa estranha: ele pareceu surpreso com o tamanho do Paco. Considerando-se que eu sei que a Sra. Friedlander já recebeu o Max para jantar há, pelo menos, alguns meses e o Paco tem cinco anos, ele não pode ter crescido desde esse dia. Quando mencionei como na semana passada o Paco praticamente deslocou meu ombro, Max disse que não conseguia entender como uma velha e frágil senhora podia levar um cachorrão assim tão grande para passear todos os dias.

Não é engraçado? Acho que só mesmo um sobrinho ia achar a Sra. Friedlander uma velhinha frágil. Ela sempre me pareceu tão resistente... Quero dizer, considerando-se que no ano passado ela percorreu o Yosemite inteiro a pé...

Bom, Nadine, para encurtar o papo, estou feliz por ter me posto em contato com ele! Porque ele disse que não achava legal eu levar o Paco à rua com o meu ombro assim machucado e tal, e que ele ia se mudar para o apartamento ao lado, para cuidar dos animais e tomar conta de tudo.

Dá pra acreditar? Um homem que leva a sério suas responsabilidades? Ainda estou chocada.

Preciso ir. Tem alguém tocando a campainha. Ai, caramba, é a polícia!

Preciso atender.

Mel

Para: Nadine Wilcock <nadine.wilcock@thenyjournal.com>
De: Mel Fuller <melissa.fuller@thenyjournal.com>
Assunto: Como ele era?

Bom, os tiras já foram. Expliquei a eles sobre minha mãe e sua obsessão com o assassino travestido. Eles nem se zangaram.

Bom, Nadine, quer saber de outra coisa? Sobre o Max Friedlander, quero dizer. Se é que ainda tem saco...

De onde estou sentada, à minha mesa em casa, posso enxergar o apartamento dele — quero dizer da Sra. Friedlander. Bem dentro do quarto de hóspedes. A Sra. Friedlander sempre manteve as venezianas desse quarto fechadas, mas o Max as abriu logo que chegou (para olhar as luzes da cidade, acho — temos uma vista magnífica aqui do 15º andar) e agora dá para vê-lo deitado na cama, digitando alguma coisa no seu laptop. O Chico Bum está na cama ao lado dele, como também o Paco, é claro (nem sinal do Sr. Botucas, mas é que ele é mesmo assim tímido).

Sei que é errado ficar xeretando assim, Nadine, mas eles me parecem tão felizes e fofinhos ali!

E acho que não faz mal notar que o Max tem uns antebraços assim muito bonitos...

Ai, minha nossa. É melhor ir para a cama. Acho que estou ficando abobalhada.

Beijo,
Mel

Para: Jason Trent <jason.trent@trentcapital.com>
De: John Trent <john.trent@thenychronicle.com>
Assunto: Como foi tudo?

Ela é ruiva.

Socorro.

John

Para: Mel Fuller <melissa.fuller@thenyjournal.com>
De: Dolly Vargas <dolly.vargas@thenyjournal.com>
Assunto: Max Friedlander

Querida, será que escutei direito ao encontrar com você e a Nadine no Starbucks hoje de manhã? Disse que o Max Friedlander se *mudou para o apartamento ao lado do seu*?

E que estava *espionando* o sujeito?

E que o viu *pelado????*

Parece que fiquei com um pouco de água nos ouvidos por causa do fim de semana na casa do Stephen, então só queria confirmar que ouvi direito antes de ligar para todas as pessoas que conheço e contar a elas.

XXXOOO

Dolly

Para: Mel Fuller <melissa.fuller@thenyjournal.com>
De: Nadine Wilcock <nadine.wilcock@thenyjournal.com>
Assunto: Dolly

Mel...

Será que dá para parar de bancar a obcecada? Ela vai contar para quem? Dolly não conhece tanta gente assim aqui na redação.

E os que ela conhece a odeiam, e não acreditariam mesmo nela.

Vai por mim.

Nad

Para: Mel Fuller <melissa.fuller@thenyjournal.com>
De: Aaron Spender <aaron.spender@thenyjournal.com>
Assunto: Você

Mel, será que entendi direito o que a Dolly me contou? Um homem nu se mudou para o apartamento ao lado do seu? O que aconteceu com a velhinha? Ela acabou morrendo? Não sabia. Meus sentimentos, se foi isso que houve. Sei que vocês duas eram amigas, além de vizinhas em Manhattan.

Porém não sei se é apropriado um homem ficar desfilando pelado na frente dos vizinhos. Você realmente devia apresentar queixa ao síndico sobre isso, Melissa. Sei que é só uma inquilina, não dona do apartamento, e que não gosta de criar caso porque o aluguel é razoável, mas esse tipo de coisa pode ser interpretada como assédio sexual. Sem dúvida que pode.

Melissa, será que pensou no que eu disse no elevador no outro dia? Eu estava falando sério, no duro. Acho que é hora.

Lembro que naquele dia em que fomos andando pelo Central Park durante sua hora de almoço – parece que foi há um tempão, mas foi só na última primavera – você comprou um cachorro-quente em uma carrocinha, e eu te implorei para não fazer isso por causa daquela matéria que fiz sobre os carcinógenos nos alimentos vendidos em carrocinhas.

Eu jamais vou me esquecer como seus olhos azuis faiscaram para mim quando você respondeu: "Aaron, para morrer, a gente precisa ter vivido um pouco primeiro."

Melissa, eu já decidi: quero viver. E a pessoa com quem quero viver, mais do que qualquer outra do mundo, é você. Eu acho que estou pronto para assumir um compromisso.

Por favor, Melissa, não pode deixar que esse compromisso seja com você?

Aaron

Aaron Spender
Correspondente sênior
New York Journal

Para: Mel Fuller <melissa.fuller@thenyjournal.com>
De: George Sanchez <george.sanchez@thenyjournal.com>
Assunto: Atraso

Dolly me disse que finalmente entrou em contato com o tal cara do cachorro. Isso explica por que chegou na hora hoje pela primeira vez em 27 dias.

Parabéns. Estou orgulhoso de você.

Agora, se começar a entregar suas matérias a tempo, não vou precisar te demitir. Mas acho que não devo contar com isso, uma vez que ouvi dizer que esse seu vizinho fica muito bem pelado.

George

Para: Dolly Vargas <dolly.vargas@thenyjournal.com>
De: Mel Fuller <melissa.fuller@thenyjournal.com>
Assunto: Max Friedlander

Dolly, juro por tudo quanto há de mais sagrado, se contar a mais alguém que eu vi o Max Friedlander pelado, eu irei pessoalmente até aí cravar uma estaca no seu coração, que ouvi dizer que é a única maneira de deter gente como você.

Ele não estava PELADO, entendeu? Estava totalmente vestido até os dentes. TOTALMENTE VESTIDO O TEMPO TODO.

Bom, salvo pelos antebraços, é verdade. Mas foi só isso que eu vi, juro.

Então vê se pára de dizer o contrário a todo mundo!

Mel

Para: Mel Fuller <melissa.fuller@thenyjournal.com>
De: Dolly Vargas <dolly.vargas@thenyjournal.com>
Assunto: Max Friedlander

Querida, será que toquei em algum ponto melindroso, ou coisa assim? Nunca te vi usar maiúsculas assim desse jeito tão enfático. O Max deve ter causado uma impressão muito forte mesmo em você, para ficar assim tão esquentada.

Mas, também, ele exerce mesmo esse efeito sobre as mulheres. Não tem como evitar. São os feromônios, sabe? O homem tem feromônios a dar com um pau.

Bom, preciso ir. Peter Hargrave vai me levar para almoçar. É, isso mesmo, o Peter Hargrave, o redator-chefe. Quem sabe, quando voltar, talvez já tenha garantido uma promoção daquelas bem polpudas.

Mas não tema, não vou me esquecer dos meus colegas de cargos inferiores.

XXXOOO

Dolly

P.S.: O que achou das calças novas do Aaron? Não são perfeitas? Hugo Boss.

Eu sei, eu sei. Mas já é um começo.

Para: Tony Salerno <rango@fresche.com>
De: Mel Fuller <melissa.fuller@thenyjournal.com>
Assunto: Sábado

Oi! Só uma mensagem rapidinha para dizer para você relaxar, que eu vou estar lá no sábado.

É, isso mesmo, o cara do cachorro apareceu!

Até lá, então.

Orgulhosa de ser a dama de honra de sua futura esposa,

Mel

Para: John Trent <john.trent@thenychronicle.com>
De: Jason Trent <jason.trent@trentcapital.com>
Assunto: Como foi tudo?

Ela é ruiva? Então é ISSO? Vai me deixar de molho aqui até quando?

O QUE ACONTECEU???

Jason

P.S.: Stacy também quer saber.

Para: Jason Trent <jason.trent@trentcapital.com>
De: John Trent <john.trent@thenychronicle.com>
Assunto: Como foi tudo

Desculpa, eu fiquei enrolado com uma matéria, e depois precisei voltar ao apartamento da tia do Friedlander para levar o cachorro para passear. Max deixou de mencionar que esse cão cujo nome enganador é Paco se trata de um DINAMARQUÊS. O cachorro pesa mais que a Mim.

E aí, o que deseja saber?

Se ela acreditou que eu era o Max Friedlander? Lamento responder que sim.

Se eu desempenhei o papel de Max Friedlander direitinho? Bom, acho que sim, senão ela não teria acreditado.

Se eu estou me sentindo um canalha de primeira por ter feito isso? Sem dúvida. A autoflagelação cai muito bem em mim.

O pior foi... bom, acho que já te contei o pior. *Ela pensa que eu sou o Max Friedlander.* Max Friedlander, aquele ingrato que nem mesmo parece se preocupar com o fato de alguém ter nocauteado sua tia de 80 anos.

Mas a Melissa se preocupa.

É esse o nome dela. Da ruiva. Melissa. As pessoas a chamam de Mel. Foi isso que ela me disse. "Me chamam de Mel." Ela se mudou para a cidade logo depois da faculdade, o que me faz pensar que ela tenha aí seus 27 anos de idade, uma vez que já mora aqui há cinco anos. Ela veio de Lansing, Illinois. Já ouviu falar de Lansing, Illinois? Já ouvi falar de Lansing, Michigan, mas não de Lansing, Illinois. Ela diz que é uma cidadezinha onde se passa pela rua principal e todos te dizem: "Ah, oi, Mel."

Assim mesmo, "ah, oi, Mel".

Na estante dela se vêem, entre muitos outros, exemplares de absolutamente todas as obras de Stephen King. Melissa tem uma teoria segundo a qual para cada século há um escritor que resume a cultura popular da época, e quem resumiu a do século XIX foi Dickens, e a do século XX foi Stephen King.

Diz que ainda está para nascer a pessoa que irá ser a voz do século XXI.

Sabe o que a minha ex, a Heather (você se lembra da Heather, não, Jason? Aquela que você e a Stacy diziam que respirava pela boca?), tinha nas estantes dela?

As obras completas de Kierkegaard. Ela jamais havia lido Kierkegaard, é claro, mas as capas do livro combinavam com a cor das almofadas do sofá.

Era assim que ela me via. A Heather, quero dizer. Um talão de cheques de um metro e oitenta e cinco que podia pagar a conta dos objetos de decoração que ela comprava.

Refresca minha memória, outra vez, por que a Mim ficou tão preocupada quando a Heather e eu rompemos?

Ah, e quando cheguei, ela me ofereceu cerveja. Melissa, não a Heather.

Não água mineral gasosa. Não vinho. Não Glenfiddich com gelo, nem um cosmo. Cerveja. Disse que tinha dois tipos: *light* e *root beer*. Eu tomei a *root beer*. E ela também.

Ela me mostrou onde a tia do Max guarda a comida do cachorro e dos gatos. Me disse onde comprar mais, caso acabasse. Disse-me quais os passeios prediletos do Paco. Me mostrou como atrair um gato chamado, sem brincadeira, Sr. Botucas, para tirá-lo de debaixo da cama.

Ela me perguntou sobre meu trabalho para o fundo Salvem as Crianças. Perguntou sobre minha viagem à Etiópia. Perguntou se eu tinha ido visitar minha tia no hospital, e se tinha ficado muito transtornado ao vê-la toda entubada daquele jeito. Ela me deu tapinhas amistosos no braço e me disse para não me preocupar, que se alguém podia sair de um coma, era minha tia Helen.

E eu ali, um sorriso idiota estampado no rosto, fingindo ser Max Friedlander.

Bom, para encurtar a história, vou me mudar para lá. Para o apartamento de Helen Friedlander. Então, se precisar me ligar, o número é 212-555-8972. Mas veja bem, só em caso de emergência urgentíssima. Porque campainhas estridentes, segundo já descobri, assustam o sr. Botucas.

Até a próxima,

John

Para: John Trent <john.trent@thenychronicle.com>
De: Jason Trent <jason.trent@trentcapital.com>
Assunto: Quem é você?

E o que você fez com o meu irmão?

Ele costumava ser um ser humano racional até começar a fingir que é Max Friedlander e conhecer essa tal Melissa.

VOCÊ ENDOIDOU??? Não pode se mudar para o apartamento daquela mulher. O que deu em você? PULA FORA DESSA AGORA, ENQUANTO AINDA PODE.

Jason

Para: John Trent <john.trent@thenychronicle.com>
De: Jason Trent <jason.trent@trentcapital.com>
Assunto: Acho muita gentileza sua

Oi, John. Aqui é a Stacy. O Jason me deixou ler seu último e-mail. Espero que não se importe.

Também espero que não dê ouvidos a ele. Acho o que está fazendo muita gentileza sua, ajudar aquela pobre mocinha que mora ao lado a cuidar dos bichinhos da velha senhora. Jason está tentando me convencer de que você não está só querendo ser gentil, um papo de uma ruiva, mas não estou nem aí para o que ele diz. Tem uma mente suja. Ele disse, outro dia, que a música do meu vídeo de exercícios para gestantes parece música de filme pornô!

Gostaria muito de saber quando foi que ele assistiu a algum filme pornô, isso sim.

Bom, para encurtar o papo, só queria te dizer para não se sentir culpado por estar interpretando o papel de Max. É para o bem de todos e felicidade geral da nação. E por que não chama a ruivinha para jantar na noite de domingo? Vou dizer às meninas pra te chamarem de Max. Vão achar o maior barato, tenho certeza. Parece até uma brincadeira!

Por enquanto, é só. Espero vê-lo em breve.

Da cunhada que o adora,

Stacy

Para: Michael Everett <michael.everett@thenychronicle.com>
De: John Trent <john.trent@thenychronicle.com>
Assunto: Contato

Favor observar que durante as próximas semanas só será possível comunicar-se comigo pelo celular. Não deixe mensagens para mim no meu telefone de casa. Se precisar, mande-me um e-mail, ou nesse endereço ou em minha nova conta, jerryvive@freemail.com

Grato pela atenção,

John Trent
Repórter policial sênior
New York Chronicle

Para: Jason Trent <jason.trent@trentcapital.com>
De: <jerryvive@freemail.com>
Assunto: Para Stacy

Prezada Stacy,
Eu só gostaria de lhe agradecer por ser tão compreensiva com minha situação atual. Sabe, meu irmão, seu marido, tem uma tendência a interpretar tudo de forma muito cética.

Não me pergunte como ele ficou assim, uma vez que Jason sempre foi o sortudo da família; foi ele que ficou tomando conta da empresa, enquanto eu só fiquei, com o perdão da expressão, com uma mão na frente e outra atrás.

Também teve a sorte de conseguir se casar com você, Stacy. Acho que é fácil para um cara que tem uma jóia de mulher como você ficar só criticando o resto de nós, pobres-diabos, que nem conseguem encontrar um geodo, muito menos uma jóia. Acho que o Jason não se lembra de como foi difícil para ele conhecer uma garota que se sentisse mesmo atraída por ele, e não pela fortuna da família Trent.

Pelo jeito, o Jason não se lembra da Michelle. Tenta só perguntar a ele quem era a Michelle, Stacy. Ou a Fiona, também. Ou a Mônica, Karen, Louise, Cathy, ou Alyson.

Vai, pergunta a ele. Eu gostaria muito de saber o que ele tem a dizer sobre elas.

O que o Jason não parece entender é que ele já achou a melhor mulher do mundo. Ele se esquece que alguns de nós, os fracassados, ainda estamos procurando nossa alma gêmea.

Então, vê se diz ao seu marido para me dar um tempo, tá, Stacy?

E obrigado pelo convite, mas se você não se importar, não vou jantar aí este domingo.

Com carinho,
John

P.S.: Responda esta mensagem usando meu novo endereço, que menciono acima. Não sei se já está funcionando.

Para: jerryvive@freemail.com
De: Jason Trent <jason.trent@trentcapital.com>
Assunto: Sua nova conta de e-mail

John,
Jerry Vive? Ficou doido? Perdeu o juízo? ESSE é o apelido que escolhe como "engana-ruiva"?

Talvez se surpreenda ao saber que a maioria das garotas não gosta de Jerry Garcia. Gosta da Mariah Carey. Eu sei disso porque assisto à VH1.

E pára de escrever para a minha mulher. Ela passou o dia inteiro perguntando: Quem é Alyson? Quem é Michelle?

Da próxima vez que te encontrar, Jerry, eu acabo com a tua raça.

Jason

Para: Jason Trent <jason.trent@trentcapital.com>
De: <jerryvive@freemail.com>
Assunto: Jerry

Aí é que você se engana. A maioria das meninas prefere Jerry Garcia a Mariah Carey. Eu fiz uma enquete lá na redação, e Jerry venceu da Mariah por uma margem de quase cinco para um — embora a moça do protocolo não goste de nenhum dos dois, e portanto não entre na contagem de votos.

Além disso, andei olhando os CDs da Melissa quando ela foi até a cozinha para pegar a *root beer*, e não vi um único CD da Mariah Carey.

Você não entende nada de mulheres.

John

Para: <jerryvive@freemail.com>
De: Jason Trent <jason.trent@trentcapital.com>
Assunto: Você não entende nada de mulheres

E você entende, por acaso?
Jason

Para: Sargento Paul Reese <preese@89DPnyc.org>
De: John Trent <john.trent@thenychronicle.com>
Assunto: Helen Friedlander

Reese,
eu estava pensando se podia me fazer um favor. Preciso que levante o que puder sobre Helen Friedlander, 12-17 82 Oeste, apartamento 15 A. Ela foi vítima de invasão de domicílio e, segundo creio, uma agressão, e das graves, pois está na UTI em coma até hoje.

Agradeço por antecipação, e já vou lhe dizendo que não é para nenhuma matéria, então, não precisa notificar seu superior.

John Trent
Repórter policial sênior
New York Chronicle

Para: Max Friedlander <reidafoto@paremasrotativas.com>
De: John Trent <john.trent@thenychronicle.com>
Assunto: Helen Friedlander

Fica tranqüilo. Tudo foi bem. Eu consegui me safar das perguntas da Srta. Fuller sobre meu trabalho com o fundo Salvem as Crianças. Aliás, essa foi muito boa. Acho que está se referindo àquelas criancinhas de 18 anos ruminando chiclete que você passa o dia fotografando de roupas de grife que só divorciadas de 50 anos conseguem pagar, não?

Você é mesmo um canalha de marca maior, sabia?

John

Para: John Trent <john.trent@thenychronicle.com>
De: Max Friedlander <reidafoto@paremasrotativas.com>
Assunto: Fica tranqüilo

Cara, esqueci a mala-sem-alça que você consegue ser às vezes. Não me admira que não tenha conseguido ganhar ninguém até hoje. O que houve com a última? Ah, sim, já me lembrei: a coleção de Kierkegaard que combinava com o sofá. Cara, vê se relaxa. Quem é que nota que livros uma mulher guarda numa estante?

É como ela é debaixo dos lençóis que importa, eh, eh, eh.

Max

Para: John Trent <john.trent@thenychronicle.com>
De: Sargento Paul Reese <preese@89DP.nyc.org>
Assunto: Helen Friedlander

Trent,
O arquivo está a caminho. Ou talvez deva dizer que algumas cópias do arquivo que foram acidentalmente tiradas enquanto o comandante almoçava. Se algum dado desse arquivo aparecer publicado no seu jornal, Trent, pode dar adeus ao seu Mustang. Considere-o apreendido.

Breve resumo do incidente que envolveu Helen Friedlander:

Ligaram-me aproximadamente às 8:50 da manhã, relatando mulher inconsciente em sua casa. Mandamos uma unidade que estava patrulhando o parque próximo. Chegaram ao local do crime aproximadamente às 8:55. Encontraram a vítima recebendo os primeiros socorros de uma mulher que declarou ser sua vizinha. Mais tarde se confirmou que a mulher era Melissa Fuller, que mora no apartamento ao lado, o 15B.

A vítima era uma mulher de aproximadamente 80 anos. Quando a encontraram, ela estava em decúbito ventral, no tapete da sala de estar. A testemunha afirma que virou a mulher de costas para verificar-lhe o pulso, a respiração etc. A vítima estava respirando, pulso fraco, quando chegou o atendimento médico de emergência, às 9:02.

Nenhum sinal de arrombamento ou entrada ilegal no apartamento. A tranca externa não foi arrombada. A porta estava destrancada, de acordo com a vizinha.

De acordo com os médicos, a vítima levou uma pancada na parte de trás da cabeça com um objeto sem corte, possivelmente uma pistola de calibre pequeno. A agressão ocorreu aproximadamente 12 horas antes da descoberta da vítima. Um interrogatório feito com o porteiro e os vizinhos revelou que:

a) ninguém esteve no apartamento 15A na noite anterior à descoberta da vítima.
b) ninguém ouviu nenhum tipo de distúrbio às 21:00 naquela noite.

Uma observação: havia várias roupas da vítima estendidas na cama, como se antes do acidente a vítima estivesse tentando resolver o que vestir. Mas a vítima, ao ser encontrada, estava de camisola, inclusive usando rolinhos no cabelo etc.

Um repórter talvez tentasse interpretar isso como mais um ataque do travesti assassino. Mas há uma diferença enorme: ele mata mesmo as suas vítimas, e tende a ficar por perto para ter certeza de que morreram.

Além disso todas as vítimas do travesti assassino estavam na faixa dos vinte, trinta e quarenta anos. A Sra. Friedlander, apesar de ser enxuta para a idade dela, não pode ter sido confundida com uma mulher mais jovem.

Bom, isso é tudo. Não conseguimos descobrir nada. Naturalmente, se a velha senhora morrer, tudo vai mudar. Mas, se isso não acontecer, o assunto vai ser tratado como tentativa de assalto a residência.

É só o que posso dizer.

Boa sorte.

Paul

Para: Nadine Wilcock <nadine.wilcock@thenyjournal.com>
De: Mel Fuller <melissa.fuller@thenyjournal.com>
Assunto: Ele não fez por mal

Nadine, sabe que ele não fez por mal. Pelo menos, não como pensa.

Tony só disse que se for para você ficar reclamando tanto do seu peso, devia se matricular numa academia e malhar. Nunca disse que você é gorda. Valeu? Eu estava lá. ELE NÃO DISSE QUE VOCÊ É GORDA.

Agora está querendo seriamente me dizer que não se divertiu na festa? E o tio do Tony, o Giovanni, é uma gracinha. Aquele brinde que ele fez para vocês dois... foi de uma gentileza tão grande! Eu juro, Nadine, às vezes sinto tanta inveja de você.

Eu daria qualquer coisa para encontrar um cara com um tio Giovanni que desse uma festa na piscina para mim e me chamasse de Vênus de Botticelli.

E você não estava GORDA com aquele maiô. Meu Deus, tinha Gortex suficiente para esconder até a barriga do Marlon Brando. A sua barriguinha insignificante nem teve chance.

E aí, vai ou não vai cortar essa e se comportar como gente grande?

Se me atender, vou deixar você vir aqui espionar o Max Friedlander comigo... Ahhhh olha só, ele está usando uma camiseta regata...

Mel

Para: Mel Fuller <melissa.fuller@thenyjournal.com>
De: Nadine Wilcock <nadine.wilcock@thenyjournal.com>
Assunto: Minha bunda

Você está mentindo. Sobre a camiseta regata e sobre o que Tony insinuou. Você sabe muito bem que ele já não suporta mais minha bunda tamanho 44. Eu também não suporto mais essa minha bunda tamanho 44. E pretendo me associar a uma academia, sim.

Não preciso que Tony insinue isso.

É culpa dele eu estar gorda assim, você sabe muito bem. Meu manequim era 40 até ele surgir na minha vida e começar a preparar para mim aquela *pappardelle alla Toscana* dele com quatro queijos e um molho de vinho Marsala todas as noites. "Ah, meu amor, vem, prova só um bocadinho, nunca comeu nada igual a isso."

Pois, sim!

E aquele *rigatoni alla vodka* dele? Vodca o escambau. Aquilo é molho branco, e ninguém vai me convencer do contrário.

Quanto ao tal elogio de ser uma Vênus de Botticelli, creia-me, existem coisas melhores a que me comparar.

E agora, como o cara do cachorro está vestido, mesmo?

Nad :-/

Para: Nadine Wilcock <nadine.wilcock@thenyjournal.com>
De: Mel Fuller <melissa.fuller@thenyjournal.com>
Assunto: Como ele está vestido

O que interessa como ele está vestido? Você está noiva.

Mas se insiste...

Deixe-me ver, ele está deitado (ou recostado? Não admira que não tenham me deixado sair da Página Dez) na cama de *jeans* e uma camiseta (sinto muito, não é regata — você está certa, eu estava mentindo para ver se você estava esperta). Ele está usando o *laptop* de novo. Paco está lá ao lado dele. O Paco está parecendo revoltantemente feliz, diga-se de passagem. Aquele cachorro nunca me pareceu feliz quando eu ia lá. Talvez...

Ai, caramba! Não admira que o cachorro esteja tão feliz! O Max está dando Alpo pra ele — em cima da cama! Aquele cachorro está enchendo a cama do quarto de hóspedes da Sra. Friedlander de Alpo, sujando toda a colcha de chenile! O que é que há com esse cara? *Será que não se deu conta que o único jeito de limpar uma colcha de chenile é lavagem a seco?*

Coisa mais ridícula. Coisa mais ridícula, Nadine. Estou me referindo ao fato de, de repente, eu ter percebido o mico que eu estou pagando. Estou sentada aqui no meu apartamento, descrevendo as atividades do vizinho do lado para minha melhor amiga, que está noiva. Nadine, você vai se casar! E eu, o que estou fazendo? Sentada aqui em casa de agasalho de moletom, mandando e-mails para minha amiga.

EU SOU UMA RIDÍCULA!!! Sou mais do que ridícula, eu sou...

AI, MEU DEUS, AI, MEU DEUS, Nadine! Ele acabou de me ver. Não estou brincando. Ele acabou de acenar para mim!!!

Estou morrendo de vergonha. Vou morrer. Eu vou...

Ai, ele está abrindo a janela. Está abrindo a janela. Está dizendo alguma coisa para mim.

Volto já.

Mel

Para: Mel Fuller <melissa.fuller@thenyjournal.com>
De: Nadine Wilcock <nadine.wilcock@thenyjournal.com>
Assunto: RESPONDE!!!!

Se não me escrever de novo esta noite, eu juro que chamo a polícia. Não estou nem aí se sou igual à sua mãe. Não sabe nada sobre esse cara, a não ser que a tia louca dele mora ao lado do seu apartamento e que ele tem uma foto dele mesmo pelado no Whitney. Acho que eu e você precisamos fazer uma viagenzinha básica para conferir na terça-feira, aliás.

RESPONDE ÀS MINHAS MENSAGENS!

Senão os caras da 87ª DP vão te fazer outra visitinha.

Nad

Para: Nadine Wilcock <nadine.wilcock@thenyjournal.com>
De: Tony Salerno <rango@fresche.com>
Assunto: Corta essa

Eu tentei falar com você durante as últimas duas horas, mas seu telefone só dá ocupado. Só posso deduzir que ou tirou do gancho porque não quer falar comigo ou então está de papo furado no correio eletrônico com a Mel. Se a última hipótese for a correta, saia da internet e ligue para o restaurante. Se for a primeira, vê se deixa de ser boba.

Eu só disse que, se você está assustada assim com esse negócio do vestido do casamento, contrata um *personal trainer* ou coisa do gênero. Sabe o que é, Nadine, você está me deixando maluco com esse negócio de voltar ao manequim 40. Quem SE IMPORTA com o seu manequim? Eu, não. Eu te amo assim exatamente como você é.

E estou me lixando para quantas irmãs suas usaram esse vestido boboca da sua mãe. De qualquer forma, eu detesto esse vestido. É horrível. Simplesmente saia e compre um novo, um que caiba em você do jeito que é AGORA. Vai se sentir melhor nele e ele vai cair melhor em você. Sua mãe vai entender, e quem é que se importa com o que suas irmãs pensam? Elas que se danem.

Preciso ir. A mesa 7 acabou de me devolver o salmão porque estava malpassado. Vê o que me fez fazer?

Tony

Para: Tony Salerno <rango@fresche.com>
De: Nadine Wilcock <nadine.wilcock@thenyjournal.com>
Assunto: Como disse?

Não gostei do que disse sobre minhas irmãs. Acontece que gosto delas. E se eu mandasse seus irmãos para aquele lugar? E se dissesse que se dane o seu tio Giovanni? O que acharia disso, hein?

Pra você é fácil. Só precisa vestir um *smoking* alugado. Eu, por outro lado, tenho obrigação de ficar deslumbrante.

SERÁ QUE NÃO ENTENDE???

Meu Deus, é tão fácil ser homem!

Nad

Para: Nadine Wilcock <nadine.wilcock@thenyjournal.com>
De: Mel Fuller <melissa.fuller@thenyjournal.com>
Assunto: Nada demais

Ele não conseguia entender como usar o abridor de latas elétrico da tia. Comprou atum para o Sr. Botucas para ver se ele saía de debaixo da cama. Não funcionou, é claro. Eu sugeri que da próxima vez ele compre atum em água em vez de óleo. Não sei se gatos gostam tanto assim de óleo.

De qualquer maneira, enquanto eu estava lá, ele perguntou qual era o melhor lugar da vizinhança para se pedir comida chinesa. Então eu lhe dei minha opinião, depois ele perguntou se eu tinha jantado, e eu disse que não, então ele me perguntou se gostaria de rachar com ele, e eu concordei, e comemos costelinha, salada de macarrão com gergelim e lombo *mu shu,* além de frango com brócolis.

E sei o que vai dizer agora, e não, não foi um encontro, Nadine. Pelo amor de Deus, foi só um jantar de comida chinesa. Na cozinha da tia dele. O Paco sentado ali, esperando um de nós jogar alguma coisa para ele poder aspirar.

E não, ele não tentou me passar nenhuma cantada. Max, não o Paco. Embora não veja como ele pôde resistir, vendo como eu estava certa de estar deslumbrante em meu agasalho tipo "hoje é sábado à noite e eu não tenho programa".

O fato é que Dolly deve estar enganada sobre o Max. Ele não é nenhum mulherengo. Tudo foi muito natural e amistoso. E parece que temos muito em comum, por sinal. Ele gosta de histórias de mistério, como eu, e então falamos sobre nossas histórias prediletas. Sabe, ele gosta muito de ler, para um fotógrafo. Quero dizer, comparado a alguns caras do departamento de arte lá do trabalho. Dá pra imaginar o Larry conversando com conhecimento de causa sobre Edgar Allan Poe? Nem de longe.

Ai, minha nossa, acabei de ter um pressentimento horrível: e se toda aquela baboseira que a Dolly andou espalhando do Max for verdade, e ele FOR MESMO um mulherengo? O que significa o fato de ele não ter me passado uma cantada?

Só pode significar uma coisa!

Eu sou horrível, dro-ga!

Mel

Para: Mel Fuller <melissa.fuller@thenyjournal.com>
De: Nadine Wilcock <nadine.wilcock@thenyjournal.com>
Assunto: Toma um analgésico

Ai, dá um tempo, tá? Você não é horrível. Tenho certeza de que todas essas coisas que a Dolly disse sobre o Max Friedlander são mentiras. Quero dizer, foi a DOLLY que falou, caramba. Era ela que fazia O SEU serviço. Mas, ao contrário de você, não era exatamente escrupulosa nas matérias. Por exemplo, duvido que ela tenha sentido a indignação que você sentiu diante do que o Matt Damon fez com a Winona.

Tenho certeza de que o Max é um excelente rapaz, como você disse.

Nad :-)

Para: Dolly Vargas <dolly.vargas@thenyjournal.com>
De: Nadine Wilcock <nadine.wilcock@thenyjournal.com>
Assunto: Max Friedlander

Tá legal. Pode ir desembuchando. Qual é a verdade sobre esse cara? Porque acontece que ele praticamente se mudou para o apartamento ao lado do apartamento da Mel e ela está claramente caidinha por ele, apesar dos protestos dela em contrário. Ele é mesmo tão ruim como diz, ou está exagerando, como sempre?

E lembre-se: sou a chefe de crítica de culinária do jornal. Com um único telefonema posso impedir você de entrar no Nobu para sempre. Então, vê se não me tapeia, Dolly.

Nad

Para: <jerryvive@freemail.com>
De: Jason Trent <jason.trent@trentcapital.com>
Assunto: E aí?

Não está mais falando comigo, não? Tudo que disse ao telefone foi que o que não sabe sobre mulheres encheria o Grand Canyon. Por que esse melindre todo assim de uma hora para outra?

Jason

P.S.: A Stacy quer saber se você já convidou a ruiva.

Para: Jason Trent <jason.trent@trentcapital.com>
De: <jerryvive@freemail.com>
Assunto: E aí?

Não estou bancando o ofendido. O que quer de mim? Nem todo mundo tem secretária particular, um motorista, uma babá, uma governanta, um jardineiro, uma equipe de empregados para limpar a piscina, um instrutor de tênis, uma nutricionista e um emprego que nosso avô nos deu de mão beijada numa bandeja de prata, sabe como é. Eu só ando ocupado, valeu? Meu Deus do céu, tenho um emprego de tempo integral e um dinamarquês para levar à rua quatro vezes por dia.

John

P.S.: Diga a Stacy que estou preparando o terreno.

Para: <jerryvive@freemail.com>
De: Jason Trent <jason.trent@trentcapital.com>
Assunto: Devia procurar um psiquiatra

Escuta aqui, seu psicopata perigoso: de onde está vindo toda essa sua hostilidade? Sabe que podia ter um emprego no escritório do seu avô se quisesse. E também uma secretária particular. Quanto à equipe de empregados para limpeza da piscina, não sei, uma vez que, morando na cidade, você não tem piscina. Mas tudo que tenho você poderia ter com o pé nas costas se simplesmente desistisse dessa sua mania de provar que pode se virar sem o dinheiro da Mim.

Eu vou te dizer a única coisa da qual realmente precisa e não tem: um psiquiatra, maninho, porque parece estar correndo um grave risco de se esquecer de uma coisa:

Não precisa levar aquele cachorro maldito à rua quatro vezes por dia. Por quê?

Porque não é o Max Friedlander. Entendeu?

VOCÊ NÃO É O MAX FRIEDLANDER, seja lá o que for que tenha dito àquela coitada daquela moça.

Agora vê se acorda desse teu delírio.

Jason

P.S.: Mim quer saber se você vai à inauguração daquela nova ala que doamos ao Sloan-Kettering. Se for, ela solicita que use uma gravata, para variar.

Para: Mel Fuller <melissa.fuller@thenyjournal.com>
De: <jerryvive@freemail.com>
Assunto: Olá

Sou eu, o Max Friedlander, quero dizer. Sou o <jerryvive@freemail.com>. Trata-se de uma homenagem a Jerry Garcia. Ele era o vocalista principal do Grateful Dead, caso não saiba.

Como vai? Espero que não tenha realmente experimentado aquela salada de macarrão com gergelim que sobrou de ontem. A minha parte endureceu toda durante a noite e ficou parecendo estuque.

Olha, acho que algumas roupas suas lavadas a seco foram deixadas aqui no apartamento da minha tia na noite passada, em vez de no seu. Pelo menos, acho que minha tia não tem nenhuma blusa com estampado de oncinha da Banana Republic — ou, pelo menos, se tem, não teve muita oportunidade de usá-las ultimamente — então deve ser sua, não? Talvez pudéssemos nos encontrar mais tarde para uma troca de roupas.

Ah, e notei que vão relançar uma cópia restaurada digitalmente de *A sombra de uma dúvida* à noite no Film Forum. Sei que disse que era seu filme favorito de Hitchcock. Achei que nós talvez pudéssemos pegar a sessão das sete, se não tiver outros planos, depois pegar alguma coisa para comer mais tarde — de preferência que não seja comida chinesa. Me avise, se aceitar.

Max Friedlander

P.S.: Queria dizer para você, meus amigos me chamam de John. É uma espécie de apelido de faculdade que pegou.

Para: <jerryvive@freemail.com>
De: Mel Fuller <melissa.fuller@thenyjournal.com>
Assunto: Oi, minha resposta

Claro. A sessão das sete está ótima. Podíamos ir ao Brother's Barbecue depois. Fica na mesma rua do Film Forum, um pouco mais adiante.

Obrigada por resgatar minhas roupas lavadas a seco. Ralph vive confundindo o 15A com o 15B. Eu sempre recebo sacos gigantescos de ração para cachorro Iams, que entregam na minha porta. Vou passar aí por volta das nove para pegar a blusa, se não for tarde demais para você. Tenho um lugar ao qual preciso ir amanhã depois do trabalho — uma inauguração de exposição de arte que preciso cobrir para minha coluna. Esse cara faz esculturas de vaselina, acredita? Não estou brincando. E as pessoas as compram.

Bom, conversamos mais tarde

Mel

P.S.: John é um apelido meio estranho, não?
P.P.S.: Talvez fique surpreso ao saber que sei quem é o Jerry Garcia. Aliás, até fui a um espetáculo dele uma vez.

Para: Nadine Wilcock <nadine.wilcock@thenyjournal.com>
De: Mel Fuller <melissa.fuller@thenyjournal.com>
Assunto: AI CARAMBA

ELE ME CONVIDOU PARA SAIR!

Bom, praticamente, pelo menos. É só um cinema, mas esse tipo de coisa já vale, não?

Olha, leia essa cópia da minha resposta e me diga se deixei transparecer que fiquei toda boba.

Mel

Para: Nadine Wilcock <nadine.wilcock@thenyjournal.com>
De: Dolly Vargas <dolly.vargas@thenyjournal.com>
Assunto: Max Friedlander

Meu bom Deus, já entendi o que quer dizer. Não via a Mel assim empolgada desde que ela descobriu aquele reencontro especial de *Uma casa na campina* (lembra-se da coitada da Mary, a irmã cega da Laura Ingalls? Tremenda bobona. Eu a detestava).

Graças a Deus o Aaron está em Bostwana a trabalho e não precisa escutar os gritinhos de felicidade da Mel na baia dela. Ainda está ridiculamente amarrado nessa garota. Por que a Mel ia querer jogar fora um sujeito emergente como o Aaron e trocá-lo por um cafajeste como o Max, eu não consigo imaginar. Quero dizer, pelo menos o Aaron tem futuro. Já vi muitas mulheres tentarem mudar o Max e se ferrarem.

Em outras palavras, Nadine, tem razão para ter medo, e muito. O Max é o tipo do cara contra o qual nossas mães nos preveniam (pelo menos, a minha teria me proibido de encontrar caras como o Max se algum dia tivesse parado dentro de casa).

O *modus operandi* do Max é o seguinte: é muito romântico até conseguir levar a garota para a cama, depois começa a tirar o corpo fora. A essa altura a moça já está completamente envolvida, e não consegue entender por que o atencioso Max, antes tão delicado, parou de telefonar. Depois vêm as cenas de histeria, nas quais os gritos de "por que não me ligou?" e "quem era aquela mulher que vi com você naquela noite?" recebem respostas como "pára de me sufocar" e "não estou pronto para me comprometer". Variações desse tema incluem "será que não dá para vivermos só um dia de cada vez?" e "eu te ligo na sexta, eu juro".

Já viu, né?

Ah, e eu te contei sobre aquela vez em que o Max fez todas as modelos de uma sessão de fotos de maiô para a *Sports Illustrated* passarem gelo nos bicos dos seios porque não estavam muito salientes para o seu gosto?

Minha cara, ele vai comer a Mel inteirinha e cuspir o bagaço. Não falou sério quando disse o que disse sobre o Nobu, falou?

XXXOOO
Dolly

Para: Nadine Wilcock <nadine.wilcock@thenyjournal.com>
De: Mel Fuller <melissa.fuller@thenyjournal.com>
Assunto: O.K. e aí, o que eu visto?

Sério. Da última vez que nos vimos, eu estava de moletom, então quero me produzir muito, mas muito bem. Venha almoçar comigo e me ajude a escolher alguma coisa. Estou pensando em ir com um vestido de alcinha que vi numa loja. Mas acha que seria ousado demais para o primeiro encontro?

Mel

Para: Mel Fuller <melissa.fuller@thenyjournal.com>
De: Nadine Wilcock <nadine.wilcock@thenyjournal.com>
Assunto: Precisamos conversar

Me encontre no banheiro em cinco minutos.

Nad

Para: Mel Fuller <melissa.fuller@thenyjournal.com>
cc: Nadine Wilcock <nadine.wilcock@thenyjournal.com>;
Dolly Vargas <dolly.vargas@thenyjournal.com>
De: George Sanchez <george.sanchez@thenyjournal.com>
Assunto: Será que ninguém trabalha mais aqui?

Onde é que se meteram todas? Será que ocorreu a alguma de vocês que temos um jornal para fechar?

Dolly, onde está a matéria sobre saltos agulha, assassinos silenciosos?

Nadine, ainda estou esperando aquela sua crítica sobre o restaurante do Bobby Flay.

Mel, você foi ou não à estréia do novo filme de Billy Bob Thornton? Esperava pelo menos uma crítica impiedosa da sua parte sobre como ele foi cafajeste de deixar aquela mocinha loura do *Parque dos dinossauros* para ficar com aquela mulher medonha que tem uma queda pelo irmão.

Se não sentarem essas suas bundinhas nas suas respectivas cadeiras rapidinho, não vai ter bolo para ninguém no chá de bebê da Stella.

E estou falando sério dessa vez.

George

Para: Jason Trent <jason.trent@trentcapital.com>
De: John Trent <john.trent@thenychronicle.com>
Assunto: Eu hostil?

Você devia se olhar no espelho, Jase. Você não está ficando careca antes do tempo por causa da sua herança genética, rapaz. Eu sou praticamente seu clone, e não é para me gabar, nem nada, mas ainda tenho uma cabeleira invejável. Você tem muita hostilidade reprimida, que está acabando com esses folículos capilares. E se quiser mesmo saber, está toda voltada para a Mim. É sua culpa tê-la deixado estragar sua vida. Não vê, eu me libertei, e sabe o que mais? Não tem nenhum fiozinho sequer na minha fronha quando me levanto de manhã.

Estou disposto a deixar de lado suas intensas inseguranças pessoais para informar que não poderei comparecer à inauguração amanhã à noite, pois já tenho outros planos.

Não vou dar maiores explicações no momento, por temer que essa sua ira fraterna se intensifique.

Gostei dessa, temer que a ira fraterna se intensifique. Talvez ponha isso no meu livro.

Fraternalmente, do seu fiel irmão,

John

Para: Nadine Wilcock <nadine.wilcock@thenyjournal.com>
cc: Dolly Vargas <dolly.vargas@thenyjournal.com>
De: Mel Fuller <melissa.fuller@thenyjournal.com>
Assunto: Vamos esfriar as cabeças

Vocês duas precisam se acalmar. Eu vou só sair com o cara, tá? Não vou me jogar na cama com ele. Como o Aaron pode confirmar, não me atiro na cama com o primeiro que aparece assim com tanta facilidade, tá bem?

Vocês estão exagerando. Antes de mais nada, Dolly, não acredito nem um pouquinho nessa tua história dos bicos dos seios. E, Nadine, não sou essa criatura fragilizada e emocionalmente perturbada que imagina que eu seja. Confesso, *me preocupo* com a Winona Ryder, mas isso não me tira o sono. Idem Laura Dern.

Posso muito bem cuidar de mim mesma.

Além disso, é só um cinema, meu Deus.

Mas agradeço a preocupação

Mel

Para: Nadine Wilcock <nadine.wilcock@thenyjournal.com>
De: Mel Fuller <melissa.fuller@thenyjournal.com>
Assunto: Que é que está havendo?

O *que é* que foi aquilo? Eu quase morri quando entrei no banheiro e Dolly estava lá com VOCÊ. Fiquei procurando o tal menino do fax, pensando que ele podia estar escondido em um dos boxes com uma caixa de camisinhas e um vidrinho de óleo para massagem, e que o fato de ela estar lá fosse apenas um terrível engano.

Nadine, não me importo com o que a Dolly diz do Max Friedlander. Ele não tem nada a ver com a descrição dela. Talvez antes, mas mudou. Estou falando sério. *Eu sei.* Passei algum tempo com o cara. E já o vi andando com o Paco, e, principalmente, conversando com o Sr. Botucas (tá legal, admito, eu ando espionando o cara pela janela. Eu não me orgulho disso, não, veja bem, mas é a verdade). O Sr. Botucas odeia todo mundo, mas está começando a gostar do Max, e sei que não dá para julgar alguém pela forma como ele ou ela se relaciona com animais, mas acho que o fato de ele passar algum tempo procurando conhecer os bichinhos da tia é algo que conta pontos a favor dele, e também que até um gato desconfiado e antissocial durante a maior parte do tempo, como o Sr. Botucas, esteja começando a gostar dele.

Tá?

Ah, sim, e talvez eu ainda não seja tão escolada como deveria, considerando-se o que o Aaron andou fazendo com a Barbara Bellerieve pelas minhas costas, e o fato de que eu jamais desconfiei de nada, mas eu simplesmente não acho que o Max esteja a fim de me levar para a cama. Porque se o que a Dolly está dizendo for verdade, então o Max Friedlander podia comer qualquer uma. Então, por que ia me querer? Não estou me esforçando para ser invisível. Quero dizer, por que um cara como esse ia querer uma ruiva baixinha, colunista social, quando podia ter... ora, a Cindy Crawford, se ela não fosse bem casada com aquele cara que é dono do Skybar, ou a princesa Stephanie de Mônaco, ou alguém assim?

Estou falando sério, pensa bem, Nadine.

Só isso. Não estou com raiva, nem nada. Só magoada, acho. Quero dizer, não sou mais criança.

Mel.

P.S.: Pode compensar isso me ajudando a escolher sapatos na Nine West que combinem com meu vestido novo.

Para: Mel Fuller <melissa.fuller@thenyjournal.com>
De: Nadine Wilcock <nadine.wilcock@thenyjournal.com>
Assunto: Saia com ele. Nem ligo

Mas quero um relatório completo no minuto em que voltar. Entendeu?

E estou te avisando, Mel, se esse cara partir seu coração e você ficar toda chorosa no meu casamento, eu vou matar vocês dois com minhas próprias mãos.

Nad :-[

Para: John Trent <john.trent@thenychronicle.com>
De: Jason Trent <jason.trent@trentcapital.com>
Assunto: Que livro?

Está escrevendo um livro, agora? Livrou-se dos grilhões da fortuna da família, está levando uma vida dupla, está tentando resolver um mistério por trás da agressão à tal velhinha, e ainda por cima escrevendo um romance?

Quem pensa que é, afinal? Bruce Wayne?

Jason

Para: Jason Trent <jason.trent@trentcapital.com>
De: John Trent <john.trent@thenychronicle.com>
Assunto: Batman

Na verdade, não acho que Bruce Wayne tenha algum dia escrito um livro, nem se livrado dos grilhões da fortuna da família. Ele usou sua fortuna de maneira bem pródiga, acho, para combater o crime. Embora ele obviamente, levasse uma vida dupla.

Quanto à resolução do mistério por trás da agressão à velhinha, Bruce provavelmente teria se saído melhor do que eu estou me saindo até agora. Eu simplesmente não consigo entender — por que alguém tentaria matar uma senhora inofensiva como aquela? A polícia só conseguiu explicar que foi uma tentativa de assalto — mas por que o assalto foi interrompido? E por quem?

Mel mencionou que o porteiro tem mania de confundir o apartamento dela, 15B, com o apartamento da Sra. Friedlander, 15A. Isso me fez lembrar de uma coisa que um policial amigo meu me disse, que quase me recordou a forma de agir do travesti assassino, a não ser pelo fato de a senhora não combinar com o tipo de vítima que ele costuma escolher. Estou começando a me perguntar se o cara não entrou no apartamento errado... Se a Sra. Friedlander não foi atacada por engano. Ao perceber seu engano, ele tentou terminar o serviço, mas não conseguiu, e deixou o crime inacabado.

Sei lá. É só alguma coisa que andei pensando. Interroguei os porteiros do edifício e nenhum se lembra de ter visto ninguém subir até o 15º andar naquela noite — embora um deles tenha me perguntado se eu tinha cortado os cabelos. Aparentemente, ele já tinha visto o Max antes, e embora ele reconhecesse que eu não era bem igual ao cara, não conseguiu descobrir o que tinha mudado na minha aparência. É assustador como a gente pensa que está seguro, não é?

Bom, se você for bonzinho, eu te mando os primeiros capítulos da minha obra. É sobre um bando de gente nem um pouco virtuosa — mais ou menos como aqueles amigos da Mim. Você vai gostar.

Ai, meu Deus do céu, preciso ir. Preciso estar no Film Forum em 15 minutos.

John

Para: John Trent <john.trent@thenychronicle.com>
De: Jason Trent <jason.trent@trentcapital.com>
Assunto: Você é inacreditável

Film Forum? Foi *por isso* que não deu para você vir à inauguração? *Você vai ao cinema?*

A ruiva tem alguma coisa a ver com isso, não tem?

Jason

Para: Nadine Wilcock <nadine.wilcock@thenyjournal.com>
De: Mel Fuller <melissa.fuller@thenyjournal.com>
Assunto: Meu relatório

18:00
Começa a preparação para o meu encontro. Coloco aquele lindíssimo vestidinho azul que me ajudou a escolher. Noto que parece *um pouco lindo demais* para um jantar e uma sessão de cinema. Acrescento um suéter de algodão. Mamãe ia adorar. Lembro daquele bordão dela: sabe como o cinema é frio no verão.

Pratico caminhar com os tamanquinhos de plataforma durante meia hora. Só torci o tornozelo duas vezes. Estou prontinha da silva.

18:30
Vou para o centro. Sei que devo estar uma gata, porque sinto alguém encostar em mim no trem 1 entre Times Square e Penn Station. O cara roçou o cotovelo na minha barriga. Recebeu uma salva de palmas de colegas que viajavam de pé. O tarado desembarcou, com cara de envergonhado.

19:00
Chego ao cinema. Tem uma fila imensa! Procuro John nervosa (eu te disse que o Max me pediu para chamá-lo de John? É um velho apelido de faculdade). Finalmente o vejo no fim da fila, já com os ingressos na mão. Planejava rachar a despesa (fazendo disso um encontro entre amigos, e não um encontro amoroso, conforme sua sugestão), mas o plano foi por água abaixo! Contra-ataco dizendo que vou comprar as pipocas e refrigerantes. Vai gostar de saber que o John concordou com esse plano.

19:00-19:20
Estamos na fila conversando sobre uma enorme cratera que surgiu na rua 79. Sabe como adoro desastres causados por tempestades.

Acontece que o John também se amarra nisso! Então ficamos conversando durante muito tempo sobre nossos desastres prediletos.

19:21
A fila começa a andar. John vai procurar lugares. Eu vou comprar pipoca e refrigerantes. Percebo, desanimada, que esqueci de pedir a ele para encontrar um lugar no corredor devido à minha bexiga excessivamente pequena.

Mas, quando entro no cinema, descubro que ele fez exatamente isso — guardou um lugar no corredor para mim! Vem cá, Nadine, alguma vez o Tony já deixou você se sentar do lado do corredor? Não, nunca, e você sabe disso.

19:30-21:30
Assistimos ao filme. Comemos pipoca. Observo que o John é capaz de mastigar e respirar pelo nariz ao mesmo tempo. É um avanço considerável em relação ao Aaron, que vai se lembrar que tem dificuldade com isso. Pergunto-me se a Dolly já percebeu.

John também não fica olhando para o relógio enquanto o filme rola. Esse era um dos hábitos mais irritantes do Aaron. Então noto que o John nem usa relógio. Decididamente um avanço em relação ao Aaron, que não só usava, como o consultava obsessivamente a cada 20 minutos.

21:30-22:00
Vamos ao Brothers Barbecue e descobrimos que, como a maioria dos restaurantes populares de Manhattan, foi invadido por turistas. Seríamos obrigados a esperar duas horas por uma mesa. Então sugeri que comêssemos uma fatia de pizza no Joe's, que, como sabe, tem a melhor pizza da cidade. No caminho, John conta um caso interessante sobre seu irmão e uma peregrinação ao Joe's à meia-noite, os dois de porre. Eu digo que não sabia que ele tinha um irmão, e aí ele diz que estava se referindo a um irmão de grêmio da faculdade. Isso causou um certo mal-estar: não sei se já lhe disse que depois de um incidente particularmente constrangedor na faculdade, envolvendo um

Delta Ípsilon e uma meia, eu jurei jamais sair com outro rapaz que pertencesse a um grêmio estudantil.

Então me lembrei de que aquilo não era um encontro, mas uma saída entre amigos, como sugeriu, e consegui me acalmar.

22:30-00:00
Pizza comida de pé por falta de lugar nas mesas. Enquanto comemos, conto um caso interessante sobre uma ocasião em que dei de cara com a Gwyneth Paltrow no Joe's e ela pediu uma fatia de pizza com legumes e molho, mas sem queijo! Isso leva a um debate sobre meu emprego e se gosto de escrever artigos especiais sobre artistas. Então descubro que John lê a Página Dez, e admira meu estilo alegre porém incisivo! Foram essas as palavras que ele usou! Alegre! E incisivo!

Eu *sou mesmo* alegre e incisiva, não sou?

Mas aí tentei conversar com ele sobre o trabalho *dele*. Achei que podia sutilmente descobrir a verdade sobre aquele caso dos bicos dos seios.

Só que ele não queria falar sobre si mesmo, de jeito nenhum! Ele só queria saber que faculdade freqüentei, e coisas assim. Ficou fazendo um monte de perguntas sobre Lansing. Como se *isso* fosse interessante! Embora eu fizesse o máximo para que assim parecesse. Eu lhe contei sobre a época em que os Hell's Angels vieram para a cidade, e, é claro, sobre o furacão que destruiu a cantina da escola secundária (infelizmente durante o verão, o que nos impediu de sermos dispensados das aulas).

Finalmente, me senti exausta, e sugeri que fôssemos para a casa. Mas, no caminho para o metrô, passamos por um bar onde estavam tocando *blues* ao vivo! Sabe que não consigo resistir a um *blues*. Não sei se ele notou minha fissura, ou coisa assim, mas convidou: "Vamos entrar."

Quando vi que o *couvert* eram 15 dólares e a consumação mínima eram duas bebidas, comecei: "Não, não é preciso", mas ele disse que ia pagar as bebidas e eu paguei o *couvert*, o que achei bem justo, porque sabe que esses lugares cobram mais ou menos dez pratas por uma cerveja. Entrei com novo ânimo, e me diverti muito, bebi todas, comi amendoim e joguei as casquinhas no chão. Depois a banda parou um pouco e vimos que era meia-noite, então nos lembramos: "Ai, meu Deus! O Paco!"

Aí fomos voando para casa — rachamos um táxi, o que foi uma nota, mas a essa hora da noite era bem mais rápido que o metrô — e chegamos em casa antes de quaisquer uivos mais graves. Eu disse um boa-noite junto ao elevador, John perguntou se podíamos repetir a dose, eu respondi que adoraria, e que ele sabe como me encontrar. Entrei no apartamento, tomei uma chuveirada para tirar o cheiro de fumaça de cigarro do bar do cabelo, e passei spray desodorizador no vestido novo.

Vai notar que não rolou nenhuma cantada (nem de um lado nem do outro) e tudo foi muito alto nível, correto e maduro.

Agora espero que estejam com vergonha de si mesmas por todas as maldades que pensaram sobre ele porque ele é um cara mesmo muito fofo e engraçado, e estava com os *jeans* mais lindos que eu já vi, não eram muito justos, nem muito folgados, com algumas partes desbotadas interessantes, além de as mangas estarem arregaçadas até um pouco abaixo dos cotovelos...

Oh-oh, lá vem o George. Ele vai me matar, porque ainda estou lhe devendo os artigos de amanhã. Até mais.

Mel

Para: Nadine Wilcock <nadine.wilcock@thenyjournal.com>
De: Mel Fuller <melissa.fuller@thenyjournal.com>
Assunto: Espera aí um segundo...

...por que ele não me azarou? Ai, meu Deus do céu! Eu devo ser mesmo horrorosa!

Mel

Para: Jason Trent <jason.trent@trentcapital.com>
De: John Trent <john.trent@thenychronicle.com>
Assunto: A ruiva tem algo a ver com isso, não tem?

Mas é claro.

John

Para: Mel Fuller <melissa.fuller@thenyjournal.com>
De: Nadine Wilcock <nadine.wilcock@thenyjournal.com>
Assunto: Dou o braço a torcer

Tá legal. Antes de mais nada, você não é horrorosa coisa nenhuma. Onde foi que arranjou essa idéia?

Em segundo lugar, admito meus erros: eu estava errada sobre esse cara.

Pelo menos até agora.

Acho mesmo um pouco estranho ele querer que você o chame de John. Quero dizer, *que tipo* de apelido é *esse*? Vou te dizer que tipo: é um nome, não é um apelido.

Mas que seja. Você tem razão. Não é criança. Pode tomar suas próprias decisões. Quer se sentar e curtir *blues*, comer amendoins e falar de tempestades com ele? Vá em frente. Não vou te impedir. Realmente não é da minha conta.

Nad

Para: Nadine Wilcock <nadine.wilcock@thenyjournal.com>
De: Mel Fuller <melissa.fuller@thenyjournal.com>
Assunto: Muito bem...

...o que há com você? Desde quando o que faço é da sua conta? Nos cinco anos que nos conhecemos você vem metendo o bedelho em cada mínimo detalhe da minha vida — assim como eu meto na sua. Então que negócio é esse de que isso "não é da minha conta"?

Tem alguma coisa acontecendo que não está querendo me dizer? Você e o Tony fizeram as pazes, não? Quero dizer, depois da briga que tiveram sobre o que ele disse na casa do tio Giovanni, né?

Não é?

Nadine, você e o Tony não podem se separar. Vocês são o único casal que conheço que parece se dar bem pra caramba.

Com exceção, é claro, do James e da Barbra.

Mel

Para: Mel Fuller <melissa.fuller@thenyjournal.com>
De: Nadine Wilcock <nadine.wilcock@thenyjournal.com>
Assunto: Sim, o Tony e eu...

...fizemos as pazes. Não tem nada a ver com ele. Pelo menos, não diretamente. Só que — e eu realmente não gostaria que isso soasse tão autopiedoso ou lamurioso nem nada —, mas, Mel, a verdade é que eu sou tão...

GORDA!

Estou tão gorda e não consigo perder peso, e já estou cansada de comer bolos de arroz e o Tony vive trazendo para casa todo o pão que sobra do restaurante, e fazendo rabanada toda manhã...

Sabe, eu amo o Tony, amo mesmo, mas a idéia de aparecer diante de toda a família dele com essa minha bunda do tamanho que está simplesmente me dá vontade de chorar. Estou falando sério.

Se ao menos pudéssemos fugir pra casar...

Nad :-(

Para: Nadine Wilcock <nadine.wilcock@thenyjournal.com>
De: Mel Fuller <melissa.fuller@thenyjournal.com>
Assunto: Não!

Não podem fugir! O que eu vou fazer com aquele vestido de dama de honra horroroso cor de berinjela que me obrigou a comprar se fugir?

Tá legal, agora chega, Nadine. Está me obrigando a fazer isso. Mas, quero que se lembre, é para seu próprio bem.

Mel

Para: Mel Fuller <melissa.fuller@thenyjournal.com>
De: Nadine Wilcock <nadine.wilcock@thenyjournal.com>
Assunto: Fazer o quê?

Mel, o que vai fazer? Vai me deixar muito nervosa. Não gosto quando fica assim.

E pensei que gostasse dos vestidos de dama de honra que eu escolhi!

Mel???

MEL???

Nad

Para: Amy Jenkins (amy.jenkins@thenyjournal.com>
cc: Nadine Wilcock <nadine.wilcock@thenyjournal.com>
De: Mel Fuller <melissa.fuller@thenyjournal.com>
Assunto: Programa de emagrecimento

Prezada Srta. Jenkins,
Como vocês do RH vivem desesperados para nos ajudar, os sitiados aqui da redação, estava me perguntando se podia nos informar se o *Journal* oferece a seus empregados preços especiais nas academias das redondezas.

Queira por favor informar-me o mais rápido possível

Grata,

Melissa Fuller
Colunista da Página Dez
New York Journal

Para: Mel Fuller <melissa.fuller@thenyjournal.com>
De: Nadine Wilcock <nadine.wilcock@thenyjournal.com>
Assunto: Você perdeu completamente o juízo???

O QUE PENSA QUE ESTÁ FAZENDO?

Não vou me associar a academia nenhuma! Estou deprimida, não com tendência ao suicídio!

Vou matar você...

Nad

Para: jerryvive@freemail.com
De: Mel Fuller <melissa.fuller@thenyjournal.com>
Assunto: Falando em desastres

Olha, você já viu o Canal do Tempo hoje de manhã? Depressões atmosféricas tropicais significativas nas Bahamas. Acho que vai despencar alguma tempestade tropical um dia desses.

Cruze os dedos.

Mel

P.S.: Da próxima vez que for visitar sua tia, me avise, que quero ir junto. Ouvi dizer que as pessoas em coma podem reconhecer vozes, então talvez possa tentar falar com ela. Sabe, como eu costumava falar com ela quase todos os dias, essas coisas.

Para: John Trent <john.trent@thenychronicle.com>
De: Max Friedlander <reidafoto@paremasrotativas.com>

Oi! Como vão as coisas? Já faz tempo que não recebo nenhuma mensagem, e pensei em saber como está indo. Como está minha tia? A velha já bateu as botas?

Estou só brincando. Eu sei como é sensível com essas coisas. Não vou fazer piada com esse assunto de velhinhas encontrando o Criador.

Além do mais, eu amo aquela velha horrorosa. Amo mesmo.

Bom, as coisas aqui em Key West estão indo de vento em popa. Quero dizer, literalmente. Viv e eu encontramos uma praia de nudismo outro dia e só posso te dizer, John, se não mergulhou pelado com uma modelo de pernas tortas, então, cara, você ainda não viu nada.

Enquanto ela está na cidade depilando a virilha (para as ocasiões em que precisamos nos vestir, como na piscina do hotel), tive a idéia de ver como iam as coisas com você. Sabe, realmente me socorreu num aperto, não quero que pense que não sou grato.

Aliás, sou tão grato que vou te dar um conselho. Conselho sobre mulheres, aliás, uma vez que sei como é com elas. Sabe, não devia ser tão reservado. Você não é nada mau. E agora que está se vestindo, segundo creio, com um pouco mais de esmero, graças à minha instrução, presumo que esteja se saindo um pouco melhor com as gatas. Já é hora, segundo penso, de passar para você o Guia Panorâmico de Max Friedlander sobre as Mulheres.

Há sete tipos de mulheres. Entendeu? Sete. Não tem mais. Não tem menos. São os seguintes:

1. ornitológica
2. bovina
3. canina
4. caprina
5. eqüina
6. felina
7. suína

Mas presta bem atenção, porque talvez haja combinações de certas características em uma pessoa: por exemplo, pode ter uma mulher muito suína — hedonista, gulosa etc. — que seja também um pouco ornitológica — cabeça-oca, um pouco zonza, quem sabe. Eu diria que a combinação perfeita seria uma moça como Vivica: felina — sensual e independente — enquanto ao mesmo tempo é eqüina — altiva, porém poética.

A que deve evitar é a canina — dependente demais — ou a bovina — fala por si. E eu ficaria longe das caprinas — adoram te manipular, essas coisas.

Ora, isso é tudo por hoje. Espero que tenha gostado da lição, e que tenha entendido tudo. Estou num porre que faz gosto agora, sabe.

Max

Para: Max Friedlander <reidafoto@paremasrotativas.com>
De: John Trent <john.trent@thenychronicle.com>
Assunto: Você

Por favor vê se não escreve mais pra mim.

Vou levar o cachorro da sua tia pra passear e dar comida aos gatos dela. Eu vou fingir que sou você.

Mas não me escreva mais. Ler suas mensagens ridículas sobre um assunto que claramente jamais chegará a entender é simplesmente mais do que consigo aturar nessa altura do campeonato.

John

Para: jerryvive@freemail.com
De: Jason Trent <jason.trent@trentcapital.com>
Assunto: A ruiva

Oi, John, sou eu, Stacy. Jason se recusa a fazer a pergunta, então quem vai perguntar sou eu:

Como vão as coisas? Refiro-me à tal garota e ao tal negócio de fingir que é Max Friedlander, e tudo isso?

Mantenha contato!

Beijos,
Stacy

P.S.: Sentimos sua falta na inauguração. Devia ter ido. Sua avó ficou muito sentida, assim como as meninas. Andaram me chateando para saber se ainda vai nos visitar algum dia.

Vai?

Para: Jason Trent <jason.trent@trentcapital.com>
De: jerryvive@freemail.com
Assunto: Como vão as coisas?

Como vão as coisas? Perguntou como vão as coisas, Stacy?

Bom, eu vou te dizer: está tudo horrível, obrigado.

É isso aí. Horrível. Tudo horrível.

Tudo não deveria estar horrível, é claro. Devia estar maravilhoso. Eu conheci uma moça totalmente incrível. Eu quero dizer absolutamente incrível mesmo, Stace: ela gosta de furacões e de *blues*, cerveja e qualquer coisa que diga respeito a assassinatos em série. Engole fofocas de artistas com tanto entusiasmo como quando ataca um prato de *moo shu*, usa sapatos com saltos altos demais e fica fabulosa com eles — mas consegue parecer fabulosa com tênis de lona e um par de calças de malha.

E é *legal pra caramba*. Quero dizer, realmente, genuinamente bondosa. Em uma cidade onde ninguém conhece os vizinhos, ela não só conhece os dela, como se preocupa com eles. E ela mora em *Manhattan*. Manhattan, onde as pessoas costumam pisar nos mendigos para chegar a seus restaurantes prediletos. Parece que ela jamais saiu de Lansing, Illinois, 13.000 habitantes. A Broadway para ela é o mesmo que a Rua Principal.

E olha só essa: saímos uma noite dessas, e ela não me deixou pagar as coisas para ela. É, está lendo direito: *ela não queria que eu pagasse para ela*. Devia ter visto a cara dela quando entendeu que eu já havia comprado as entradas do cinema para nós dois. Parecia até que eu tinha afogado um cachorrinho. Nenhuma mulher com quem saí até hoje (e, ao contrário do que meu irmão costuma dizer, não houve tantas assim) jamais pagou sua entrada de cinema — nem qualquer outra coisa, aliás, quando saiu comigo.

Não que me importe de pagar. É que nenhuma delas *jamais se ofereceu* para pagar nada.

E, sim, claro, todas sabiam que estavam saindo com o John Trent, dos Trents da Park Avenue. Quanto é que eu valho hoje? Já conferiu o índice NASDAQ?

Mas jamais nem mesmo *se ofereceram.*

Está entendendo isso até agora, Stace? Depois de todas as Heathers, Courneys e Meghans (meu Deus, lembra da Meghan? E o molho texano desastroso?) e todas as Ashleys, acho que finalmente encontrei uma Mel, que não distinguiria um oferta de lote de ações de um vale para segurar as pontas até receber o contracheque, uma mulher que talvez esteja potencialmente mais interessada em mim do que na minha carteira de investimentos...

E não posso nem lhe dizer meu nome verdadeiro.

Não, ela pensa que sou o Max Friedlander.

Max Friedlander, cujo cérebro, estou começando a me convencer, atrofiou-se lá pelos 16 anos. Max Friedlander, que inventou uma classificação de traços característicos femininos que estou convencido de que tirou dos desenhos animados matinais de sábado da Hanna-Barbera.

Eu sei o que vai dizer. Sei exatamente o que vai dizer, Stacey.

E a resposta é não, não dá. Talvez se eu jamais tivesse mentido para ela, logo para começo de conversa. Talvez se eu tivesse dito desde o primeiro momento: "Escuta, eu não sou o Max. Max não podia vir. Ele está se sentindo mal com o que aconteceu com a tia, então me mandou aqui no lugar dele."

Mas não fiz isso, sacou? Eu meti os pés pelas mãos. Meti os pés pelas mãos desde o início.

E agora é tarde demais para lhe contar a verdade, porque qualquer coisa que eu tente lhe contar, ela vai pensar que é mentira também. Talvez não admita. Mas lá bem no fundo, vai sempre desconfiar. "Talvez também esteja mentindo nisso."

Não tente me dizer que não vai, Stace.

E agora ela quer sair comigo para visitar a tia do Max. Dá pra acreditar? A tia que está em coma! Ela diz que leu em algum lugar que as pessoas em coma às vezes escutam o que acontece em torno delas, e até reconhecem vozes.

Ora, a tia Helen certamente não vai reconhecer a minha voz, vai?

Então, é isso. Minha vida infernal, em poucas palavras. Tem algum conselho para me dar? Quaisquer palavras sábias de mulher para me iluminar o caminho?

Não, creio que não. Estou perfeitamente consciente do fato de que eu mesmo cavei minha própria sepultura. Acho que não tenho escolha senão deitar-me nela.

Beijos macabros,
John

Para: Mel Fuller <melissa.fuller@thenyjournal.com>
De: Dolly Vargas <dolly.vargas@thenyjournal.com>
Assunto: Max Friedlander

Querida, não pude deixar de entreouvir sua conversinha com Nadine perto do fax — é verdade que as duas se inscreveram numa academia e vão começar a fazer aulas de *spinning*?

Ora, muito bem! Dou a maior força. Me informem se eles têm bancos ou cabines de observação ou alguma coisa do gênero onde eu possa me sentar e incentivá-las (e isso se me derem alguma coisa para molhar o bico, principalmente do tipo alcoólico, que é o único jeito de conseguirem me arrastar para uma academia, meu Deus).

Bom, a respeito daquela outra coisa que ouvi vocês mencionarem... Quer mesmo saber por que ele não te passou uma cantada? Refiro-me ao Max Friedlander. Se pensar bem no assunto, tudo faz sentido... Quero dizer, as histórias que ouvimos desse negócio de ele ser um *mulherengo* assim tão descarado apesar de seu medo de se comprometer, sua obsessão de obter a foto perfeita de qualquer assunto que esteja fotografando, sua necessidade constante de aprovação, sua recusa de se acomodar em um lugar, e agora esse negócio maluco de mudança de nome, vê?

Francamente, só dá para tirar uma conclusão:

Ele é *gay*

Mas está na cara, querida. Foi por isso que ele não te passou uma cantada.

XXXOOO

Dolly

Para: Mel Fuller <melissa.fuller@thenyjournal.com>
De: Nadine Wilcock <nadine.wilcock@thenyjournal.com>
Assunto: Fica fria

Ele não é bicha nada. Isso é só uma palhaçada daquelas da Dolly. Ela está querendo provocar. Anda entediada. Peter Hargrave não larga a mulher para ficar com ela, Aaron ainda está sonhando com você, e Dolly não tem nada melhor a fazer senão te torturar. Você está fazendo o jogo dela direitinho, ficando toda ouriçada como está.

Agora, vamos à aula de meio-dia ou de cinco e meia amanhã?

Nad

P.S.: Não preciso dizer como odeio tudo isso, preciso? Esse negócio da academia? Quero dizer, caso não saiba. Eu detesto. Eu detesto mesmo suar. Não é natural. Simplesmente não é.

Para: Nadine Wilcock <nadine.wilcock@thenyjournal.com>
De: Mel Fuller <melissa.fuller@thenyjournal.com>
Assunto: Mas isso explicaria...

...por que ele não tentou me beijar, nem passar o braço em torno dos meus ombros, nem nada! Ele é *gay*!

E eu me oferecendo para ir com ele na próxima visita ao hospital para ver a tia.

Devo parecer a maior oferecida do mundo!

P.S.: Vamos à aula de meio-dia para podermos acabar logo com isso. Eu sei que odeia, Nadine, mas vai te fazer bem. E suar é natural. As pessoas já suam há muitos milhares de anos.

Para: Mel Fuller <melissa.fuller@thenyjournal.com>
De: Nadine Wilcock <nadine.wilcock@thenyjournal.com>
Assunto: Você está...

...com problemas de conexão de neurônios?

Antes de mais nada, ele não é *gay*.

Em segundo lugar, mesmo que fosse, dizer que quer ir com ele visitar a tia em coma não a qualifica como oferecida. É uma gentileza, aliás.

Eu disse para não dar ouvidos a Dolly.

Lembra-se da colcha de chenile? Lembra como o viu dar Alpo ao cachorro bem em cima da colcha? Um bicha seria capaz de fazer isso em cima de uma colcha de chenile?

Nad

Para: Nadine Wilcock <nadine.wilcock@thenyjournal.com>
De: Mel Fuller <melissa.fuller@thenyjournal.com>
Assunto: Ah, é...

Sim, você está certa. Nenhum veado do mundo iria tratar uma colcha de chenile tão mal como ele tratou.

Graças a Deus tenho você como amiga, Nadine.

Mel

P.S.: Mas se ele não é bicha, como é que não me respondeu? Eu enviei uma mensagem a ele há milênios sobre umas depressões atmosféricas tropicais, e desde então elas já foram promovidas a tempestades!

Para: jerryvive@freemail.com
De: Jason Trent <jason.trent@trentcapital.com>
Assunto: Ai, meu Deus do céu

Vê se convida a menina, tá? Enquanto está aí de bobeira, se menosprezando, algum outro cara pode estar tirando a moça de você bem debaixo do seu nariz!

Não esquenta, o negócio do Max Friedlander vai se resolver. Você não acreditaria em algumas das mentiras que o Jason me contou quando começamos a namorar... A pior foi que ele saiu uma vez com Jody Foster. Ele simplesmente não mencionou que foi quando ela, por acaso, pegou a mesma balsa que ele para Catalina.

É, ele "saiu" com ela, MESMO.

Ah, e sua avó me mostrou uma foto da tal Michelle, que seu irmão insiste que era a mais bela mulher que já conheceu: caramba, chamem a carrocinha, acho que tem um pitbull solto por aí...

E aí vem o Jason, berrando alguma coisa sobre um sanduíche de queijo quente e por que eu não arranjo uma conta de e-mail só pra mim e por que eu preciso ficar usando a dele clandestinamente, e agora está tentando me empurrar para fora da cadeira, embora eu esteja com sete meses de gravidez, do filho dele, sem mencionar que sou a mãe de seus filhos.

Stacy

Para: jerryvive@freemail.com
De: Jason Trent <jason.trent@trentcapital.com>
Assunto: Dá um tempo

Eu só quero que saiba que, enquanto está sobrecarregando minha esposa com seus problemas idiotas — todos, aliás, criados por você mesmo —, tudo aqui está caindo aos pedaços. Eu simplesmente fui obrigado a fazer o almoço das meninas e o queijo pingou para fora do forninho elétrico por toda parte, e causou um princípio de incêndio.

Então, só me resta dizer que trate de arranjar uma mulher só pra você e pare de incomodar a minha.

Jason

Para: jerryvive@freemail.com
De: Jason Trent <jason.trent@trentcapital.com>
Assunto: OI TIO JOHN

SOMOS NÓS, A HALEY E A BRITTANY, MAMÃE E PAPAI ESTÃO DISCUTINDO AQUI SOBRE O QUE VOCÊ DEVE FAZER DA MOÇA

RUIVA. A MAMÃE DIZ QUE VOCÊ DEVIA TELEFONAR PARA ELA E CONVIDÁ-LA PARA O JANTAR, PAPAI DIZ QUE VOCÊ DEVIA FAZER TERAPIA.

SE CASAR COM A MOÇA RUIVA, ELA VAI SER NOSSA TIA?

QUANDO VAI VIR NOS VISITAR? SENTIMOS SAUDADES SUAS. ANDAMOS NOS COMPORTANDO MUITO BEM. TODA VEZ QUE AQUELA VEIA NA CABEÇA DO PAPAI COMEÇA A FICAR ROXA NÓS CANTAMOS AQUELA MUSIQUINHA QUE VOCÊ NOS ENSINOU. EXATAMENTE COMO NOS MANDOU FAZER. SABE QUAL. AQUELA DA DIARRÉIA.

BOM, PRECISAMOS IR. PAPAI ESTÁ NOS MANDANDO SAIR DA MESA DELE.

RESPONDA LOGO!!!

BEIJINHOS,
BRITTANY E HALEY

Para: Mel Fuller <melissa.fuller@thenyjournal.com>
De: jerryvive@freemail.com
Assunto: Granizo do tamanho de bolas de beisebol e outras anomalias meteorológicas

---

Prezada Melissa,

Desculpe ter demorado tanto para responder à sua mensagem, mas tive que resolver umas coisas. Parece que tudo está mais ou menos em ordem agora — pelo menos tanto quanto pode estar no momento.

Muita gentileza sua oferecer-se para me acompanhar quando for visitar minha tia, mas, realmente, não precisa.

Espera. Dá um tempo. Sei o que vai dizer.

Então para você não dizer isso, que tal irmos amanhã à noite, se não tiver planos já traçados?

E acho que vou aproveitar a oportunidade para falar sobre alguma coisa que andou pesando bastante na minha consciência desde que nos conhecemos: a grande dívida que tenho para com você por salvar a vida da minha tia.

Calma. Mais uma vez, sei o que vai dizer. Mas o fato é que fez exatamente isso. A polícia me contou.

Então, embora seja um meio bem inadequado de expressar minha imensa gratidão e reconhecimento pelo que fez, esperava que você pudesse me deixar levá-la para jantar uma noite dessas. E como sei que isso ofenderia profundamente suas sensibilidades do Meio-Oeste, estou preparado para deixá-la escolher o restaurante, para você não ficar preocupada com a possibilidade de eu escolher um lugar que possa me levar à falência.

Pense no assunto e depois me diga se aceita. Como já sabe, minhas noites são, graças ao Paco, bem livres até as onze.

Atenciosamente,
John

P.S.: Viu aquilo no Canal do Tempo ontem à noite? Por que é que as pessoas que tentam atravessar rios transbordantes com vans nunca sabem nadar?

Para: Nadine Wilcock <nadine.wilcock@thenyjournal.com>
De: Mel Fuller <melissa.fuller@thenyjournal.com>
Assunto: Ele respondeu!

E me convidou para sair.

Bom, pode-se dizer que sim. Acho que é mais uma coisa tipo peninha/agradecimento, do que um encontro no duro.

Mas, talvez, se eu conseguir escolher o vestido certo...

Você que é especialista em restaurantes. Qual devo escolher?

Mel

Para: Mel Fuller <melissa.fuller@thenyjournal.com>
De: Nadine Wilcock <nadine.wilcock@thenyjournal.com>
Assunto: Você não vai conseguir...

...pagar o aluguel mês que vem se ficar comprando roupas para impressionar esse cara.

Tenho uma idéia. Ponha uma coisa que já tem. Ele não pode ter visto todas as suas roupas ainda. Ele se mudou há apenas duas semanas, e eu sei que você tem dez milhões de saias.

Mais uma idéia: por que vocês dois não vêm ao Fresche? Assim o Tony e eu podemos dar uma boa olhada nele para dizer o que achamos.

Só uma idéia.

Nad

Para: Nadine Wilcock <nadine.wilcock@thenyjournal.com>
De: Mel Fuller <melissa.fuller@thenyjournal.com>
Assunto: Nem morta!

O que acha que sou, alguma burra? Não vamos nem chegar perto do Fresche. Pode esperar sentada.

Mel

Para: Mel Fuller <melissa.fuller@thenyjournal.com>
De: Tony Salerno <rango@fresche.com>
Assunto: Então não estamos à sua altura, hein?

Acho que no que diz respeito a jantares finos realmente sabe quem são seus amigos. Quero dizer, evidentemente, tem algum tipo de preconceito contra meu restaurante que jamais soube antes que tinha.

E, mesmo assim, sempre que eu me ofereci para grelhar para você o meu *paillard* de frango clássico, você nunca recusou. Será que esse tempo todo fez isso só pra me agradar?

E a Nadine? Ela não é mesmo sua melhor amiga, é? Provavelmente tem alguma outra melhor amiga no bolso, só para emergências, não tem?

Agora estou entendendo tudo.

Tony

Para: Tony Salerno <rango@fresche.com>
De: Mel Fuller <melissa.fuller@thenyjournal.com>
Assunto: Você sabe muito bem

por que não quero ir ao seu restaurante. Não estou nem um pouco a fim de ser espionada pela minha melhor amiga e o namorado dela!

E sabe disso.

Você é mesmo insuportável, sabia? O que salva é que você é um mestre-cuca muito bom, e um tremendo gato, claro.

Mel ;-)

Para: Mel Fuller <melissa.fuller@thenyjournal.com>
De: Dolly Vargas <dolly.vargas@thenyjournal.com>
Assunto: Jantar

Querida, não marca bobeira. Simplesmente precisa pedir a ele que a leve ao Le Grenouille. Não há nenhum outro lugar que valha a pena.

E claro que ele pode pagar. Meu Deus, o Max Friedlander fez fortuna fotografando aquela tal Vivica para a campanha da linha nova da Maybelline.

Afinal, você prestou mesmo primeiros-socorros à velha senhora. Por isso ele te deve uma jóia da Tiffany's ou da Cartier, no mínimo.

XXXOOO

Dolly

Para: Mel Fuller <melissa.fuller@thenyjournal.com>
De: George Sanchez <george.sanchez@thenyjournal.com>
Assunto: A lanchonete da esquina

Pede ao cara pra te levar lá. Os melhores hambúrgueres da cidade. E ainda podem assistir ao jogo enquanto comem.

George

Para: Mel Fuller <melissa.fuller@thenyjournal.com>
De: Jimmy Chu <james.chu@thenyjournal.com>
Assunto: Como é que você pode

pensar em ir a algum outro lugar que não seja a Peking Duck House? Sabe que é o melhor pato à Pequim da cidade.

Jim

Para: Mel Fuller <melissa.fuller@thenyjournal.com>
De: Tim Grabowski <timothy.grabowski@thenyjournal.com>
Assunto: "Sobre gays"

Nadine me passou o último e-mail do seu amigo John, que acho que encaminhou para ela, e posso dizer com absoluta certeza, falando como homossexual, que esse homem não é *gay*. Nenhum *gay* que conheço iria deixar uma mulher escolher o restaurante, mesmo se ela tivesse salvo a vida da tia dele.

Pede a ele para te levar ao Fresche. Nadine, e eu e o resto da turma estaremos no bar e fingindo que não te conhecemos. Por favor... pede a ele para te levar ao Fresche...

Divirtam-se e usem camisinha, ouviu?

Tim

Para: Nadine Wilcock <nadine.wilcock@thenyjournal.com>
De: Mel Fuller <melissa.fuller@thenyjournal.com>
Assunto: Pelo amor de Deus

Será que dava para parar de espalhar para todo mundo que trabalha aqui o que está acontecendo na minha vida particular? Que coisa mais humilhante! Tim Grabowski da Programação acabou de me enviar um e-mail. E, se a Programação sabe, é apenas uma questão de tempo antes que chegue à Arte. E se alguém do departamento de Arte conhece o Max Friedlander e diz a ele que todo mundo está falando dele na redação?

Caramba, meu Deus, qual é a sua?

Mel

Para: Dolly Vargas <doll.vargas@thenyjournal.com>; Tony Salerno <rango@fresche.com>; Tim Grabowski <timothy.grabowski@thenyjournal.com>; George Sanchez <george.sanchez@thenyjournal.com>; Jimmy Chu <james.chu@thenyjournal.com>
De: Nadine Wilcock <nadine.wilcock@thenyjournal.com>
Assunto: Mel

Tá legal, todos vocês, saiam do pé dela. Estamos só deixando a garota nervosa.

Eu falo sério, Dolly, então nem pense em nos emboscar de novo no banheiro.

Nad

P.S.: Além do mais, sabe que ela não é capaz de guardar segredo, nem que seja pra salvar a própria vida. Ela vai contar sem querer o lugar onde vão jantar, e aí, pronto, nós a pegamos. ;-)

Para: jerryvive@freemail.com
De: Mel Fuller <melissa.fuller@thenyjournal.com>
Assunto: Jantar

Prezado John,

Oi! Foi mesmo muita delicadeza sua se oferecer para me levar para jantar, mas, realmente, não precisava.

Eu gostei de fazer o que fiz por sua tia. Só desejaria ter feito mais.

Mas, se realmente insistir, francamente não me importo com o lugar onde seja o nosso jantar.

Bom, não é exatamente verdade, tem um lugar ao qual eu realmente NÃO quero ir, e é o Fresche. Qualquer outro será ótimo. Por que não me faz uma surpresa?

Vejo você no décimo quinto andar esta noite às seis (acho que o horário de visitas do CTI é só das seis e meia às sete, não?)

Mel

Para: Mel Fuller <melissa.fuller@thenyjournal.com>
De: jerryvive@freemail.com
Assunto: Jantar

Você é quem manda.

Vou fazer reserva para as oito. Espero que saiba o que está fazendo, deixando-me escolher o restaurante. Sou muito fã de miúdos, sabe como é.

John

Para: jerryvive@freemail.com
De: Mel Fuller <melissa.fuller@thenyjournal.com>
Assunto: Não acredito em você

Você só está tentando me assustar.

Fui criada na roça. Comíamos torrada com miúdos toda manhã no café.

Mel

Para: Mel Fuller <melissa.fuller@thenyjournal.com>
De: jerryvive@freemail.com
Assunto: Agora você é que

está me assustando.

Até as seis.

John

Para: John Trent <john.trent@thenychronicle.com>
De: Sargento Paul Reese <preese@89DP.nyc.org>
Assunto: Ontem à noite

Trent,

Olha, cara, não sei mais como me desculpar. Não sei o que está acontecendo entre você e a tal gata ruiva, mas não quis estragar tudo. Só que fiquei muito surpreso por você estar lá! Quero dizer, John Trent no Centro Veterinário? Que tipo de crime poderia estar para acontecer? Certamente algum crime animalesco...

Foi mal. Não deu pra resistir.

Francamente, só viemos dar uma olhada no Hugo, o cão farejador de bombas da delegacia. Algum palhaço lhe deu um pedaço de frango frito da Kentucky Fried que sobrou do almoço e sabe o que dizem de cachorros e ossos de galinha...

Bom, acaba que é verdade. Embora o Hugo deva se recuperar por completo.

O que *você* estava fazendo ali, cara? Parecia estar uma pilha de nervos. Ora, para um cara com uma gatona daquelas ao lado, pelo menos.

Me diga se houver algo que eu possa fazer para compensar isso... talvez anular umas multas por estacionamento proibido... prender o marido da ruiva sem fiança o fim de semana inteiro, qualquer coisa.

Qualquer coisa, qualquer coisa para me redimir.

Paul

Para: Sargento Paul Reese <preese@89DP.nyc.org>
De: John Trent <john.trent@thenychronicle.com>
Assunto: Está perdoado por tudo

Pelo menos agora. Na noite passada, eu quase te esganei.

Mas não foi culpa sua, é claro. Quer dizer, você me viu ali, e disse: "E aí, como vai, Trent?", como qualquer pessoa normal faria.

Como é que ia saber que estou me fazendo passar por outra pessoa no momento?

Mas o que começou como a noite mais desastrosa de todos os tempos — quem é que poderia imaginar que os gatos comem elásticos? Eu certamente não sabia disso — se converteu em pura bênção.

Então considere-se perdoado, parceiro.

E quanto à ruiva, bom, essa é uma longa história. Talvez eu a conte pra você um dia. Dependendo de como terminar, é claro.

Agora, neste momento, preciso voltar ao Centro Veterinário. É para liberar o gato que supostamente se recuperou bem da cirurgia no intestino. E no caminho do hospital veterinário para casa, vou comprar para o gato o peixe maior e mais cheiroso que jamais viu, como agradecimento pela sua delicadeza de ter ingerido aquele elástico.

John

Para: Mel Fuller <melissa.fuller@thenyjournal.com>
De: Nadine Wilcock <nadine.wilcock@thenyjournal.com>
Assunto: E aí???

O que resolveu vestir? Onde acabaram indo? Foi legal?
O QUE ACONTECEU????

Nad

Para: Nadine Wilcock <nadine.wilcock@thenyjournal.com>
De: Mel Fuller <melissa.fuller@thenyjournal.com>
Assunto: Aconteceu

>O que você resolveu vestir?

Vesti minha saia preta envelope Calvin Klein, com minha blusa de seda de manga três quartos azul clara e gola em vê, e sandálias azuis presas no tornozelo e salto sete.

>Onde acabaram indo?

Acabamos não indo a lugar nenhum. Não jantar, pelo menos.

>Foi legal?

FOI!

>O QUE ACONTECEU?

Aconteceu.

Bom, tá legal, não aconteceu mesmo, mas foi por pouco. O que aconteceu foi que eu estava aplicando minha camada final de batom nos lábios quando ouvi uma batida à minha porta. Fui abri-la. Era o John. Ele tinha até posto uma gravata! Não consegui acreditar. Ele estava lindo — só que com uma cara de preocupação horrível. E aí eu perguntei: "O que é que houve?"

E ele: "É o Chico Bum. Tem alguma coisa errada com ele. Será que dá pra você vir dar uma olhada?"

Então fui lá examinar o bichinho, e batata, o Chico Bum, que é o mais ativo e meigo dos dois gatos da Sra. Friedlander, estava deitado debaixo da mesa da sala de jantar parecendo uma criancinha que comeu biscoitos demais. Não queria que ninguém encostasse nele, e rosnou quando tentei me aproximar.

Aí, de repente, me lembrei de uma coisa e disse: "Ai, caramba, você andou tirando os elásticos dos seus *Chronicles* quando os trouxe pra dentro?" Porque sabe que a frescura do *Chronicle* é tanta, que o jornal sempre vem envolto em um elástico, para evitar que as seções caiam de dentro dele, uma vez que os assinantes iam pirar se uma única parte faltasse e eles não conseguissem ler o caderno de economia ou coisa assim.

E John: "Não. Devia?"

E foi aí que caiu a ficha. Eu tinha me esquecido de lhe dizer a coisa mais importante naquele negócio de cuidar dos gatos e do cachorro da tia dele: o Chico Bum come elásticos. O irmão dele, o Chico Bam, também corria. E é por isso que o Chico Bam não está mais entre nós.

"Temos que levar esse gato para o hospital o mais rápido possível!", gritei.

John fez uma cara de espantado.

"Está brincando, não está?"

"Não, estou falando sério", e aí peguei a caixa para transportar o gato onde a Sra. Friedlander sempre a guarda, na prateleira mais alta do armário de roupas de cama. "Enrole-o numa toalha."

John ficou só ali parado.

"Parece que você está mesmo falando sério."

"Pode apostar que estou", disse eu. "Precisamos pedir ao médico que remova o elástico antes que bloqueie algum órgão."

Na realidade, eu não faço idéia se um elástico pode obstruir alguma coisa, mas dava para notar só de olhar para os olhos vidrados do Chico Bum que ele estava pra lá de doente.

Então John pegou uma toalha e enrolamos o Chico Bum nela (John suportou vários arranhões bem feios antes de conseguir isso), e o levamos para o Centro Veterinário, que é para onde a Sra. Friedlander levou o Chico Bam quando ele teve seu encontro fatal com o elástico de um exemplar do *Chronicle*. Sei disso porque ela pediu às pessoas que vieram apresentar-lhe condolências para enviarem um donativo ao hospital em vez de flores depois da morte do Chico Bam.

No minuto em que demos entrada no hospital eles levaram o Chico Bum correndo para a sala de raios X. Então não pudemos fazer mais nada a não ser esperar e rezar.

Só que ficou meio difícil só ficar sentado e rezar, sabe, quando eu só podia pensar em quanto eu odeio o *Chronicle,* e que ele tinha arruinado meu encontro romântico tão esperado. Pelo menos, talvez pudesse ter sido um encontro romântico. Eu só ficava pensando como o *Chronicle* vive disputando os furos a tapa com a gente, e como fazem a festa de Natal deles no Water Club, e a nossa sempre é no Bowlmore Lanes. E como a circulação deles é mais ou menos uns cem mil exemplares acima da nossa, e como eles sempre ganham todos os prêmios de jornalismo, e a seção de moda deles é em cores, e nem têm coluna social.

Ora, aquilo simplesmente começou a me dar vontade de rir. Eu não sei por quê. Eu simplesmente comecei a rir do fato de o *Chronicle* ter conseguido mais uma vez cortar o meu barato.

Aí o John me perguntou por que eu estava rindo, e então lhe contei (não esse negócio de o *Chronicle* arruinar o nosso encontro, mas o resto todo). E aí o John também começou a rir. Não sei por que *ele* estava rindo, a não ser, talvez que, bem, ele não me parece ser lá muito santinho. Ficou soltando umas risadinhas de vez em quando. Era capaz de apostar que ele estava tentando se conter, mas às vezes o riso saía sem ele querer.

Enquanto isso, começaram a chegar os tipos mais esquisitos possíveis, com as mais estranhas emergências! Uma senhora chegou dizendo que o golden retriever dela tinha engolido todos os seus comprimidos de Prozac. Uma outra veio porque a iguana tinha dado um salto voador da varanda do prédio de sete andares dela (e aterrisado aparentemente ilesa no telhado da loja, lá embaixo). Uma terceira senhora estava preocupada com o ouriço dela, que simplesmente "estava se comportando de um jeito esquisito".

"Como é que um ouriço deve se comportar?", cochichou John para mim.

Realmente não tinha graça. Mas simplesmente *não conseguíamos* parar de rir. E todos ficavam nos lançando uns olhares atravessados, e só me faziam sentir vontade de rir mais. Então ficamos ali rindo, as duas pessoas mais bem vestidas no lugar, fingindo estar confortáveis naquelas cadeiras plásticas duras e tentando não rir, mas rindo mesmo assim...

Pelo menos até aqueles tiras chegarem. Eles vieram trazer um dos cães do esquadrão de bombas, que tinha se engasgado com um osso de frango. Um deles viu o John e cumprimentou-o: "Oi, Trent, o que é que você está fazendo aqui?"

Foi aí que o John parou de rir. Ficou muito vermelho de repente e disse: "Ah, oi, Sargento Reese."

Pronunciou o "sargento" de um jeito bem enfático. O sargento Reese pareceu meio sem jeito. Começou a dizer alguma coisa, mas justamente nesse momento o veterinário saiu e disse: "Sr. Friedlander?"

John ficou de pé num salto e disse:

"Sou eu", e correu até o veterinário.

O veterinário nos disse que o Chico Bum tinha mesmo ingerido um elástico, que estava todo enroscado no intestino delgado do bichano, sendo necessário removê-lo por cirurgia para evitar que o gato morresse. Estavam dispostos a fazer a cirurgia imediatamente, só que era muito cara, 1.500 dólares, mais 200 dólares pela diária do hospital.

Mil e setecentos dólares! Fiquei chocada. Mas John só concordou com a cabeça, meteu a mão na carteira e começou a tirar um cartão de crédito...

E aí ele voltou a colocar o cartão na carteira bem depressa e disse que tinha esquecido que os cartões estavam no limite, e que ele iria ao banco 24 horas pegar o dinheiro.

Dinheiro! Ele ia pagar em dinheiro! Mil e setecentos dólares em dinheiro! Por um gato!

Só que eu o fiz recordar-se de que não dá pra tirar tanto dinheiro assim de um banco 24 horas em um único dia. E aí disse: "Deixa eu pôr no meu cartão, e depois você me paga." (Eu sei o que vai me dizer, Nadine, mas não é verdade: ele teria me pago, eu sabia disso.)

Só que ele não aceitou de jeito nenhum. E quando vi ele já tinha ido até o caixa do hospital combinar um plano de pagamento, deixando-me sozinha com o veterinário e todos os policiais, que ainda estavam ali de pé me olhando. Não me pergunte por quê. Sem dúvida devia ser por causa da minha microssaia.

Então John voltou e disse que já havia acertado tudo, e os tiras foram embora, e o veterinário sugeriu que ficássemos por ali até a cirurgia terminar, no caso de haver complicações, e aí voltamos para nossas cadeiras. Foi aí que eu disse: "Por que aquele policial te chamou de Trent?"

Aí o John respondeu: "Ah, o policiais são assim, vivem inventando apelidos para as pessoas."

Só que tive a nítida impressão de que ele estava escondendo alguma coisa de mim.

Ele também deve ter sacado que eu percebi, porque me disse que não precisava esperar por ele, que ia pagar um táxi para eu voltar para casa, e que esperava que eu aceitasse a idéia de adiar o jantar.

Então lhe perguntei se ele estava ficando louco, e ele disse que achava que não. Disse que alguém com tantos apelidos como ele sem dúvida tinha problemas graves, e ele concordou comigo. Aí ficamos debatendo durante duas horas sobre quais eram os assassinos seriais da história mais transtornados mentalmente, e finalmente o veterinário saiu e disse que o Chico Bum estava se recuperando e podíamos ir para casa, portanto fomos embora.

Não era tarde demais para jantar pelos padrões de Manhattan — só dez horas — e o John estava a fim, mesmo que tivéssemos perdido nossa reserva no lugar onde planejava me levar. Mas eu não estava com vontade de enfrentar a multidão que compete para jantar a essa hora, e ele concordou e disse: "Quer pedir comida chinesa outra vez, alguma coisa assim?" E eu disse que provavelmente seria uma boa ir consolar o Paco e o Sr. Botucas, que certamente estariam com remorso com a ausência do seu irmão felino. Além disso eu tinha lido no guia da tevê que ia passar *A ceia dos acusados* na PBS.

Então voltamos para o apartamento dele — ou da tia dele, diria eu — e pedimos lombo *mu shu* outra vez, a comida chegou exatamente na hora em que o filme estava começando, e comemos na mesa de centro da Sra. Friedlander, sentados no confortável sofá de couro preto dela, no qual deixei cair não um, mas dois rolinhos primavera cobertos daquela coisa laranja.

E foi por isso que ele, casualmente, começou a me beijar. Juro. Eu fiquei pedindo desculpas sem parar por derrubar aquela gosma laranja pegajosa no sofá da tia dele, e aí ele chegou perto, *apoiou o joelho na gosma*, e começou a me beijar.

Eu não ficava chocada assim desde que meu professor de álgebra quase fez a mesma coisa no meu primeiro ano. Só que não tinha gosma laranja e estávamos falando de integrais, não de toalhas de papel.

E vou te contar, o Max Friedlander beija muito melhor do que qualquer professor de álgebra. Estou falando sério, ele sabe tudo de beijo. Eu fiquei com medo que minha cabeça explodisse. Juro. Ele beija bem assim *a esse ponto*.

Ou talvez não seja tão bom. Talvez tenha se passado tanto tempo desde que alguém me beijou como ele, com vontade — sabe, com vontade mesmo —, que eu já tivesse me esquecido o que era um beijo.

John beija com vontade. *Com vontade* mesmo.

Mesmo assim, quando parou de me beijar, eu estava tão zonza e chocada que só consegui dizer, aos arrancos: "Por que foi que fez isso?" O que provavelmente foi uma grosseria, mas ele não entendeu assim. Respondeu: "Porque senti vontade."

Então pensei sobre isso durante, talvez, uma fração de segundo, e depois pendurei os braços no pescoço dele e disse: "Ótimo."

Então o beijei também. E foi mesmo muito bom porque o sofá da Sra. Friedlander é cheio de almofadas e macio, e o John afundou sobre mim, e eu afundei no sofá e ficamos nos beijando durante muito, muito tempo mesmo. Aliás, nos beijamos até o Paco resolver pedir para sair, e meter o enorme focinho dele entre nossas testas.

Foi aí que percebi que seria melhor sair dali. Antes de mais nada, sei o que nossas mães diriam sobre beijar antes do terceiro encontro. E, em segundo lugar, sem querer ser vulgar, começaram a acontecer umas coisas bem interessantes lá embaixo, se é que entende o que quero dizer.

E o Max Friedlander definitivamente NÃO É GAY. As bichas não ficam excitadas beijando moças. Pelo menos isso uma moça de cidadezinha do Meio-Oeste como eu sabe.

Então, enquanto o John tentava espantar o Paco, xingando-o, eu tratei de ir me ajeitando e dizendo, de um jeito bem puritano: "Bom, obrigada pela noite fantástica, mas acho que agora preciso ir", e consegui sair dali, enquanto ele ainda dizia: "Mel, espera, precisamos conversar."

Eu não esperei. Não dava. Eu precisava ir embora enquanto ainda estava em pleno controle das minhas funções motoras. Estou lhe dizendo, Nadine, os beijos daquele cara são de entorpecer o cérebro, de tão bons.

E então, qual a moral da história?

Ora, tem uma coisa: Nadine, eu estou comunicando oficialmente que vou levar um namorado no dia do seu casamento.

Preciso ir. Os dedos estão ficando com câimbras de tanto escrever, e ainda tenho a coluna de amanhã para fazer. As coisas estão indo bem com a Winona e o Chris Noth. Ouvi dizer que estão combinando tirar férias em Bali. Não dá pra acreditar que a Winona e eu encontramos um namorado ao mesmo tempo! Parece até aquela ocasião em que ela e a Gwyneth estavam saindo com o Matt e o Ben — só que melhor ainda! Porque sou eu!

Para: Mel Fuller <melissa.fuller@thenyjournal.com>
De: Nadine Wilcock <nadine.wilcock@thenyjournal.com>
Assunto: Espero que pelo menos

---

você tenha deixado ele pagar a comida chinesa.

Nad

Para: Nadine Wilcock <nadine.wilcock@thenyjournal.com>
De: Mel Fuller <melissa.fuller@thenyjournal.com>
Assunto: Bom, é claro que ele

---

pagou a comida chinesa. Bom, a não ser a gorjeta. Ele não tinha trocado.

Por que reage assim? Foi tudo tão romântico! Eu achei tudo aquilo demais!

E não vai pensar que deixei ele me bolinar, nem nada, hein, pelo amor de Deus.

Mel

Para: Mel Fuller <melissa.fuller@thenyjournal.com>
De: Nadine Wilcock <nadine.wilcock@thenyjournal.com>
Assunto: Eu só acho

que isso tudo está acontecendo rápido demais. Eu nem mesmo conheci esse camarada. Não é pra ofender você, não, Mel, nem pensar, mas você não tem lá esse currículo todo em matéria de homens — o Aaron é apenas o exemplo número um. Quero dizer, e o tal Delta Ípsilon e o negócio da meia, que você mesma mencionou um dia desses?

Estou só dizendo que talvez me sentisse melhor se já tivesse conhecido o cara. Já ouvimos e Dolly falou alguma coisas. Como é que espera que eu me sinta? Você é a irmãzinha que eu nunca tive. Eu só queria ter certeza de que não vão magoar você.

E, então, será que daria para você pedir a ele para vir te pegar para almoçar um dia desses? Eu adoraria faltar à aula de *spinning*...

Não me queira mal.

Nad

Para: Nadine Wilcock <nadine.wilcock@thenyjournal.com>
De: Mel Fuller <melissa.fuller@thenyjournal.com>
Assunto: Mas você é tão

protetora!

Se insiste mesmo, porém, eu acho que dá para bolar alguma forma de vocês se esbarrarem.

Meu Deus, mas a gente faz cada coisa pelos amigos...

Mel

Para: John Trent <john.trent@thenychronicle.com>
De: Genevieve Randolph Trent <gtrent@trentcapital.com>
Assunto: Seu comportamento ultimamente

Querido John,

Aqui quem vos fala é sua avó. Ou deveria eu dizer escreve? Suponho que vá se surpreender ao receber esta mensagem minha, por meio do correio eletrônico, porque não respondeu a nenhum dos meus telefonemas, e seu irmão, Jason, me garante que, embora você não esteja ouvindo os recados da sua secretária eletrônica, ocasionalmente responde às mensagens de e-mail.

Então, vamos à questão:

Posso perdoar o fato de que você resolveu jogar a cautela ao vento e empreender sua própria carreira em um campo que, francamente, nenhum Trent que se preza — nem Randolph, também, aliás — jamais pensaria em abraçar. Você me provou que nem todos os repórteres são gentalha.

E posso perdoar até o fato de que resolveu se mudar de casa e morar sozinho, primeiro naquele pardieiro da rua 37 com aquele lunático cabeludo, e depois onde reside atualmente, no Brooklyn, que me dizem ser o mais encantador dos cinco distritos, exceto pelos protestos contra discriminação racial ocasionais e pelo supermercado caindo aos pedaços.

E posso perdoar até o fato de não tocar no dinheiro que foi reservado na poupança para você desde a morte do seu avô. Um homem deve abrir seu próprio caminho no mundo, se for possível, e não depender de sua família para sobreviver. Bato palmas para o seu esforço de fazer exatamente isso. É muito mais do que qualquer dos meus outros netos fez. Por exemplo, seu primo Dickie. Tenho certeza de que se aquele garoto tivesse uma vocação como você tem, John, não passaria tanto tempo pondo coisas que não devia no nariz.

Mas o que eu simplesmente não posso esquecer é você ter perdido a inaguração naquela noite. Sabe muito bem o quanto meus eventos de caridade significam para mim. Esta enfermaria de tratamento do câncer que doei é particularmente importante para mim, pois sabe que foi o câncer que tirou seu amado avô do meu lado. Entendo que talvez tivesse um compromisso anterior, mas podia, pelo menos, ter tido a educação de me enviar um recado.

Não vou mentir para você, John. Eu queria que justamente você comparecesse a este evento porque há uma certa mocinha que estava ansiosa para lhe apresentar. Sabe, sei como se sente quando lhe apresento as filhas casadouras dos meus amigos. Mas a Victoria Arbuthnot, da qual tenho certeza de que se lembrará de seus verões na infância em Vineyard —, os Arbuthnots tinham aquela casa em Chilmark — transformou-se em uma moça muito atraente — até superou aquele probleminha horrível no queixo que tanto importunou muitos dos Arbuthnots.

E ela é, pelo que entendo, uma verdadeira executiva no mercado de investimentos. Como as mulheres voltadas para a carreira sempre atraíram você, procurei me esforçar para garantir que a Victoria estivesse presente à inauguração naquela noite.

Que papel de boba você me obrigou a fazer, John! Tive que empurrar a Victoria para cima do seu primo Bill. E sabe a opinião que tenho dele.

Sei que se orgulha por ser a ovelha negra da família, John — embora eu não saiba qual o problema em um homem que trabalha para ganhar o pão, fazendo o que realmente gosta de fazer. Seus primos, com seus diversos vícios e gestações inoportunas, são muito mais enlouquecedores.

Contudo, esse tipo de comportamento realmente é bem desconcertante, mesmo para você. Só posso lhe dizer que espero que tenha uma explicação muito boa. Além disso, espero que procure encontrar tempo para responder a esta carta. É uma grande grosseria de sua parte não ter respondido a meus telefonemas.

Com carinho, apesar de tudo,

Mim

Para: Genevieve Randolph Trent <gtrent@trentcapital.com>
De: John Trent <john.trent@thenychronicle.com>
Assunto: Me perdoa?

Mim...

O que posso dizer?

Você me deixou totalmente envergonhado. Foi irresponsabilidade minha não responder seus telefonemas. Minha única explicação é que não ouvi os recados gravados na minha secretária eletrônica com tanta freqüência quanto antes, devido ao fato de, no momento, estar morando no apartamento de um amigo. Ora, não é bem de um amigo, na verdade, é da tia do meu amigo, que está hospitalizada, e precisava de alguém para tomar conta dos bichinhos de estimação dela.

Embora, depois do que ocorreu com um dos gatos recentemente, eu não esteja convencido de que sou a pessoa mais apropriada para a função.

De qualquer forma, quero que saiba que não deixei de comparecer à inauguração por sentir desprezo por você nem pelo evento. Eu só precisava fazer uma outra coisa. Uma coisa muito importante.

E isso me faz lembrar: é melhor a Vickie Arbuthnot não ficar me esperando ansiosa, Mim. Já conheci uma pessoa.

E não, não é ninguém que você conheça, a menos que esteja familiarizada com os Fullers de Lansing, Illinois. O que desconfio que não esteja.

Eu sei. Eu sei. Depois do fiasco da Heather, você já tinha desistido de mim para sempre. Ora, para derrubar um homem como eu é preciso muito mais do que descobrir que uma moça que eu nem tinha pedido em casamento ainda já havia se cadastrado na Bloomingdale's, como futura Sra. John Trent (para poder comprar lençóis de 1.000 dólares, nada menos que isso).

Mas antes que comece a me pedir para conhecê-la, permita-me desfazer alguns pequenos, como direi, nós. Não tem romance em

Nova York que seja simples, mas esse é ainda mais complicado do que a maioria.

Tenho certeza, porém, que posso resolver tudo. Eu preciso resolver tudo.

Só não tenho a mínima idéia de como sair dessa.

De qualquer forma, com muitas desculpas afetuosas, espero que ainda goste de mim.

Seu John

P.S.: Para compensar minha mancada, vou à festa beneficente do Lincoln Center para Levantar Fundos Para o Combate ao Câncer, na semana que vem, uma vez que sei que você é a maior patrocinadora dele. Vou até tirar uma grana do meu fundo e fazer um chequinho de pelo menos uns dez mil. Será que isso dá para apaziguar você?

Para: Mel Fuller <melissa.fuller@thenyjournal.com>
De: Don e Beverly Fuller <DonBev@dnr.com>
Assunto: Cuidado!

Oi, querida, é a mamãe de novo, enviando um e-mail. Espero que tenha cuidado, porque ontem à noite vi no programa do Tom Brokaw que surgiu *mais uma* daquelas crateras causadas pela erosão em Nova York. E essa fica bem na frente de uma redação de jornal, imagine!

Mas não se preocupe, é aquele jornal que você odeia, o tal metido a esnobe. Mesmo assim, pensa só, meu amorzinho, podia ser você naquele táxi que caiu no tal buraco de seis metros de profundidade! Mas eu sei que nunca toma táxis porque gasta seu dinheiro todo em roupas.

Só que coitada da tal senhora! Foram necessários três bombeiros para tirá-la da cratera (você é tão miudinha que só seria preciso um bombeiro para te tirar de qualquer cratera, acho eu).

Bom, para encurtar o papo, eu só queria lhe dizer para TOMAR CUIDADO! Procure olhar bem para onde anda — mas olhe para cima também, porque ouvi dizer que os aparelhos de ar-condicionado às vezes caem dos prédios, se não estiverem bem presos, e podem ir se espatifar na cabeça de algum pedestre lá embaixo.

Essa cidade está cheia de perigos. Por que não pode vir para casa trabalhar para o *Duane County Register*? Eu vi a Mabel Fleming outro dia no Buy and Bag e ela me disse que daria para você um emprego de redatora de Artes e Entretenimento na hora.

Pensa só, será que me faria esse favor? Não tem nada de perigoso em Lansing — não tem buracos, nem aparelhos de ar-condicionado caindo, nem travestis assassinos. Só aquele cara que atirou em todos os fregueses na loja de rações daquela vez, mas isso foi anos atrás.

Com carinho,
Mamãe

P.S.: Você nunca vai adivinhar! Um de seus ex-namorados se casou! Anexei a notícia para você ver.

Anexo: ✉ (Foto de um babaca completo e uma moça com cabelos bem compridos)

Crystal Hope LeBeau e Jeremy "Jer" Vaughn, ambos de Lansing, casaram-se na Igreja de Cristo de Lansing no último sábado.

Os pais da noiva são Brandi Jo e Dwight LeBeau de Lansing, donos da Buckeye Liquors na rua Principal, no centro de Lansing. Os pais do noivo são Joan e Roger Vaughn. Joan Vaughn é dona-de-casa. Roger Vaughn é funcionário da Smith Auto.

Os noivos ofereceram uma recepção na Loja Maçônica de Lansing, à qual o Sr. LeBeau pertence.

A noiva, de 22 anos, formou-se no Curso Médio na Lansing High School e está atualmente trabalhando no Beauty Barn. O noivo, 29 anos, formou-se na Lansing High School e trabalha na Buckeye Liquors.

Depois de uma lua-de-mel em Maui, o casal irá morar em Lansing.

Para: George Sanchez <george.sanchez@thenyjournal.com>
De: Mel Fuller <melissa.fuller@thenyjournal.com>
Assunto: Moral do escritório

Prezado George,

Na tentativa de elevar o moral por aqui, e tenho certeza de que concordará comigo que anda — citando uma expressão que freqüentemente usa — pra lá de baixo, será que poderia sugerir que no lugar de uma reunião esta semana fôssemos até a rua 53 com a Madison admirar a gigantesca cratera que surgiu diante do edifício de nosso inimigo e principal concorrente, o *New York Chronicle*?

Tenho certeza de que vai concordar comigo que isso irá representar uma mudança agradável na rotina normal de escutar as pessoas reclamarem sobre como a Krispy Kreme local fechou e como não houve mais *donuts* decentes nas nossa reuniões desde esse triste acontecimento.

Além disso, visto que o registro de água do edifício no qual o *Chronicle* está situado foi fechado, vamos nos divertir ainda mais vendo nosso estimados colegas correrem para a Starbucks do outro lado da rua para usar o banheiro deles.

Favor dar a esse assunto toda a atenção que ele tanto merece.

Atenciosamente,

Mel Fuller
Colunista da Página Dez
New York Journal

Para: Mel Fuller <melissa.fuller@thenyjournal.com>
De: George Sanchez <george.sanchez@thenyjournal.com>
Assunto: Moral do escritório

Enlouqueceu, é?

Todo mundo sabe que só quer olhar a cratera porque adora uma calamidade.

Abaixe a cabeça, trate de trabalhar, Fuller. Não te pago só pela tua carinha bonita.

George

Para: Nadine Wilcock <nadine.wilcock@thenyjournal.com>
De: Mel Fuller <melissa.fuller@thenyjournal.com>
Assunto: Um buraco monstruoso no chão

Ah, puxa, como é que pode resistir? Se for comigo dar uma olhadinha, não vou te obrigar a ir à aula de *spinning* hoje...

Mel

Para: Mel Fuller <melissa.fuller@thenyjournal.com>
De: Nadine Wilcock <nadine.wilcock@thenyjournal.com>
Assunto: O imenso buraco onde devia estar o seu cérebro

Você ficou louca. Está um calor insuportável lá fora. Não vou passar minha preciosa hora de almoço olhando um buraco gigantesco no chão, nem mesmo se for na frente do *Chronicle*.

Chama o Tim Grabowski. Ele vai. Vai a qualquer lugar onde haja homens uniformizados em grande número.

Nad

Para: Nadine Wilcock <nadine.wilcock@thenyjournal.com>
De: Tim Grabowski <timothy.grabowski@thenyjournal.com>
Assunto: Eu o conheci!

Uma preguiçosa, você, hein? Se levantasse o traseiro da cadeira e viesse com a gente, teria, como eu, conhecido esse cara do qual nossa pequena Srta. Mel andou falando sem parar o mês inteiro.

Só que acho que alguns de nós simplesmente são bons demais para olhar crateras causadas pela erosão.

Tim

Para: Tim Grabowski <timothy.grabowski@thenyjournal.com>
De: Nadine Wilcock <nadine.wilcock@thenyjournal.com>
Assunto: VOCÊ O CONHECEU???

Vai tratando de desembuchar, seu velhaco.

Nad

Para: Nadine Wilcock <nadine.wilcock@thenyjournal.com>
De: Tim Grabowski <timothy.grabowski@thenyjournal.com>
Assunto: O que vou ganhar com isso?

Sua vadiazinha impaciente.

Tim

Para: Tim Grabowski <timothy.grabowski@thenyjournal.com>
De: Nadine Wilcock <nadine.wilcock@thenyjournal.com>
Assunto: Preciso fazer um artigo sobre o

---

novo restaurante do Bobby De Niro, e vou te levar comigo se me contar tudo sobre esse negócio de você ter conhecido o Max Friedlander.

PELAMORDEDEUS, me conta. Estou implorando.

Nad

Para: Nadine Wilcock <nadine.wilcock@thenyjournal.com>
De: Tim Grabowski <timothy.grabowski@thenyjournal.com>
Assunto: Você venceu

Tá legal, vou contar. Só que quero ir ao novo restaurante do Bobby para jantar, não no almoço. É aí que os consultores de investimentos bonitinhos aparecem.

Tá legal, se segura que lá vai:

A cena: 53 com Madison. Uma cratera de 12 metros por seis de profundidade se abriu no meio da rua. Em torno dessa cratera tem barreiras policiais, aqueles cones de advertência, escavadoras, misturadores de cimento, caminhões da empreiteira Con Edison, um guindaste, repórteres de televisão, mais ou menos cem tiras e vinte dos mais gostosos operários que esse programador de computadores jamais viu.

O barulho das britadeiras e das buzinas dos motoristas que iam para o trabalho e não suspeitavam o que estava acontecendo, por não terem ouvido o noticiário sobre trânsito da estação 1010WINs antes de saírem de Nova Jersey, é ensurdecedor. O calor é opressivo. E a fedentina, minha santa... Não sei o que aqueles caras da Con Ed estão fazendo no fundo daquele buraco, mas vou te contar, eu desconfio seriamente que eles furaram o cano errado.

Foi como se um abismo literalmente infernal tivesse se aberto bem na frente daquele bastião de todo o mal, o ilustre *New York Chronicle*, e tentado sugar o prédio todo até o criador dele, lá embaixo, o próprio capeta.

E aí, no meio de tudo isso, eu vi no rosto da Srta. Mel — que, conforme tenho certeza de que pode adivinhar, já estava completamente zonza de tanta felicidade diante do espetáculo que estávamos presenciando — uma expressão de tamanha beatitude que pensei, a princípio, que tinha aparecido algum caminhão de sorvete da Mr. Softee distribuindo casquinhas de sorvete de chocolate de graça.

Aí, seguindo a direção daquele olhar embasbacado, eu vi o que havia causado aquela expressão nela:

Um Apolo. Não estou exagerando, não. Um espécime absolutamente perfeito de beleza masculina. Estava de pé atrás de uma das barreiras, espiando o buraco, e com jeito de que tinha acabado de sair de um catálogo da J. Crew naquelas calças folgadas e camisa de denim macio. O vento lhe beijava suavemente os cabelos castanhos, e juro para você, Nadine, se um daqueles operários tivesse entregado uma pá a ele, não teria parecido nem um pouco deslocada naquelas mãos enormes.

O que é muito mais do que posso dizer do *meu* namorado.

Mas, voltando à nossa cena:

Nossa Srta. Mel (berrando para ser ouvida, por causa do barulho ensurdecedor das britadeiras): "John! John! Vem aqui!"

E aí o Apolo se vira. Ele nos vê. Ele fica de um vermelho escuro, mas mesmo assim absolutamente atraente.

Sigo a nossa pequena Srta. Mel, que passa pelos policiais e os empregados indignados do *Chronicle*, os quais, com suas carteirinhas da imprensa, caíram sobre as pobres criaturas que trabalham na prefeitura e exigem saber quando seus bidês particulares — não tente me dizer que não têm bidês individuais naqueles palácios revestidos de ouro onde eles trabalham — vão ter água de novo. Depois de chegar ao Deus que ela chama de John, por motivos que ainda são um mistério para mim, nossa Srta. Mel começa, daquele seu jeito ofegante de sempre:

Nossa Srta. Mel: "O que está fazendo aqui? Veio tirar fotos da cratera?"
Max Friedlander: "Hã. Sim."
Nossa Srta. Mel: "E onde está sua câmera?"
Max Friedlander: "Hã... sabe, eu esqueci de trazer."

Hmmm. As luzes estão acesas, mas acho que não tem ninguém em casa. Pelo menos até...

Max Friedlander: "Aliás, eu já tirei a foto de que precisava. Eu só estava aqui porque... sabe que eu adoro uma calamidade."
Nossa Srta. Mel: "E eu também! Olha, esse é o meu amigo Tim."

O amigo Tim aperta a mão do Perfeito Espécime de Ser Humano. Nunca mais vai lavar a mão direita.

Max Friedlander: "Oi. Prazer."
Amigo Tim: "O prazer foi todo meu, tenha certeza."
Nossa Srta. Mel: "Escuta, foi bom ter encontrado você." Ela então joga o protocolo de namoro todo para o alto e diz: "Todos os meus amigos estão querendo te conhecer. Será que dava para

aparecer amanhã à noite no Fresche na rua 10 aí pelas nove horas? Só um pessoal lá do jornal, não precisa se assustar."

Já viu, né! Fiquei apavorado! Quero dizer, o que ela podia estar pensando? A gente simplesmente não sai admitindo as coisas assim para possíveis namorados. Onde foi parar a sutileza? Onde foram parar as manhas femininas? Ir dizendo a verdade nua e crua daquele jeito... ora, vou te dizer: fiquei pasmo. Isso só serve para mostrar que dá pra tirar a moça do Meio-Oeste, mas não dá para tirar o Meio-Oeste da moça.

Deu para ver que o Sr. Friedlander ficou tão chocado quanto eu. Ficou quase tão branco quanto tinha ficado vermelho um minuto antes.

Max Friedlander: "Hã. Tá bem."
Nossa Srta. Mel: "Ótimo. Então até lá."
Max Friedlander: "Sem dúvida."

Aí a Srta. Mel sai de cena, depois o amigo Tim. Quando olhei para trás, o Max Friedlander já havia desaparecido — um feito notável, considerando-se que não havia lugar naquele lado do buraco para ele ir, exceto o prédio do *Chronicle*.

Mas ele não pode ter entrado *ali*. A alma dele teria sido instantaneamente arrancada do corpo enquanto os demônios sugavam sua força vital.

Bom, então, foi isso. Espero sinceramente encontrá-la no Fresche esta noite às nove. E vê se não se atrasa.

Qual o coquetel apropriado para se pedir numa ocasião dessas? Já sei! Vamos consultar a Dolly. Ela sempre sabe qual a bebida exata que combina com a ocasião.

Por enquanto, é só.

Tim

Para: Dolly Vargas <dolly.vargas@thenyjournal.com>;
George Sanchez <george.sanchez@thenyjournal.com>;
Stella Markowitz <stella.markowitz@thenyjournal.com>;
Jimmy Chu <james.chu@thenyjournal.com>;
Alvin Webb <alvin.webb@thenyjournal.com>;
Elizabeth Strang <elizabethstrang@thenyjournal.com>;
Angie So <angela.so@thenyjournal.com>;
De: Nadine Wilcock <nadine.wilcock@thenyjournal.com>
Assunto: Mel

Já ouviram a última: agora vamos ver se ele comparece. O lugar é o Fresche. A hora é às nove. Apareçam por lá, senão não vão saber do que vamos estar falando amanhã no bebedouro.

Nad

Para: Max Friedlander <reidafoto@paremasrotativas.com>
De: John Trent <john.trent@thenychronicle.com>
Assunto: New York Journal

Muito bem, deixa eu te perguntar uma vez, e rápido:

Quem conhece no *New York Journal*?

Quero nomes, Friedlander. Quero uma lista de nomes, e quero AGORA.

John

Para: John Trent <john.trent@thenychronicle.com>
De: Max Friedlander <reidafoto@paremasrotativas.com>
Assunto: New York Journal

Então está se rebaixando a falar comigo outra vez, estou vendo. Não está cantando de galo agora, está? Pensei ter ofendido mortalmente você com meus preceitos cuidadosamente arquitetados sobre o sexo feminino.

Eu sabia que você ia voltar rastejando.

Então, o que quer saber? Se eu conheço alguém no *New York Journal*? O que você é, maluco? É o único jornalista com quem me relaciono. Não dá pra suportar aqueles falsos pseudo-intelectuais. Eles se acham tudo, só porque juntam umas palavrinhas para formar uma frase.

Por que quer saber, então?

Olha, Trent, você não pretende aparecer em público fingindo ser eu, pretende? Quero dizer, está só fingindo que sou eu no prédio da minha tia, certo? Com aquela dona que ficou zangada por precisar levar o cachorro para passear?

Certo?

CERTO???

Max

Para: John Trent <john.trent@thenychronicle.com>
De: Max Friedlander <reidafoto@paremasrotativas.com>
Assunto: New York Journal

Espera aí, eu esqueci. Conheço uma moça, sim. Dolly alguma coisa. Acho que ela trabalha no *Journal*. Não é com ela que vai se encontrar, é?

Max

Para: John Trent <john.trent@thenychronicle.com>
De: Genevieve Randolph Trent <gtrent@trentcapital.com>
Assunto: Srta. Fuller

Meu queridíssimo John,

Ora, ora, ora. Uma colunista social, nada menos que isso. Você devia se envergonhar. Eu estava pensando que, na pior das hipóteses, ela seria uma "universitária". Sabe, uma daquelas horríveis mocinhas de cabelos compridos que se vê algumas vezes no Central Park, lendo Proust em um banco de parque com aquelas sandálias, aqueles óculos e a indefectível "mochila".

Mas uma colunista social? Francamente, John, o que pode estar pensando?

Pensou que não ia descobrir? Mais idiota foi você! Foi fácil. Um único telefonema para os Fullers de Lansing, Illinois. Fingi que era um desses genealogistas. Sabe, tentando descobrir os descendentes de um Fuller histórico de quando o *Mayflower* chegou aqui. Ah, eles ficaram ansiosos por me contar tudo sobre a fazenda e sua preciosa Melissinha, que se mudou para a cidade grande, sabia não? E não foi qualquer cidade grande, mas a maior do mundo, "Noviork", como dizem.

Francamente, John.

Você podia trazê-la aqui para podermos todos dar uma boa olhada nela. Na semana que vem seria legal. Mas depois da festa beneficente, sim, John? Estou com minha agenda cheia até lá.

Com todo o meu amor,

Mim

Para: jerryvive@freemail.com
De: Jason Trent <jason.trent@trentcapital.com>
Assunto: Mim

Só um alerta para informar que a Mim está a fim de estraçalhar você por ter faltado à inauguração.

Além disso, não sei bem ao certo, ela parece ter descoberto a história da tal ruiva.

Não olha pra mim. Não fui eu quem contei a ela. Ainda acho que você está louco de ter concordado com tudo isso, pra começo de conversa.

Stacy, por outro lado, quer saber se você seguiu o conselho dela ou não.

Jason

P.S.: Vi no noticiário o tal buraco diante do edifício de sua redação. Meus pêsames pelo transtorno para ir ao banheiro.
P.P.S.: Desculpe por xingá-lo de louco psicótico. Mesmo que você seja mesmo.
P.P.P.S.: Esqueci de lhe dizer: por causa de tudo isso, Stacy criou a sua própria conta de e-mail. Ela se cansou de dividir o meu. O endereço novo dela é euodeiobarney@freemail.com.

Para: Jason Trent <jason.trent@trentcapital.com>
De: John Trent <john.trent@thenychronicle.com>
Assunto: Você pode me xingar...

...do que quiser. Não estou nem aí.

E não me preocupo com a Mim. Não me importo com isso também.

Estou até gostando da tal cratera. Sinto uma verdadeira afeição por ela. Aliás vou ficar triste quando finalmente terminarem de enchê-la.

Epa, acabou de ocorrer um crime de esfaqueamento triplo em Inwood. Hora de trabalhar.

John

Para: Stacy Trent <euodeiobarney@freemail.com>
De: Jason Trent <jason.trent@trentcapital.com>
Assunto: John

Stace...

Tem alguma coisa errada com o John. Eu o xinguei de louco psicótico na semana passada e ele nem ligou. E ainda por cima o avisei sobre a Mim, e ele disse que também não se incomoda com isso!

Ele nem se incomoda com a tal cratera e o fato de não haver banheiros com água no jornal dele.

Isso aconteceu com o meu primo Bill naquela vez em que ele engoliu o verme que estava no fundo da garrafa de tequila lá no México. Ele teve que passar um mês internado se recuperando!

O que devemos fazer?

Jason

Para: Jason Trent <jason.trent@trentcapital.com>
De: Stacy Trent <euodeiobarney@freemail.com>
Assunto: John

Jason:

Antes de mandar arrastar seu pobre irmão para o manicômio, deixa eu ver se consigo arrancar alguma coisa dele. Talvez esteja mais inclinado a se abrir comigo, porque não costumo xingá-lo.

Beijos,
Stacy

Para: John Trent <john.trent@thenychronicle.com>
De Stacy Trent <euodeiobarney@freemail.com>
Assunto: Seguiu meu conselho, não?

Não negue. Você ligou para ela. Então pode ir desembuchando.

E não me esconda nada. Tenho 34 anos, o que me coloca, como mulher, no auge da energia sexual. Também estou tão grávida que já não vejo meus pés há semanas. O único jeito de ter prazer é através das histórias alheias.

Então vê se começa a digitar, garanhão.

Stacy

Para: Stacy Trent<euodeiobarney@freemail.com>
De: John Trent <john.trent@thenychronicle.com>
Assunto: O garanhão responde

Você até que é bem saidinha para uma dona-de-casa de tempo integral e mãe de duas crianças (e meia). As outras mamães da Associação de Pais & Mães também têm a mente suja assim, têm? Isso deve render umas conversinhas bem interessantes nas quermesses.

Para sua informação, o que presume ter ocorrido não ocorreu.

E, se tudo continuar do jeito que está, jamais acontecerá, também.

Não sei o que há com essa garota. Eu sei que não sou o mais cortês dos homens. Não penso em ninguém que me classificaria como *playboy*. Mas também jamais fui acusado de ser um imbecil completo.

E, no entanto, quando estou perto da Mel, é exatamente o que fico parecendo — provavelmente por punição divina pelo fato de que, desde que a conheci, só fiz mentir para ela.

Seja lá o que for, não consigo nem armar um simples jantarzinho entre nós dois. Como sabe, minha primeira tentativa terminou num bar, os dois de pé comendo fatias de pizza (e ela pagando pela fatia dela).

Minha segunda tentativa foi ainda pior: passamos a maior parte da noite em um hospital *veterinário*. E aí eu muito sutilmente piorei a guerra assediando-a sexualmente no sofá da tia do Max Friedlander. Ela fugiu, no vocabulário dos romances, como uma corça assustada. E foi bom ela ter feito isso: tenho certeza de que devo ter parecido um adolescente excitado depois do baile de formatura.

Isso está satisfazendo seu desejo de projetar sua vida sexual nas minhas aventuras românticas, Stacy? Esses seus dedões que já não vê há tanto tempo estão se contraindo de excitação?

Eu quase capitulei e contei a ela tudo depois do incidente no sofá. Ai como eu queria ter contado... As coisas só foram de mal a pior.

Porque cada dia que não conto a ela é só mais um dia que ela vai me odiar, quando finalmente descobrir.

E *vai descobrir*, na certa. Um dia desses, minha sorte vai acabar, e alguém que conhece o Max Friedlander vai dizer a ela que não sou ele, e ela não vai entender quando eu tentar explicar, porque é tudo tão infantil, e vai me odiar, e minha vida vai acabar.

Porque, por algum motivo insondável, em vez de me desprezar, como qualquer mulher em seu juízo perfeito faria, a Mel parece *se ligar* em mim. Não consigo nem de longe imaginar por quê. Quero dizer, o certo seria, considerando o que ela sabe a meu respeito — a respeito de Max Friedlander, diria eu —, que ela me odiasse profundamente.

Mas não. Pelo contrário, Mel ri das minhas piadas sem graça. Mel escuta minhas histórias boçais. E aparentemente fala de mim aos amigos e colegas, porque um grupo deles exigiu me conhecer.

Eu sei o que está pensando. "Por que diabo ele foi?"

E não posso dizer para você por que fui. Quando ela me pediu para ir, foi na frente do meu jornal, onde ela pareceu surgir do nada. Eu estava tão zonzo por vê-la — com tanto medo de alguém me chamar pelo sobrenome —, que acho que fiquei gelado, mesmo que lá fora estivesse fazendo 26 graus. O sol estava brilhando, e havia barulho e confusão em toda parte, e, de repente, ela simplesmente surgiu, com os cabelos brilhando em torno da cabeça como uma auréola, e os enormes olhos azuis piscando para mim. Acho que teria concordado até se ela tivesse me pedido para comer vidro moído na palma da mão dela.

E aí não pude fazer mais nada. Quero dizer, eu já tinha concordado. Não dava para dar bolo nela.

Então fiquei andando de um lado para outro apavorado, tentando imaginar se o Max conheceria alguém no *Journal*.

Fui me encontrar com eles, e eles ficaram desconfiados, mas por causa da Mel fingiram não estar, uma vez que ela é claramente alguém que adoram. Lá pelo fim da noite, já havíamos nos transformado em grandes amigos.

Mas só porque uma mulher que conhece o Max verdadeiro não apareceu.

Mas só constatei isso ao chegar lá, quando a Mel disse: "Ah, a Dolly Vargas — conhece a Dolly — não pôde vir, porque tinha que ir a um espetáculo de balé esta noite. Mas mandou lembranças."

Viu? Viu como é que escapei por um triz? É só uma questão de tempo.

Então, o que eu faço? Se contar a ela, ela vai me odiar, e eu jamais tornarei a vê-la. Se não contar, ela vai acabar descobrindo, e aí vai me odiar, e jamais voltarei a vê-la.

Depois que os amigos foram embora, Mel sugeriu que déssemos um passeio antes de pegar um táxi para voltar ao nosso prédio. Caminhamos ao longo da rua 10, que, caso se lembre, antes de você e o Jason se retirarem para os subúrbios, é uma rua residencial sombreada, cheia de velhas casas de arenito castanho-avermelhado, cujas janelas estão sempre acesas à noite, de forma que dá para ver as pessoas lá dentro, lendo ou assistindo à televisão, ou fazendo o que as pessoas fazem nas casas delas depois do anoitecer.

E, enquanto caminhávamos, ela pegou minha mão, e só passeamos assim, e, enquanto passeávamos, me toquei de uma coisa terrível: nunca antes na vida eu tinha caminhado pela rua segurando a mão de uma moça e me sentindo daquele jeito... ou seja, feliz.

E foi porque todas as outras vezes em que uma moça tinha segurado a minha mão tinha sido para me arrastar para uma vitrine para poder apontar alguma coisa que queria que eu comprasse para ela. *Todas as vezes, sem exceção.*

Eu sei que parece horrível, como se eu estivesse com pena de mim mesmo, ou coisa assim, mas não estou. Estou só lhe dizendo a verdade.

E isso é que é horrível, Stace. O fato de ser verdade.

E agora, eu vou contar a ela? Dizer quem eu sou?

Acho que não dá.

Você conseguiria?

John

Para: Jason Trent <jason.trent@trentcapital.com>
De: Stacy Trent <euodeiobarney@freemail.com>
Assunto: John

Não tem nada errado com seu irmão, seu bobo. Ele está apaixonado, só isso.

Stacy.

P.S.: Acabaram os Cheerios. Será que dava para comprar uma caixa no caminho de casa esta noite?

Para: Stacy Trent <euodeiobarney@freemail.com>
De: Jason Trent <jason.trent@trentcapital.com>
Assunto: Meu irmão

John? Apaixonado? Por quem? Pela ruiva?

MAS ELA NEM SABE O NOME VERDADEIRO DELE!!!

E você acha isso certo???

Será que todo mundo nessa família perdeu o juízo?

Jason

Para: Nadine Wilcock <nadine.wilcock@thenyjournal.com>
De: Mel Fuller <melissa.fuller@thenyjournal.com>
Assunto: Diz mais uma vez

Vamos, conta de novo. Só mais uma vez.

Mel

Para: Mel Fuller <melissa.fuller@thenyjournal.com>
De: Nadine Wilcock <nadine.wilcock@thenyjournal.com>
Assunto: Não

Não conto.

Nad

Para: Nadine Wilcock <nadine.wilcock@thenyjournal.com>
De: Mel Fuller <melissa.fuller@thenyjournal.com>
Assunto: Ah, qual é

Me diz. Você sabe que quer. Você me DEVE isso.

Mel

Para: Mel Fuller <melissa.fuller@thenyjournal.com>
De: Nadine Wilcock <nadine.wilcock@thenyjournal.com>
Assunto: Caramba, você é uma doida mesmo,

---

e está mesmo começando a me irritar. Mas vá lá, eu te digo. Só que é a última vez.

Muito bem. Vamos lá.

Você está certa. Max Friedlander é muito legal. Todos estávamos errados a respeito dele. Peço desculpas. Estou devendo um Frappucino para você.

Nad

Para: Nadine Wilcock <nadine.wilcock@thenyjournal.com>
De: Mel Fuller <melissa.fuller@thenyjournal.com>
Assunto: Um copo grande,

com leite desnatado. Não esquece.

Mel

P.S.: Não adorou o jeito que a pele nos cantos dos olhos dele forma umas ruguinhas quando ele sorri? Feito o Robert Redford quando era mais jovem?

Para: Mel Fuller <melissa.fuller@thenyjournal.com>
De: Nadine Wilcock <nadine.wilcock@thenyjournal.com>
Assunto: Ora, você está me deixando

de estômago absolutamente embrulhado.

Francamente, eu era assim quando comecei a me encontrar com o Tony? Porque, se era, não entendo como nenhuma de vocês não me deu um tiro. Isso chega a dar náuseas. Realmente chega. Você precisa parar.

Nad

Para: Mel Fuller <melissa.fuller@thenyjournal.com>
De: Aaron Spender <aaron.spender@thenyjournal.com>
Assunto: Max Friedlander

Sim, eu sei. Ouvi todo mundo falando sobre isso perto do bebedouro. Aparentemente, o Fresche era o lugar onde tudo estava acontecendo na noite passada.

Não se preocupe — não estou chateado por não ter sido convidado. Entendo muito bem por que não me queria lá.

E não precisa se preocupar por estar escrevendo agora com a intenção de reconquistar você. Entendi — afinal — que encontrou uma outra pessoa.

Estou escrevendo só para dizer que me sinto feliz por você. Sempre desejei antes de mais nada sua felicidade.

E, se o ama, então eu só preciso ouvir isso. Porque para você amar alguém, Melissa, eu sei que ele teria que ser um indivíduo realmente virtuoso e nobre. Um homem que lhe demonstre o respeito que você merece. Um homem que nunca a decepcione.

Eu só quero que saiba, Melissa, que eu teria feito qualquer coisa no mundo para ser esse homem para você. Eu realmente teria. Se não fosse a Barbara...

Mas agora não é hora nem lugar de vir com um lance tipo "se não fosse aquilo".

Mas saiba que estou pensando em você, e estou gostando de ver você tão radiante de felicidade como está. Você merece isso, mais do que qualquer outra pessoa que já conheci.

Aaron

Para: Aaron Spender <aaron.spender@thenyjournal.com>
De: Mel Fuller <melissa.fuller@thenyjournal.com>
Assunto: Max Friedlander

Obrigada, Aaron. Sua mensagem foi muitíssimo agradável, e significou muito mesmo para mim.

Mel

P.S.: Desculpe eu precisar trazer o assunto à baila, mas sei que foi você que pegou a bonequinha articulada da Xena, princesa guerreira, que ficava em cima do meu computador. O cara do fax viu você fazendo isso, Aaron.

Quero minha bonequinha de volta. Não quero saber o que fez com ela. Só, por favor, me devolva a boneca. Entendeu?

Mel

Para: Mel Fuller <melissa.fuller@thenyjournal.com>
De: Dolly Vargas <dolly.vargas@thenyjournal.com>
Assunto: Seu novo namorado

É tão típico da sua pessoa, querida, ficar exibindo seu namoradinho novo na única noite em que não posso comparecer a essa cerimônia de inauguração... Não é justo. Quando é que ele vai vir aqui levá-la para almoçar ou coisa assim, para que eu possa cumprimentá-lo? Já faz tanto tempo que não o vejo, que mal consigo me lembrar como ele é. Talvez eu deva dar um pulinho no Whitney para refrescar a memória.

XXXOOO

Dolly

Para: Nadine Wilcock <nadine.wilcock@thenyjournal.com>
De: Mel Fuller <melissa.fuller@thenyjournal.com>
Assunto: Foto de nu

AI, MEU DEUS!!!
me esqueci completamente do auto-retrato do Max Friedlander que está supostamente em exposição no Whitney!

Aquele onde ele está nu!

O QUE EU FAÇO??? Quero dizer, não posso ir lá dar uma ESPIADA, posso? Seria uma sordidez tão grande...

Mel

P.S.: Só de pensar nisso já fico com dor de cabeça.

Para: Mel Fuller <melissa.fuller@thenyjournal.com>
De: Nadine Wilcock <nadine.wilcock@thenyjournal.com>
Assunto: Ah, sai dessa

É claro que pode ir espiar. O que é mais sórdido, você olhar a foto ou ele tirá-la e expô-la ali para todo mundo ver?

Mas, seja lá como for, pegue a bolsa e venha comigo. Vamos faltar ao *spinning* para nos ilustrarmos um pouco, por cortesia do Museu Whitney de Arte Americana.

Nad

P.S.: Sua dor de cabeça é do Frappucino. Eles também me dão dor de cabeça.

Para: Stacy Trent <euodeiobarney@freemail.com>
De: John Trent <john.trent@thenychronicle.com>
Assunto: Preciso da sua

---

receita de linguado recheado com caranguejo. Resolvi que, como toda vez que tento levá-la para jantar tudo acaba em fiasco, simplesmente irei preparar um jantar para ela, na privacidade do meu próprio lar.

Ou do lar da tia do Max Friedlander, como queira.

Quem sabe, talvez, eu até crie coragem para lhe contar a verdade sobre mim.

Mas, provavelmente, não direi.

Além disso, como se fazem aqueles canapezinhos de pão com os tomates em cima?

John

Para: John Trent <john.trent@thenychronicle.com>
De: Stacy Trent <euodeiobarney@freemail.com>
Assunto: Meus canapezinhos de pão

Eu só posso presumir que esteja se referindo à *bruschetta*. Você torra fatias de baguete, depois passa pasta de alho nelas, depois pica uns tomates, e aí...

Ai, pelo amor de Deus, John, liga para o Zabar's e pede um pronto, como uma pessoa normal. E finge que foi você que fez. Você acha que eu sei cozinhar? Ah! Meu frango assado? Kenny Rogers. Meu linguado rechado com caranguejo? Jefferson Market. Minhas fritas? Vêm congeladas num saquinho!

Agora já sabe de tudo. Não conta pro Jason. Vai estragar a magia.

Stacy

Para: Dolly Vargas <dolly.vargas@thenyjournal.com>
De: Mel Fuller <melissa.fuller@thenyjournal.com>
Assunto: Max Friedlander

Querida Dolly,

Ria quanto quiser. Eu não acho nada engraçado.

Não dá para dizer que penso que os pais dele eram particularmente responsáveis, também, dando uma câmera ao garotinho de cinco anos e depois deixando-o brincar com ela na banheira. Ele podia ter sido eletrocutado, ou alguma coisa assim.

Além do mais aquela foto nem se parece com ele.

Mel

P.S.: Eu culpo VOCÊ pelo fato de eu estar claramente pegando um resfriado. Você me causou toda aquela ansiedade e me tornou suscetível a essa gripe nojenta que anda por aí.

Para: Mel Fuller <melissa.fuller@thenyjournal.com>
De: Dolly Vargas <dolly.vargas@thenyjournal.com>
Assunto: Ah, coitada

Você sabe como adoro te provocar. Você é como a irmãzinha monga que eu nunca tive.

Estou só brincando, querida, só brincando.

Além do mais, em vez de se rebelar contra mim, devia sentir pena de mim. Estou desesperadamente apaixonada pelo seu Aaron, e ele nem me dá bola. Ele fica só sentado ali na baiazinha dele, olhando para o protetor de tela que fez com uma foto de vocês dois. Tão comovente, que quase me leva às lágrimas.

Mas, desde que fiz plástica nas pálpebras, eu fiquei fisicamente incapaz de chorar.

Aliás, que saia é essa sua? Faz você parecer uma cachorrinha que usa roupinha.

XXXOOO

Dolly

P.S.: Será que daria para você parar de tossir assim? Está piorando minha ressaca.

Para: George Sanchez <george.sanchez@thenyjournal.com>
De: Mel Fuller <melissa.fuller@thenyjournal.com>
Assunto: Minha saúde

Caro George,

Estou escrevendo essa mensagem de casa para você saber que não irei trabalhar hoje devido ao fato de ter acordado com a garganta doendo, febre e coriza.

Deixei os textos da coluna na sua escrivaninha ontem à noite, e tem muito material para Ronnie usar amanhã. Diga a ela que está tudo na pasta verde na minha mesa.

Se tiver alguma dúvida, sabe onde me encontrar.

Mel

P.S.: PELO AMOR DE DEUS diga à Amy Jenkings do RH que não fui hoje porque estou doente! Ela considerou minha última falta por doença como atraso e isso foi parar na minha ficha de pessoal permanente!

P.P.S.: Será que dá para ver se a minha bonequinha articulada da Xena princesa guerreira está em cima do meu computador de novo? Alguém a pegou, mas vai ter que devolvê-la. Só me avise se ele devolveu ou não.

Obrigada,
Mel

Para: Don e Beverly Fuller <DonBev@dnr.com>
De: Mel Fuller <melissa.fuller@thenyjournal.com>
Assunto: Meu último desejo e testamento

Oi. Estou escrevendo para lhes comunicar que estou com uma gripe horrível e provavelmente morrerei. Se eu morrer, quero que saibam que vou deixar para você e o papai todo o dinheiro do meu fundo de previdência. Favor usá-lo para mandar Kenny e Richie para a faculdade. Eu sei que eles provavelmente não vão querer fazer curso universitário, pois planejam continuar jogando na NBA quando crescerem, mas só no caso de os esportes profissionais não darem certo, eles devem conseguir pelo menos pagar um semestre ou dois com meus 24.324,57 dólares.

Favor doar todas as minhas roupas a Crystal Hope, a nova mulher do Jer. Ela parece ter o meu manequim.

Não sei o que fariam com minha coleção de bonecas Madame Alexander. Talvez Robbie e Kelly tenham uma menina agora, e então podem dar a coleção a ela.

Minhas únicas outras posses neste mundo são meus livros. Será que daria para, no caso de minha morte, doá-los todos ao sobrinho da minha vizinha, o John? Na verdade o nome verdadeiro dele é Max. Você ia gostar dele, mãe. Ele é muito engraçado e gentil.

E não, mãe, não estamos transando.

Não me pergunte por que não. Quero dizer, não deixe o papai ler isso, mas estou começando a me perguntar se tem algum problema comigo. Além do fato de eu estar com essa gripe, quero dizer. Porque o John e eu só trocamos beijos uma vez, e desde esse dia, nada.

Talvez eu não beije bem, mesmo. Talvez seja essa mesmo a causa. Talvez seja por isso que todos os caras com quem eu saí, do Jer em diante, tenham acabado me dando o fora. Beijo mal pra caramba. Sou baixinha, tenho uma bexiga minúscula, tenho cabelos ruivos e beijo mal.

Vamos encarar os fatos: quando eu nasci, mãe, o médico mencionou as palavras *mutação genética*? Ele alguma vez mencionou... ai, sei lá, o termo *anomalia biológica*?

Porque é o que penso que sou. Ah, já sei: Robbie saiu legal. Eu acho que ele tem o cromossomo do beijo que eu evidentemente não tenho. OU isso ou a Kelly beija mal também, e não conseguiu distinguir o bom do ruim.

Não creio... AHHH! Tem alguém batendo à porta!

É o John! E eu assim, horrorosa! Mamãe, preciso me despedir.

Mel

Para: Mel Fuller <melissa.fuller@thenyjournal.com>
De: Don e Beverly Fuller <DonBev@dnr.com>
Assunto: Esse seu último e-mail sem pé nem cabeça

Melissa Ann Marie Fuller!

Que e-mail foi aquele que enviou, hein? Você só está resfriadinha, filha. Não está morrendo. Suas bonecas vão ficar exatamente onde estão, na estante no seu quarto, junto com as medalhas do Clube de Instrução da Juventude Rural do Ministério da Agricultura e o diploma da Duane County High School.

E que negócio é esse de um cara não achar que você beija bem? Ora, se for isso que ele pensa, então lhe diga que pode ir se jogar em algum brejo por aí. Tenho certeza de que você beija muito bem.

Não se preocupe, Melissa, há montes de peixes no mar. É só jogar esse aí fora. Seu dia vai chegar. Você é muito mais bonita do que todas aquelas moças que vejo na televisão, especialmente aquela que teve um caso com o presidente. Você pode se sair melhor do que esse cara que acha que você beija mal, e aquele que transou com a Barbara Bellerieve. Sabe, ouvi dizer que ela mandou selar os dentes!

Então é só dizer a esse cara para sumir, e depois se aninhar na cama e assistir àquele programa de entrevistas da ABC, o *The View*, bebendo bastante líquidos e principalmente tomando caldo de galinha com macarrão. Vai ficar boa num instante.

E mesmo que não devesse te dizer isso — eu queria que fosse surpresa — vou enviar uma coisinha que deve te alegrar. Tudo bem, é uma caixa de *snickerdoodles*, seu biscoito caseiro predileto.

Então, chega dessa cara amarrada, mocinha!

Com carinho,
Mamãe

Para: Nadine Wilcock <nadine.wilcock@thenyjournal.com>
De: Mel Fuller <melissa.fuller@thenyjournal.com>
Assunto: Obrigada

Obrigada, obrigada, obrigada!

John me contou que ligou e que você disse que eu estava de cama. Então sabe o que ele fez? Francamente, não quero deixá-la de estômago embrulhado, mas estou morrendo de vontade de contar a alguém, então escolhi você como vítima.

Ele foi à Deli da Segunda Avenida e trouxe para mim um caldo de galinha!

Juro! Uma porção bem grande! E depois foi até o meu apartamento com o caldo, suco de laranja, uma fita de vídeo e sorvete (baunilha, nada mais que isso, mas acho que ele não é capaz de bolar coisa melhor. Sabe, às vezes, a gente tem que dar uma treinadinha neles, mesmo).

E mesmo que eu devesse estar um horror (eu estava com meu pijama estampado de vaca, e os chinelos de pelúcia de coelhinho, e devia ter visto os meus cabelos, ai, mamãe), quando lhe perguntei se queria ficar e assistir ao filme comigo (*Janela indiscreta* — eu sei o que está pensando, Nadine, mas tenho certeza de que ele não tem absolutamente nenhuma idéia de que andei espionando ele. Além do mais, eu sempre desviava o olhar recatadamente quando ele ia se despir. Ora, menos uma vez, mas foi só para resolver uma questão importantíssima, se ele vestia samba-canção ou cueca tradicional), e ele aceitou!

Então levei a televisão no carrinho dela para assistirmos ao filme no sofá, mas ele disse que eu devia me deitar na cama (que estava na cara que eu tinha abandonado para vir atender à porta — eu não tinha me importado de fazer isso, nem nada, e devia ver o mar de bolinhas de lenço de papel em torno dela) e aí ele me fez voltar para a cama, e levou a televisão, colocando-a diante de mim.

Então entrou na cozinha — o que me deixou envergonhada... devia ter visto todos os pratos na minha pia — e quando ele voltou veio trazendo a sopa e um copo enorme de suco naquela bandeja que comprei no Pier 1, lembra? Só que eu costumava usá-la para apoiar o *laptop* sobre as bordas da banheira, como a moça daqueles comerciais, naquela vez em que voltei de Jones Beach toda queimada e o George foi perverso a ponto de me obrigar a trabalhar em casa.

Nadine, foi tão lindo! Ele se deitou do outro lado da cama (não sob as cobertas, em cima delas, veja bem) e nós assistimos ao filme, tomei minha sopa, e quando terminei, ele abriu o sorvete, e comemos direto da caixa com colheres, e aí aconteceu o susto, esquecemos totalmente dele, e ele derreteu, um pouco sobre os meus lençóis, que agora estão melados, mas deixa isso pra lá, não é?

Então, quando o filme acabou, passei para o Canal do Tempo e vimos a cobertura ao vivo do Furacão Jan que estava destroçando a costa de Trinidad! Então ficamos assistindo àquilo durante um tempo, e aí não sei o que aconteceu, devo ter tomado descongestionante demais, mas quando vi, ele estava dizendo até amanhã e indo embora, já era noite, e ele tinha lavado todos os pratos.

Não só os da sopa, e do suco e tal. TODOS os pratos que estavam na minha pia estavam lavados e no escorredor.

Durante um minuto pensei que estava tendo alucinações, mas esta manhã eles ainda estavam lá. Nadine, ele *lavou meus pratos* enquanto eu estava inconsciente, e provavelmente aos roncos, devido à minha congestão nasal horrorosa.

Não é a coisa mais linda que já ouviu? Que já ouviu, MESMO? Nunca homem nenhum lavou meus pratos!

Ora, isso é tudo. Eu só queria me gabar. Mas ainda estou me sentindo moída, então não sei quando volto ao trabalho.

A Xena está de volta ao lugar dela? O que acha que ele fez com ela? Meu Deus, ainda bem que terminamos. Que cara mais MALUCO!

Mel

P.S.: Só porque estou doente não é motivo para você faltar à aula de *spinning*.

Para: Mel Fuller <melissa.fuller@thenyjournal.com>
De: Nadine Wilcock <nadine.wilcock@thenyjournal.com>
Assunto: E aí?

E qual ele escolheu, afinal, samba-canção ou cueca tradicional? Não faz esse suspense, Fuller.

Nad ;-)

Para: Nadine Wilcock <nadine.wilcock@thenyjournal.com>
De: Mel Fuller <melissa.fuller@thenyjournal.com>
Assunto: ora essa,

Samba-canção.
Muito bonita, aliás, com umas bolinhas de golfe estampadas.

Mel ;-)

Para George Sanchez <george.sanchez@thenyjournal.com>
De: Mel Fuller <melissa.fuller@thenyjournal.com>
Assunto: Minha saúde

Prezado George,

Ainda estou de cama. Não vai dar para ir trabalhar hoje e provavelmente nem amanhã também.

Não fica bravo, George. Eu sei que a época é movimentada, por causa das festas nos Hamptons, e tal, mas o que eu posso fazer? Tirei vantagem do meu fabuloso plano de assistência médica ontem e fui a um médico. Sabe o que ele me receitou? Cama e líquidos. Cama e líquidos, George! Não vai dar para ir a Hamptons. Quero dizer, a Dolly podia ir, é claro, mas eu não.

Além do mais, tenho certeza de que o doutor não se referiu a essa espécie de líquidos.

Diga a Ronie que não acredito naquele negócio do George e da Winona em Cannes, e que é melhor conferir com os assessores dela antes de publicar a matéria. Ele é velho demais para ela.

Mel

P.S.: Não se esqueça de dizer a Amy Jenkins que ainda estou doente, e não é atraso.
P.P.S.: E a minha princesa guerreira Xena, já voltou?

Para: Nadine Wilcock <nadine.wilcock@thenyjournal.com>
De: Tony Salerno <rango@fresche.com>
Assunto: Mel

O que aconteceu, está na Internet de novo? Já estou tentando telefonar para você faz uma hora. E SEI que não é com a Mel que está falando, porque acabei de vir de lá.

E não fui o único que foi lá, aliás. Pode-se adivinhar quem abriu quando eu bati:

Sim, você está certa, o Sr. Perfeição em pessoa.

Aliás, eu não diria que ele é tão perfeito. Gostei do cara. Ele é normal, sabe? Não parece aquele maluco do Spender. Lembra quando você, eu, o Spender e a Mel saímos naquela única vez e ele falou mal dos policiais? Cara, aquilo me deixou queimado. Eu calei a boca dele rapidinho, não calei, quando lhe disse que quatro primos meus trabalhavam para a polícia de Nova York? Pelo menos esse cara não fala besteira como o Spender costumava falar.

Bom, aí eu fui entregar as coisas, como você pediu, e John atendeu à porta, e a princípio eu fiquei muito sem jeito, para dizer a verdade. Pensei que tinha interrompido algum tipo de atividade sexual. Mas o cara estava vestido, e disse: "Vai entrando."

E então vi a Mel com aquele pijama muito doido malhado de preto e branco, feito uma vaca, na cama, mas ela não parecia muito doente, se quer mesmo saber. Eles estavam assistindo a um filme. Aparentemente, desde que ela ficou doente, andam fazendo muito isso. Ele traz comida — nada, devo dizer, à altura dos meus padrões, mas comestível, pelo menos — e eles assistem a filmes.

Não sei. Devo interpretar isso como um relacionamento sério? Não andaram trepando, pelo que eu pude observar. Havia toneladas de bolinhas de lenço de papel sujos no chão, mas tenho certeza de que era de coriza da Mel, e não, sabe como é, de uma outra coisa.

Epa, não se zangue *comigo*. Eu sou apenas um mensageiro.

E aí eu disse: "Olha as coisas do trabalho, e também um *cobbler* de pêssego que eu fiz especialmente para você." E é claro que a Mel ficou louca de felicidade, porque como qualquer *gourmand* decente ela reconhece que meu *cobbler* de pêssego é uma dádiva dos deuses, e insistiu que comêssemos todos um pedaço. John levou o *cobbler* e partiu, e fiquei com a impressão de que já estava sabendo onde estavam as coisas na cozinha da Mel, o que pode ser indício de algo mais, porque sabe que ela guarda os potinhos de plástico dela no forno e tem esse negócio de pôr a cerveja na gaveta dos legumes.

Bom, para encurtar o papo, ele pôs enormes bolas de sorvete de baunilha em cima do doce, o que, como sabe, estraga a pureza da textura do *cobbler*. Mas tudo bem. Todos nos sentamos na cama e comemos o *cobbler* com sorvete e, modéstia à parte, foi o melhor *cobbler* de pêssego que já fiz, apesar do tal sorvete.

Então tentei assistir ao filme um pouco porque a Mel disse para eu ficar, mas deu para notar que mesmo que ela *tivesse dito* para ficar, ele agiu tipo, quando é que você vai sair? Então eu falei que precisava voltar ao trabalho, a Mel agradeceu, disse que estava se sentindo melhor, que voltaria à redação na segunda-feira, e eu falei, "legal". E o John me levou até a porta, e me disse, "foi legal te rever, tchau" e praticamente fechou a porta na minha cara.

Acho que não posso culpá-lo, eu também ficava assim quando começamos a namorar. Mas jamais teria deixado você comprar um pijama daqueles. A Mel não usa lingerie?

Ora, apesar do pijama, vou lhe dizer, o cara está de quatro. Muito mais do que o Spender jamais esteve.

E acho que, como sempre, a Mel não faz a menor idéia disso, faz? Não acha que alguém devia alertá-la?

Tony

Para: Tony Salerno <rango@fresche.com>
De: Nadine Wilcock <nadine.wilcock@thenyjournal.com>
Assunto: Mel

E agora, quem é que não atende o telefone?

Presumo que esteja lá na frente, encantando os clientes com seu salmão tartar com endívia.

Bom, de qualquer forma, obrigada por levar aquelas coisas para a Mel. Então ele estava lá outra vez, hein? Ele também foi lá ontem à noite. Acho que está certo: ele está mesmo com os quatro pneus arriados.

Mas ela também.

E não, não acho que eles precisem da nossa ajuda. Ninguém nos ajudou, ajudou? E acabamos nos saindo muito bem.

Não contou a Mel que faltei à aula de *spinning*, contou?

Nad

P.S.: Tem só uma lingerie com a qual precisava estar se preocupando, moço, e é a minha. O que a Mel Fuller usa na cama é problema dela. E fui eu quem comprou pra ela o tal pijama de vaca no último aniversário dela. Achei original.

Para: Don e Beverly Fuller <DonBev@dnr.com>
De: Mel Fuller <melissa.fuller@thenyjournal.com>
Assunto: Biscoitos caseiros

Querida mamãe,

Muitíssimo obrigada pelos biscoitos! São deliciosos, pelo menos, se eu pudesse sentir o gosto de alguma coisa, tenho certeza que seriam.

Quero que saiba que estou me sentindo muito melhor — não boa o suficiente para trabalhar, é claro, mas melhor. Ainda estou com a voz ruim o bastante para, ao telefonar para o trabalho, dizer para o chefe que vou faltar, e ele não desconfiar de nada, então está ótimo.

Também, com relação àquele assunto dos beijos: desculpe ter acusado você e o papai de não passar genes bons para mim. Acontece que beijo bem: o John só é tímido.

Claro, é difícil beijar quando o nariz está completamente entupido, mas acho que a perfeição só se atinge com a prática.

De qualquer forma, obrigada pelos biscoitos, outra vez, e vou telefonar para vocês depois.

Com carinho,
Mel

P.S.: John também adorou seus biscoitos!

Para: Mel Fuller <melissa.fuller@thenyjournal.com>
De: Don e Beverly Fuller <DonBev@dnr.com>
Assunto: Biscoitos caseiros

Melissa, precisa me perdoar. Eu realmente não estava querendo me intrometer. Mas tive a nítida impressão — e não pense que precisa me contar, se não quiser — que você e esse John Max Friedlander andam transando.

Olha, você já é crescidinha e é claro que precisa tomar suas próprias decisões, mas acho que devia tomar algumas precauções.

Ele não vai comprar a vaca se ganhar o leite de graça.

É verdade. E é verdade mesmo. Vê se consegue um anel dele antes de descruzar as pernas, mocinha.

Tá bem, eu sei, eu sei. Todas as moças agem assim hoje em dia.

Ora, se precisa ser "maria-vai-com-as-outras" pelo menos faça sexo seguro, tá bem, querida? Prometa à mamãe isso agora.

Epa, preciso parar. O papai e eu vamos nos encontrar com um time de boliche no Sizzler para jantar hoje.

Com carinho,
Mamãe.

Para: Don e Beverly Fuller <DonBev@dnr.com>
De: Mel Fuller <melissa.fuller@thenyjournal.com>
Assunto: Biscoitos caseiros

Ai, mamãe, NÃO ESTOU transando com ele, tá? Eu só falei em beijos! Como é que se vai do beijo para o sexo assim?

Bom, tá legal, acho que é uma evolução natural, mas, mesmo assim. Esse negócio da vaca que falou é ridículo. Eu lá me pareço com alguma vaca?

Além do mais, por que não posso experimentar o par de calças antes de comprar, hein? Foi esse o conselho que o papai deu ao Robbie antes de ele ir para a faculdade.

E eu, o que ganho? Um conselho de vaca!

Ora, para sua informação, mãe, pode ser que eu queira experimentar as calças, sim. Isso já te ocorreu? Quero dizer, tem muito par de calças por aí e como é que vou encontrar a ideal se não experimentar os candidatos em potencial? Quero dizer, depois de uma seleção criteriosa?

E É CLARO que, se eu realmente decidir experimentar essas calças, vou usar as mais modernas formas de precaução. Quero dizer, pelo amor de Deus, já estamos no século XXI, afinal.

Será que DAVA para não contar nada disso ao papai? Estou te implorando.

Mel

Para: Mel Fuller <melissa.fuller@thenyjournal.com>
De: Don e Beverly Fuller <DonBev@dnr.com>
Assunto: Biscoitos caseiros

Não precisa gritar, queridinha. Eu consigo ler muito bem as minúsculas.

É claro que confio em você e sei que vai tomar a decisão certa.

E tenho certeza de que tem razão quanto às calças. Eu sei que vai fazer o que for melhor. Sempre fez.

Eu só acho bom não experimentar calças que não mencionaram a palavra que começa com "A". Eu conheço montes de calças — francesas e italianas, principalmente — que logo vêm com essa inicial "A" a qualquer pretexto, mas acho que as calças americanas são um pouco mais reticentes sobre isso. Quando a pronunciam, acho que costumam falar sério.

Então, será que pode me fazer um favor e ver se ouve essa palavra com "A" antes? Porque te conheço, Melissa, eu sei que seu coraçãozinho é muito sensível, se parte com facilidade. Eu lhe emprestei o ombro amigo no caso do Jer, lembra?

Então, espera para ouvir a palavra com "A", tá legal?

Eu vi no noticiário que o travesti assassino atacou outra mulher, dessa vez no Upper East Side! Espero que esteja trancando sua porta à noite, querida. Ele parece gostar principalmente de mocinhas tamanho 36, então não deixe de olhar quem vem atrás quando sair à noite, hein, filha?

Mas também não se esqueça de tomar cuidado com as crateras!

Com carinho,
Mamãe

P.S.: E com os condicionadores de ar que caem dos prédios.

Para: Nadine Wilcock <nadine.wilcock@thenyjournal.com>
De: Mel Fuller <melissa.fuller@thenyjournal.com>
Assunto: Socorro

Cometi o erro de contar à minha mãe que o John e eu nos beijamos, e agora ela está vindo com um papo de vaca e um negócio que ela chama de palavra que começa com "A".

Mas ela me deixou grilada: qual é a regra? Sabe, o negócio da decisão de dormir junto? Tipo, depois de quantos encontros a gente pode dormir com alguém? Sem parecer uma vadia, quero dizer? E se a gente ficar doente e ele trouxer sorvete, será que se pode considerar isso um encontro?

Sorvete de baunilha, pra ser exata.

Mel

Para: Mel Fuller <melissa.fuller@thenyjournal.com>
De: Nadine Wilcock <nadine.wilcock@thenyjournal.com>
Assunto: Socorro

O que significa o termo "vadia" para você? É uma palavra muito subjetiva, se quiser saber. Por exemplo, eu dormi com o Tony no nosso primeiro encontro. Isso faz de mim uma vadia?

Vamos analisar.

Você está louca pelo cara. Quer transar com ele.

Mas está preocupada, pensando que se fizer isso logo de cara ele vai te considerar uma vadia.

Quer mesmo ficar com alguém tão preconceituoso assim? Não, é claro que não.

Então acho que a resposta à sua pergunta "depois de quantos encontros você deve dormir com alguém" é:

Não há resposta certa.
É diferente para cada um.
Gostaria de ter ajudado mais.

Nad

Para: Mel Fuller <melissa.fuller@thenyjournal.com>
De: Tony Salerno <rango@fresche.com>
Assunto: Sexo

Querida Mel,

Oi, espero que não se importe, mas Nadine mencionou o probleminha que está tendo — sabe, aquele de quando ir aos finalmente. E acho que tenho uma resposta pra você:

Se estiver bom, cai dentro.

Estou falando sério. Foi assim que sempre levei a vida e olha só como acabou. Sou chefe de cozinha do meu próprio restaurante, e vou me casar com uma mulherona supergostosa que usa tanguinha debaixo das roupinhas clássicas Ann Taylor dela.

Não dá para errar assim.

Tony

Para: Mel Fuller <melissa.fuller@thenyjournal.com>
De: Nadine Wilcock <nadine.wilcock@thenyjournal.com>
Assunto: Por favor, perdoe

---

meu namorado. Não sei se já mencionei que ele tem dificuldade de aprendizado.

Nad

Para: Nadine Wilcock <nadine.wilcock@thenyjournal.com>
De: Mel Fuller <melissa.fuller@thenyjournal.com>
Assunto: Não tem problema

---

você conversar com o Tony sobre minha vida sexual — ou a falta dela —, mas não está contando aos colegas de trabalho — ou ESTÁ???

Mel

Para: Peter Hargrave <peter.hargrave@thenyjournal.com>
De: Dolly Vargas <dolly.vargas@thenyjournal.com>
Assunto: Mel

Mas é claro que ela devia dar logo, querido. O que é que ela tem a perder? Não está mesmo ficando mais jovem. Logo a gravidade vai estar puxando para baixo as partes dela que ela mais quer que apontem para o sol. E sabe o que dizem sobre aproveitar enquanto a gente pode.

Falando nisso, o Aaron me deu bolo naquele passeio do fim de semana. O que diz? A casa do Stephen é um sonho, e todos seriam bem discretos. É um pessoal *do cinema*, querido. Não creio que algum deles tenha a menor idéia de quem você é.

Se resolver, me avise

XXXOOO

Dolly

Para: Tim Grabowsky <timothy.grabowski@thenyjournal.com>
De: Jimmy Chu <james.chu@thenyjournal.com>
Assunto: Mel Fuller

É, mas se ela dormir com ele e não der certo, ela vai ter que ficar vendo o cara todo dia, porque ele mora ao lado. Não vai ser esquisito isso? Principalmente se ela — ou ele — começar a namorar outra pessoa?

É um beco sem saída. A menos que se casem, ou coisa assim, e qual a chance disso acontecer?

Jim

Para: Stella Markowitz <stella.markowitz@thenyjournal.com>
De: Angie So <angela.so@thenyjournal.com>
Assunto: Mel Fuller

Ele é velho demais para ela. Qual a idade dele? Trinta e cinco anos? Qual a dela? Vinte e sete? É jovem demais. Ainda nas fraldas. Devia encontrar alguém da idade dela.

Angie

Para: Adrian De Monte <adriandemonte@thenyjournal.com>
De: Les Kellogg <leslie.kellogg@thenyjournal>
Assunto: Mel Fuller

Sim, mas todos os rapazes da idade da Mel estão começando empresas de comércio pela Internet e podem conseguir supermodelos quando quiserem, então o que iam querer com a Mel, que é linda, mas não é nenhuma supermodelo?

Ou isso, ou então são profissionais do *skate*.

Então acho que talvez seja legal o cara ser mais velho.

Les

Para: Nadine Wilcock <nadine.wilcock@thenyjournal.com>
De: George Sanchez <george.sanchez@thenyjournal.com>
Assunto: Mel Fuller

O que um cara de 35 anos está fazendo ainda solteiro, afinal? Já passou pela cabeça de alguém que ele pode muito bem ser *gay*? Será que alguém devia dizer isso a Mel antes de ela pagar mico com ele?

George

Para: Mel Fuller <melissa.fuller@thenyjournal.com>
De: Nadine Wilcock <nadine.wilcock@thenyjournal.com>
Assunto: Se as pessoas aqui da redação estão falando de você

Está brincando? Pára de se achar importante. Temos coisas melhores para nos preocupar do que falar da sua vida amorosa.

Nad

Para: Stacy Trent <euodeiobarney@freemail.com>
De: John Trent <john.trent@thenychronicle.com>
Assunto: O frango do Kenny Rogers

Não brinca que você tentou fazer passar uma coisa boa assim como de sua própria autoria. De jeito nenhum.

John

Para: John Trent <john.trent@thenychronicle.com>
De: Genevieve Randolph Trent <grtrent@trentcapital.com>
Assunto: A festa beneficente

Só um lembrete, meu querido, da sua promessa de comparecer à festa comigo. E, é claro, seu chequinho, tão gentilmente oferecido.

Já faz alguns dias que não recebo notícias suas, então espero que tudo esteja bem.

Mim

P.S.: Ouviu falar da nossa prima Serena?

Para: Genevieve Randolph Trent <grtrent@trentcapital.com>
De: John Trent <john.trent@thenychronicle.com>
Assunto: É claro que eu não

esqueci. Vou ser seu acompanhante, lembra? Até tirei o *smoking* do armário e o escovei.

Até lá.

John

P.S.: Sim, ouvi falar da Serena. Culpo seus pais por dar a ela o nome de Serena, antes de qualquer outra coisa. O que esperavam?

Para: Mel Fuller <melissa.fuller@thenyjournal.com>
De: George Sanchez <george.sanchez@thenyjournal.com>
Assunto: Como assim,

não vai vir trabalhar até segunda-feira? Acho que está se esquecendo de uma coisinha, minha fofa.

A festa beneficente do Lincoln Center se destina a levantar fundos para campanhas de prevenção do câncer. É simplesmente o maior evento social da temporada. De acordo com a Dolly todo mundo que é alguém vai estar lá.

Você pode estar até sangrando pelas órbitas, Fuller, mas você vai.

Vou mandar o Larry fazer as fotos. Veja se pega todos aqueles ricaços, os Astors, os Kennedys e os Trents. Sabe como adoram se ver no jornal, até um pasquinzinho velho como o nosso.

George

P.S.: A porcaria da sua boneca voltou para o seu computador. Que história foi essa, afinal?

Para: Nadine Wilcock <nadine.wilcock@thenyjournal.com>
De: George Sanchez <george.sanchez@thenyjournal.com>
Assunto: Ei

Pára de reclamar. Se ela está bem o suficiente para pensar em transar com um cara, está bem para se arrastar para fora da cama e vir fazer a porcaria do serviço dela.

George

P.S.: Que tipo de navio pensa que eu comando aqui? Isso aqui não é a casa da Mãe Joana, Wilcock.

Para: Mel Fuller <melissa.fuller@thenyjournal.com>
De: jerryvive@freemail.com
Assunto: Escuta, eu

---

bati à sua porta há algum tempo, mas você não atendeu, então presumi que estivesse dormindo. Não quis ligar, senão podia acordar você. O problema é que tenho um compromisso esta noite, então só vou poder ir até aí quando voltar, já tarde da noite. Será que vai ficar bem? Vou levar mais sorvete. Dessa vez vou tratar de escolher um com nozes cobertas de chocolate para você catar.

John

P.S.: o Furacão Jan está se deslocando a 250 km por hora para a Jamaica. O olho deve passar por lá esta noite. Parece que vai ser feio. Isso talvez te anime.

Para: Mel Fuller <melissa.fuller@thenyjournal.com>
De: Nadine Wilcock <nadine.wilcock@thenyjournal.com>
Assunto: A noite passada

Ei, como é que foi? Tentei convencer o George a não te obrigar a ir, mas ele não arredou pé. Disse que você era a única repórter que ele conhecia que podia cobrir a matéria sem ofender ninguém. Acho que a Dolly não é exatamente indicada para cobrir festas de caridade. Bom, sem dúvida foi porque andou dormindo com todos os maridos das socialites.

Espero que você não sofra uma recaída ou coisa assim

Nad

Para: Jason Trent <jason.trent@trentcapital.com>
cc: Stacy Trent <euodeiobarney@freemail.com>
De: John Trent <john.trent@thenychronicle.com>
Assunto: E agora, o que é que eu faço?

Tá legal, ontem à noite, quando acompanhei Mim até a festa beneficente do Lincoln Center, quem é que veio toda lampeira até nós com aquele caderninho de anotações e o lápis? Nada mais nada menos que... a Mel.

É, isso mesmo, Melissa Fuller, correspondente da Página Dez, o *New York Journal*, que, da última vez que eu a vira, estava arriada de cama com um exemplar da *Cosmo* e uma febre de quase 38 graus. Quando eu vi, ela se postou diante de mim de saltos altos e minissaia perguntando a Mim se ela acha que a festa beneficente para prevenção do câncer vai ajudar a obter a cura algum dia.

E aí ela nota que eu estou lá, pára na mesma hora de fazer perguntas e grita: "John!"

E a Mim — você conhece a Mim — se vira e nota o cabelo ruivo e o sotaque do Meio-Oeste, e quando vi ela estava convidando a Mel para se sentar com a gente e perguntando se ela queria tomar champanhe.

Agora, acho que posso dizer com segurança que essa foi a primeira vez na carreira jornalística da Mel que um dos seus entrevistados a convidou para se sentar e tomar um drinque na sua mesa. E sei que é a primeira vez que a Mim convidou um repórter para uma entrevista particular.

E eu só podia ficar ali sentado chutando a canela da Mim debaixo da mesa toda vez que ela começava a dizer alguma coisa que lembrasse mesmo de longe "meu neto", o que naturalmente ela fez umas dez milhões de vezes.

Então, o fato é que a Mel sabe agora que *alguma coisa* está acontecendo. Ela não faz idéia do que, é claro. Ela acha que a Mim está apaixonada por mim. Ela pensa que eu devia dar corda, uma vez que uma ricaça velha como a Mim poderia pagar integralmente todos os meus cartões de crédito. Embora ela me advertisse que todos os filhos de Genevieve Trent acabaram em comunidades (tia Sara e tia Elaine) ou na cadeia (tio Peter, tio Joe e papai). Ela deixou de mencionar os suicídios, tia Claire e tio Frank. Mais uma prova de que a vovó teve razão em subornar o médico legista.

Que maravilhosa família nós temos, não, Jason? Stacy, você devia pegar as meninas e fugir, fugir para bem longe, agora enquanto ainda pode.

Então o que eu faço? Conto a ela? Ou continuo mentindo até não poder mais?

Será que um de vocês não poderia, por favor, me dar um tiro?

John

Para: John Trent <john.trent@thenychronicle.com>
De: Jason Trent <jason.trent@trentcapital.com>
Assunto: Conte a ela

Por favor, conte a ela. Estou te implorando. Não sei até quando vou poder aturar isso.

Jason

Para: John Trent <john.trent@thenychronicle.com>
De: Stacy Trent<euodeiobarney@freemail.com>
Assunto: Só conte a ela

---

depois de transarem.

Estou falando sério. Porque se for bom de cama, ela não vai ligar.

Eu sei que só penso naquilo, e depende de você, é claro, mas se fosse eu, agiria assim.

Stacy

Para: Stacy Trent <euodeiobarneye@freemail.com>
De: John Trent <john.trent@thenychronicle.com>
Assunto: Ah, tá legal, obrigado.

Eu devia simplesmente dormir com ela. É claro. Por que não pensei nisso?

TEM ALGUMA COISA ERRADA COM VOCÊ???

Quero dizer, além do fato de ter se casado com meu irmão, é claro.

Não se lembra como era a vida de solteira? Não podia simplesmente ir para a cama com alguém. Quero dizer, sim, podia, mas nunca dava certo. EU QUERO QUE ISSO DÊ CERTO.

É por isso que é importante que ANTES de irmos para a cama nós estabeleçamos uma relação carinhosa e acolhedora.

Entendeu? Quero dizer, não é isso que a Oprah vive dizendo?

John

Para: John Trent <john.trent@thenychronicle.com>
De: Stacy Trent <euodeiobarney@freemail.com>
Assunto: mas você não

---

acha que a relação entre vocês já é carinhosa e acolhedora? Quero dizer, você levou sorvete para ela e lavou os pratos dela, caramba. A moça está em dívida para com você. Ela vai abrir as pernas, você vai ver.

Stacy

Para: Stacy Trent <euodeiobarney@freemail.com>
De: John Trent <john.trent@thenychronicle.com>
Assunto: Dá licença, mas

---

será o filho do capeta esse negócio que está na sua barriga ou o meu sobrinho? O que é que há com você? "Ela vai abrir as pernas, você vai ver."

Ninguém abre as pernas só porque a gente traz sorvete para ela. Senão os caras dos caminhões da Mr. Softee, sabe como é...

Não, quero fazer tudo conforme o figurino. Mas o triste é que toda mulher com que saí sempre estava de olho no meu dinheiro — e estamos falando principalmente de mulheres que a Mim arranjou para mim, a nata da sociedade de Nova York, que a gente pensa que tem bastante grana nas próprias contas na Charles Schwab — então levá-las para a cama nunca foi problema. Em geral, tirá-las da minha cama era o problema.

Mel, porém, não é bem o que se chamaria de tipo que vai caindo na cama. Na verdade, ela é bem tímida.

Não sei o que vou fazer. Estava falando sério quando pedi para me darem um tiro, sabe. Eu realmente não me importaria de levar uma bala entre os olhos, se fosse rápido, e a Mel não tivesse que ser obrigada a levar o Paco para passear de novo.

John

Para: John Trent <john.trent@thenychronicle.com>
De: Stacy Trent <euodeiobarney@freemail.com>
Assunto: Ai, pelo amor de Deus

Vê se cai dentro.

Só bata à porta e quando ela abrir, puxe-a para o corredor e comece a dar-lhe uns beijos daqueles de língua, bem profundos, depois encoste-a na parede e tire a blusa dela de dentro do cós da saia e mete a mão debaixo do sutiã dela e

Stacy

Para: John Trent <john.trent@thenychronicle.com>
De: Jason Trent <jason.trent@trentcapital.com>
Assunto: Você vai ter que perdoar

minha mulher. Ela está atordoada de tantos hormônios que estão agindo nela neste momento. Aliás eu acabei de pô-la na cama com uma compressa fria na cabeça.

Adoraria se parasse de debater qualquer assunto de natureza sexual com ela até o bebê chegar. Seis a oito semanas depois de o bebê nascer, aliás. Como tenho certeza de que ela lhe explicou, ela está no auge da energia sexual. E, no entanto, como sem dúvida sabe, o médico informou que ela está numa fase da gravidez em que talvez seja perigoso para o bebê se a gente...

Bom, sabe como é.

Então, será que dava para fechar a matraca e evitar falar mais de sexo entre você e essa moça?

E aproveitando o embalo, por que não pensou em levar a moça para jantar? Hein? Isso sempre funciona no cinema. Você leva a moça para um jantar romântico maravilhoso, talvez uma volta de carruagem pelo Central Park (a menos que ela seja do tipo que ache isso uma pobreza) e, se tiver sorte, ela abre as pernas. Certo?

Então, vê se leva a moça num lugar legal. Não conhece o cara do Belew's? Não é o melhor restaurante da cidade? Leva a menina lá.

E, dessa vez, se a porcaria do gato adoecer, deixa o cretino morrer.

Pelo menos, é a minha opinião.

Jason

Para: John Trent <john.trent@thenychronicle.com>
De: Brittany e Haley Trent <nosamamosbarney@freemail.com>
Assunto: OI TIO JOHN

O QUE ACHOU DO NOSSO NOVO E-MAIL? PAPAI FEZ ELE PARA A GENTE PARAR DE USAR O DELE.

OUVIMOS MAMÃE E PAPAI FALANDO DE VOCÊ E A MOÇA RUIVA OUTRA VEZ. DISSERAM QUE VOCÊ NÃO SABE COMO DIZER A ELA QUE GOSTA DELA.

BOM, NO SEGUNDO ANO, QUANDO VOCÊ É UM MENINO QUE GOSTA DE UMA MENINA, VOCÊ DÁ SEU MELHOR CARD POKEMON PRA ELA OU ENTÃO PUXA O CABELO DELA, SÓ QUE NÃO COM FORÇA PRA ELA NÃO CHORAR.

OU ENTÃO PEDE A ELA PARA ANDAR DE CARONA NO SKATE COM VOCÊ E SEGURA A MÃO DELA PARA ELA NÃO CAIR.

ESPERO QUE AJUDE

BEIJO
BRITTANY E HALEY

Para: John Trent <john.trent@thenychronicle.com>
De: Genevieve Randolph Trent <gtrent@trentcapital.com>
Assunto: Eu nem mesmo vou

perguntar o que foi aquilo na festa. Só posso presumir que você, como todos os seus primos, perdeu completamente o juízo.

Imagino que aquela era *a tal* Srta. Fuller, dos Fullers de Lansing, Illinois. Juro por tudo quanto me é mais sagrado, não consigo imaginar por que andou escondendo a moça daquele jeito. Eu a achei absolutamente encantadora. Também vi que estava resfriada, por isso pronunciava todos os "n" como "d".

E mesmo assim, você parecia que estava embromando a coitada de alguma forma. Minha canela, creio que deve saber, está roxa de todos os chutes que lhe aplicou.

Você sempre foi uma negação com as mulheres, então me permita dar esse conselho: seja lá o que estiver tramando, não vai funcionar, John. As moças não gostam de ser embromadas. Nem mesmo, segundo me disseram, as moças de Lansing, Illinois.

Mim

Para: jerryvive@freemail.com
De: Mel Fuller <melissa.fuller@thenyjournal.com>
Assunto: Aquela noite

Será que foram todos os descongestionantes que tomei antes de sair ou o lance todo foi uma loucura total?

Eu não fazia a mínima idéia de que você ia estar lá. Deve ter mandado uma mensagem depois que eu saí. Meu patrão malvado e mesquinho me obrigou a ir. Eu não queria. Estava me sentindo muito mal. Mas ele me obrigou, então apliquei um rímel nos olhos, pus um vestido e saí, com o nariz entupido, febre e tudo.

Não foi tão mau assim. Quero dizer, o camarão estava uma delícia. Não que eu pudesse sentir o gosto dele, mas devia estar.

De qualquer forma, não fazia idéia de que você ia a esses eventos. Estava tirando fotos? Onde estava sua câmera? Eu não a vi.

A Sra. Trent me tratou muito bem. Como é que a conheceu? Fotografou-a, ou alguma coisa assim? É engraçado como a gente ouve coisas das pessoas, e depois as conhece e aí vê que são justamente o contrário do que dizem. Como eu sempre ouvi que Genevieve Randolph Trent era uma megera horrorosa e fria como gelo! Mas ela me tratou extremamente bem. Sabe, se ela não tivesse aí uns cem anos de idade, eu juraria que ela está caidinha por você, porque enquanto estávamos conversando ela passou o tempo todo olhando para você sem parar.

É bom, sabia, que com todo o dinheiro dela, ela dê festas beneficentes. Já fiz cobertura de matérias sobre montes de pessoas que não fazem isso. Aliás, todos os filhos da Sra. Trent (ela teve OITO, sabia?) são uns belos boas-vidas que vivem em comunidades ou estão presos. Lamento por eles. E por ela também, um pouco.

De qualquer forma, voltei a trabalhar porque eles simplesmente não conseguem viver sem mim aqui, mas estava imaginando se não me deixaria levá-lo para jantar uma noite dessas como uma espécie de agradecimento por cuidar de mim quando estava me sentindo tão arrasada... Diga-me quando estiver de folga. A Sra. Trent, eu sei, deve ter prioridade, porque, se casasse com ela, podia pagar todos os seus cartões de crédito e nunca mais se preocupar em estourá-los.

Só uma sugestão.

Mel

Para: Mel Fuller <melissa.fuller@thenyjournal.com>
De: jerryvive@freemail.com
Assunto: Jantar

Não, não foi só você. Aquela noite foi mesmo totalmente estranha. A não ser por você, é claro. Você nunca é estranha. Eu estava me referindo às circunstâncias.

Já conheço a Genevieve Trent há muito tempo. A minha vida inteira, aliás. Mas não creio que haja possibilidade de haver um caso entre nós, apesar do fato de que poderia ser uma solução para o problema dos meus cartões de crédito.

Ela gostou muito de conhecer você, aliás. E a matéria que escreveu sobre a festa foi muito comovente. Imagino que todos os eventos beneficentes da cidade devem estar convocando você para escrever sobre eles depois, pois você faz isso de forma muito eloqüente.

Quanto ao jantar, adoraria. Só lhe peço que me deixe convidá-la. Ainda estou te devendo um favor, lembra, por salvar a tia Helen?

Então, que tal amanhã à noite? Se estiver a fim, quero dizer. Vou reservar uma mesa — vai ser uma surpresa.

Mas garanto que não vamos jantar no Fresche.

John

Para: jerryvive@freemail.com
De: Mel Fuller <melissa.fuller@thenyjournal.com>
Assunto: Jantar

Muito bem, se insiste. Mas, realmente, não precisa.

Sabe, se ao menos me deixasse preparar o jantar, então podia economizar e pagar o saldo dos seus cartões. É uma chateação, eu sei, mas é o que as pessoas normais fazem.

Mas acho que está bem claro que nenhum de nós é tão normal assim. Quero dizer, as pessoas normais não vivem obcecadas por furacões e crateras, não é?

Então, acho que esse negócio de ser normal está fora de cogitação, no nosso caso.

Bom, vá lá.

Só me prometa que não vai gastar uma nota preta. Não sou do tipo que bebe champanhe. Para mim, cerveja já está muito bom.

Mel

Para: David J. Belew <djbelew@belew-restaurant.com>
De: John Trent <john.trent@thenychronicle.com>
Assunto: Jantar

Prezado David:

Lembra que quando Patty escreveu sobre restaurantes difíceis de se conseguir lugar, e o seu foi o único sobre o qual ela declarou que valia a pena a espera de três meses, você disse que eu podia reservar mesa quando quisesse?

Bom, quero uma. Para dois. E precisa reservá-la no nome de Max Friedlander e quando eu aparecer, é assim que seu pessoal deve me tratar. O.K.?

Além disso, por favor me consiga um sorvete com pedacinhos de chocolate para a sobremesa. Com pedacinhos de chocolate são os melhores.

Só consigo pensar nisso agora. Ligo depois para confirmar.

John

Para: John Trent <john.trent@thenychronicle.com>
De: David J. Belew <djbelew@belew-restaurant.com>
Assunto: Jantar

John, eu detesto desapontá-lo, mas no Belew's, classificado como quatro estrelas pelo ilustre jornal para o qual labuta diariamente, três estrelas pelo guia Michelin, melhor restaurante da cidade de Nova York, de acordo com o Zagat's, e merecedor não de um, mas de dois prêmios Beard, graças aos talentos culinários do papai aqui, não servimos "sorvete com pedacinhos dentro".

Não, nem mesmo de chocolate.

Eu, é claro, vou garantir uma mesa para você, e até mesmo instruir minha equipe para tratá-lo como Max Friedlander. Mas, infelizmente, não dá para descolar os pedacinhos.

Dave

Para: Mel Fuller <melissa.fuller@thenyjournal.com>
De: Nadine Wilcock <nadine.wilcock@thenyjournal.com>
Assunto: Você deve estar se sentindo melhor

Ou haverá alguma outra razão para estar cantarolando *I Feel Pretty* de boca fechada?

O que, aliás, é ligeiramente incômodo para aqueles colegas obrigados a trabalhar perto de você.

Nad

Para: Nadine Wilcock <nadine.wilcock@thenyjournal.com>
De: Mel Fuller <melissa.fuller@thenyjournal.com>
Assunto: Minha cantoria

Que tal essa? Estou me sentindo melhor E TAMBÉM estou feliz.

Eu sei. Parece difícil de acreditar. Mas é verdade.

Quer saber por que estou feliz? Porque vou sair hoje à noite. Para um encontro romântico. Um encontro de verdade. Com um homem.

Que homem, você me pergunta? Ora, o Max Friedlander, se precisa mesmo saber. Onde vamos? É surpresa.

Mas adivinha só. Ele é que vai pagar.

E mesmo sendo para agradecer por eu ter salvado a tia dele — embora deva dizer que não sei se ela realmente iria agradecer minha ajuda, considerando-se a qualidade de vida dela no momento — ainda é um encontro.

E a Sra. Friedlander talvez melhore.

Então, sim, acho que se pode dizer que, de modo geral, estou muito feliz.

Mas se minha cantoria incomoda, eu paro, com todo o prazer.

Mel

Para: Mel Fuller <melissa.fuller@thenyjournal.com>
De: Dolly Vargas <dolly.vargas@thenyjournal.com>
Assunto: Alguém falou em encontro?

Querida, é verdade? Você e o Max, é?

Você está muito tranqüila, querida. Por isso pergunto. Quero dizer, considerando-se que é a primeira vez que um homem convida você para sair desde que... ora, você sabe. Falando no diabo... ali está ele, emburrado, junto à copiadora, enquanto conversamos. Coitado, coitadinho do Aaron.

Eu diria que você poderia pelo menos dar uma chegadinha no Bumble and Bumble para uma escova básica e uma manicure. Pedicure também, se estiver com idéia de ir com sandália.

E, sabe, eu conheço o melhor lugarzinho do mundo para depilar a virilha, ou seja, se acha que esta será AQUELA noite. Sempre queremos nos mostrar o melhor possível na nossa lingerie Christian Dior, não? Sabe, ouvi dizer que o Sphinx está se tornando muito popular. Como sei que não sabe o que é isso, vou explicar. É quando depilam não só a virilha, como também...

Ai, caramba. O Peter no telefone. Depois continuo, prometo.

XXXOOO

Dolly

Para: Mel Fuller <melissa.fuller@thenyjournal.com>
De: Nadine Wilcock <nadine.wilcock@thenyjournal.com>
Assunto: Seu encontro

Tá legal, eu sei que já faz muito tempo (aquele lance de cinema e fatia de pizza de vocês não valeu, nem aquela noite no Fresche quando todos o inspecionamos, nem a outra noite que acabaram passando no veterinário), então vou me assegurar de que você não esquecerá nada no seu kit de sobrevivência para encontros.

Presta bem atenção, confira cada item abaixo antes de sair do apartamento, para não esquecer nada:

1. Batom
2. Pó compacto
3. Passagem do metrô (caso precise fazer uma retirada estratégica)
4. Dinheiro para o táxi (caso precise fazer uma retirada estratégica e a estação do metrô fique longe)
5. Corretivo, no caso de ele te dar um fora e você começar a chorar e seu rímel escorrer
6. Passaporte (caso ele te faça desmaiar com clorofórmio, te ponha num avião para Dubai e te venda como escrava branca, e você precise provar às autoridades depois que fugir que é cidadã americana)
7. Pastilhas de menta
8. Escova de cabelos
9. Calcinha e sutiã limpos (só no caso de acabar passando a noite com ele)
10. Camisinhas (idem)

Espero ter ajudado

Nad ;-)

Para: Nadine Wilcock <nadine.wilcock@thenyjournal.com>
De: Mel Fuller <melissa.fuller@thenyjournal.com>
Assunto: A lista

Obrigada pela lista de coisas de que supostamente preciso no meu encontro, mas está esquecendo uma coisa:

MORAMOS AO LADO UM DO OUTRO.

Então, se eu precisar de lingerie limpa, só preciso atravessar o corredor.

Agora, vê se pára de falar nisso. Entre você e a Dolly não sei quem está me deixando mais nervosa.

É só um jantar, pelo amor de Deus.

Ai, caramba, preciso ir, senão vou me atrasar.

Mel

Para: Mel Fuller <melissa.fuller@thenyjournal.com>
De: Dolly Vargas <dolly.vargas@thenyjournal.com>
Assunto: Só mais uma coisinha...

Vê se não esquece a camisinha, querida, porque o Maxie tem muitos anos de praia, se é que sabe o que eu quero dizer.

Pensa bem nisso. Todas aquelas modelos. Não há como saber por onde andaram aquelas belezinhas magricelas.

Por enquanto é só.

XXXOOO

Dolly

Para: jerryvive@freemail.com
De: Jason Trent@ <jason.trent@trentcapital.com>
Assunto: E aí...

Como foi tudo?

Jason

P.S.: Stacy me mandou perguntar.

Para: Nadine Wilcock <nadine.wilcock@thenyjournal.com>
De: Tony Salerno <rango@fresche.com>
Assunto: Eu presumo

que a razão pela qual seu telefone esteve ocupado durante as últimas três horas seja porque está tagarelando com a Mel sobre o encontro dela. Será que dá para conceder ao seu noivo um minuto do seu tempo para responder a essa pergunta seriíssima:

Quem é que vai se sentar ao lado da minha tia-avó Ida na recepção? Porque minha mãe está dizendo que quem sentar ao lado dela precisa evitar que ela beba nem que seja um pingo de champanhe. Lembra-se do incêndio do camping que a Ida causou na última reunião familiar?

Por favor, me avise.

Te amo,
Tony

P.S.: Minha mãe diz que se a colocar ao lado da tia Ida ela vai cometer haraquiri ao vivo e em cores.

Para: Tony Salerno <rango@fresche.com>
De: Nadine Wilcock <nadine.wilcock@thenyjournal.com>
Assunto: Eu não estou

on-line tagarelando com a Mel. Já não tenho notícias da Mel desde a última vez em que a vi, que foi quando ela saiu do trabalho para ir para casa mudar de roupa para o seu grande jantar com o Max. Quero dizer, o John. Que nome é esse, afinal? Como é que alguém pega o apelido de JOHN? John não é apelido.

Bom, voltando à vaca-fria, eu estava on-line procurando presentinhos para nossa festa de casamento. Que acha de abotoaduras para os rapazes e brincos para as moças?

Agora que estou pensando nisso, é meio engraçado eu não ter tido notícia da Mel. Já faz vinte e quatro horas. Ela nunca passa vinte e quatro horas sem responder a meus telefonemas.

Ora, exceto quando a vizinha dela leva uma pancada na cabeça.

Ai, meu Deus, não acha que aconteceu alguma coisa com ela, acha? Quero dizer, acha que o tal Max/John talvez tenha seqüestrado a Mel? E vendido ela como escrava branca? Será que eu devia chamar a polícia, hein???

Nad

Para: Nadine Wilcock <nadine.wilcock@thenyjournal.com>
De: Tony Salerno <rango@fresche.com>
Assunto: Acho que devia procurar um psiquiatra

E também que qualquer cara que comprasse a Mel Fuller de um mercador de escravas brancas devia pedir devolução do dinheiro. Ela daria uma péssima escrava. Ia viver reclamando de que o cara não tem tevê a cabo e como é que ela vai acompanhar as peripécias da Winona Ryder sem o *E! Entertainment News.*

Tony

P.S.: Você ainda não respondeu à pergunta sobre quem vai sentar ao lado da tia Ida.
P.P.S.: Meus amigos iam rir até virar pelo avesso se eu lhes desse abotoaduras. Que tal umas faquinhas Wusthof?

Para: Mel Fuller <melissa.fuller@thenyjournal.com>
De: Nadine Wilcock <nadine.wilcock@thenyjournal.com>
Assunto: Cadê você?

Francamente, não estou querendo me intrometer, e sei que é capaz de cuidar de si mesma, mas deixei três mensagens e você ainda não me ligou. ONDE ESTÁ VOCÊ??? Se não tiver notícias suas logo, vou telefonar para a polícia, juro.

Nad

Para: Mel Fuller <melissa.fuller@thenyjournal.com>
De: Recursos Humanos <recursos.humanos@thenyjournal.com>
Assunto: Atraso

Prezada Melissa Fuller:

Esta é uma mensagem automatizada da Divisão de Recursos Humanos do *New York Journal*, o principal periódico especializado em fotojornalismo de Nova York. Queira tomar conhecimento de que, segundo seu supervisor, o editor-chefe George Sanchez, seu expediente aqui no *Journal* começa exatamente às 9 da manhã, o que significa que se atrasou 83 minutos hoje. Esse é o seu 49º atraso acima de vinte minutos até agora este ano, Melissa Fuller.

Os atrasos são um assunto sério que causam grandes prejuízos aos empregadores de todo o país. Os empregados costumam fazer pouco dos atrasos, mas aqueles que costumam se atrasar podem ter problemas sérios, como:

- alcoolismo
- dependência de drogas
- vício em jogos de azar
- violência conjugal
- insônia
- depressão patológica

além de inúmeros outros distúrbios. Se você sofre de qualquer dos problemas acima, queira entrar imediatamente em contato com sua Representante da Divisão de Recursos Humanos, Amy Jenkins. Sua Representante terá grande satisfação em inscrevê-la no Programa de Assistência aos Funcionários do *New York Journal,* onde receberá ajuda de um profissional de saúde mental competente que procurará auxiliá-la a desenvolver todo o seu potencial.

Melissa Fuller, nós, aqui do *New York Journal,* trabalhamos em equipe. Vencemos em equipe, e perdemos em equipe, também. Melissa Fuller, não deseja participar de uma equipe vencedora? Então, por favor, esforce-se para chegar ao trabalho pontualmente de agora em diante.

Atenciosamente,
Divisão de Recursos Humanos
New York Journal

Favor observar que qualquer outro atraso no futuro poderá acarretar sua suspensão ou demissão desta empresa.

Esta mensagem é confidencial, e não deve ser utilizada por ninguém que não seja o destinatário dela. Se recebeu este e-mail por engano, por favor informe ao remetente e apague-o da sua caixa de entrada ou de qualquer outro sistema de armazenagem que possua.

Para: Nadine Wilcock <nadine.wilcock@thenyjournal.com>
De: Tim Grabowski <timothy.grabowski@thenyjournal.com>
Assunto: Nossa Srta. Mel

Ora, parece que nossa Srta. Mel se divertiu muito, MUITÍSSIMO mesmo no encontro dela, não foi? Quero dizer, sei que quando eu não chego ao trabalho no dia seguinte em geral é porque o encontro ainda não terminou. Piscadelas.

Bom, não tenho nada contra. Não podia ter acontecido com uma pessoa melhor. Mas, caramba, como eu gostaria que tivesse sido eu! Quero dizer, você deu uma espiada nos braços daquele cara? E nas coxas? E aquela cabeleira dele, assim tão cerrada?

Me perdoe. Preciso ir ao banheiro jogar um pouco de água fria no rosto.

Tim

Para: Nadine Wilcock <nadine.wilcock@thenyjournal.com>
De: George Sanchez <george.sanchez@thenyjournal.com>
Assunto: Fuller

Cadê a Fuller? Pensei que já havíamos superado isso quando aquele safado do Friedlander se mudou para o apartamento ao lado do dela. Ele não ia começar a levar o tal cachorro para passear?

E aí, onde está ela?

Juro por Deus, Wilcock, pode dizer a ela que eu avisei que se aquela matéria sobre o relógio novo da Paloma Picasso com pulseiras intercambiáveis não estiver na minha mesa por volta das cinco horas ela está na rua.

Não sei o que vocês acham que é isso que eu estou encarregado de supervisionar, mas acontece que se chama JORNAL, caso tenham se esquecido.

George

Para: Mel Fuller <melissa.fuller@thenyjournal.com>
De: Dolly Vargas <dolly.vargas@thenyjournal.com>
Assunto: Não que seja da minha conta, mas...

Não acha que é um pouquinho... bom, vulgar, provocar o Aaron desse jeito? Quero dizer, com esse negócio todo de não aparecer no trabalho depois do seu grande encontro? Tenho certeza de que já faz muito tempo desde a última vez que passou a noite com um homem, e tudo isso, mas esse comportamento é simplesmente grosseiro.

Pronto, já disse. Agora, falemos de coisas mais importantes:

Qual é o tamanho dele? Do Max Friedlander, quero dizer. Ele é tipo bananinha-ouro ou banana-da-terra?

Porque sabe como é, querida, já ouvi dizer que...

Ah, lá vem o Peter outra vez. Ele simplesmente não pára de me importunar. Conversamos mais depois, amorzinho.

XXXOOO

Dolly

Para: John Trent <john.trent@thenychronicle.com>
De: Genevieve Randolph Trent <grtrent@trentcapital.com>
Assunto: Sua delinqüência

Queridíssimo John,

Posso entender que sua nova e independente vida tome todo o seu tempo — especialmente no que diz respeito aos Fullers de Lansing, Illinois —, mas talvez se lembre de que uma vez teve uma família e que eles gostariam de ter notícias suas de vez em quando. Acho que seu irmão já tentou entrar em contato com você mais de uma vez nos últimos dias e que você, no vulgar vernáculo atual, simplesmente "mandou ele se catar".

Talvez lhe seja conveniente, John, se lembrar de uma velha canção do meu tempo de bandeirante:

Faça novos amigos
Mas conserve os antigos
São prata os primeiros
E ouro os derradeiros.

Isso se aplica aos parentes também, como sabe.

Mim

P.S.: Está ciente de que há DUAS Lansing, Illinois? Estou falando sério. Uma é uma cidadezinha rural curiosa, e a outra parece ser constituída inteiramente por *shoppings*. Sua pequena Srta. Fuller parece vir da primeira, só achei que você talvez gostasse de saber.

Para: Nadine Wilcock <nadine.wilcock@thenyjournal.com>
De: Mel Fuller <melissa.fuller@thenyjournal.com>
Assunto: Desculpe

Desculpe, desculpe, desculpe...

Não quis assustar. Como pode ver, estou bem.

Recebi outra daquelas mensagens de atraso da Amy Jenkins. Qual é a dessa mulher, afinal?

Sabe se o George está fulo da vida? Qual o estoque de Mountain Dew? A máquina está abastecida? Ou ele está sofrendo de falta de cafeína outra vez?

Eu realmente quis ligar, mas não tive chance. Toda vez que começava, bom, eu me distraía, sabe como é. Você me perdoa?

Mel

Para: Mel Fuller <melissa.fuller@thenyjournal.com>
De: Nadine Wilcock <nadine.wilcock@thenyjournal.com>
Assunto: Já era hora!

Não dá para acreditar em você. Sabe como estávamos preocupadas?

Ora, tudo bem. Quanto *eu* estava preocupada, pelo menos. Nunca mais me assuste assim, viu?

Eu vou perdoar se me der um relatório completo: quero descrições de onde andou e EXATAMENTE o que andou fazendo.

Como se eu não soubesse: "Distraída."

Me engana que eu gosto.

Nad

Para: Nadine Wilcock <nadine.wilcock@thenyjournal.com>
De: Mel Fuller <melissa.fuller@thenyjournal.com>
Assunto: Ele

O que posso dizer?

Ah, Nadine, foi incrível! Eu me lembro como você ficou zonza depois daquele primeiro fim de semana que você e o Tony passaram juntos. Pensei que você tivesse perdido o juízo. Provavelmente uma dama de honra não devia admitir isso, mas é verdade.

Mas agora entendo muito bem o que estavam fazendo juntos. É o AMOR! O amor simplesmente faz isso com você, não? Quero dizer, posso até entender como, apesar da diferença de idade, Winona não larga o Chris Noth. Não se ela sentir por ele o que sinto pelo John.

Por onde começar?

Ah, o jantar. Ele me levou ao Belew's.

Não, juro! Eu sei, eu sei. Tem uma lista de espera de três meses para conseguir uma reserva lá, mas nós entramos como se não houvesse ninguém na nossa frente, Nadine. E eles nos levaram direto para a mesinha mais adorável para dois num cantinho, e já havia champanhe num balde de gelo. Estou falando sério. E não era Korbel, Nadine, era Cristal. CRISTAL. Custa uns 300 paus a garrafa. E eu só dizendo: "John, que houve, você pirou? Não pode pagar isso."

Mas ele disse para eu não me preocupar, que David Belew lhe devia um favorzinho.

Ora, devia ser uma favorzão, porque a refeição foi absolutamente fantástica — quero dizer, nem mesmo você seria capaz de imaginá-la, Nadine, que já esteve no Nobu e no Daniel por conta do jornal. Começamos com ostras e caviar Beluga, depois passamos para um tartar de salmão. Depois veio um *confit* de *foie gras* com figos em calda, *prosciutto* de pato e...

Ai, não consigo nem me lembrar o que mais. Desculpe. Eu fui má com você.

Mas, Nadine, estava tão bom, e com cada prato vinha um vinho diferente, e quando chegamos ao prato principal, que acho que era alguma coisa de pombo implume, eu nem mesmo prestava mais atenção à comida, porque o John estava tão lindo naquele terno dele, e ficava chegando perto de mim e sorrindo e dizendo meu nome, e aí eu perguntava "o quê?", e ele repetia, "que foi?" e aí nós dois ríamos, e lá pela hora da sobremesa nós já estávamos nos beijando sobre a mesa, e o garçom não conseguia nem mais tirar os pratos.

Aí o John disse: "Vamos embora." E fomos, e nem mesmo sei como foi que voltamos ao prédio, mas voltamos, de alguma forma, nos beijando o tempo todo, e quando chegamos ao décimo quinto andar o zíper do meu vestido já estava totalmente aberto e aí me lembrei de uma coisa horrível, e disse: "E o Paco?"

E então o John disse as doze palavras mais lindas que eu jamais ouvi:

"Eu paguei ao porteiro para levar o Paco à rua esta noite."

Meu vestido caiu no chão antes mesmo de eu conseguir meter a chave na fechadura.

E sabe do que mais? Quando eu saí esta manhã, ele ainda estava ali no corredor! Alguém tinha encontrado o vestido e deixado ele todo dobradinho. Que vergonha! Pode imaginar, Nadine? Quero dizer, se a Sra. Friedlander não estivesse em coma no hospital e encontrasse meu vestido assim, já pensou?

Ora, acho que se a Sra. Friedlander não estivesse no hospital em coma, meu vestido não estaria no corredor. Porque talvez eu nunca tivesse conhecido o John, se alguém não tivesse dado uma cacetada na cabeça da tia dele e me deixasse aquele cachorro para cuidar.

Bom, sei lá.

Sabe como eles sempre falam que os corpos dos personagens simplesmente se encaixam? Sabe, como duas peças de quebra-cabeça que há muito se perderam? Elas simplesmente parecem se encaixar perfeitamente?

É assim que somos, o John e eu. Simplesmente parecemos nos encaixar. Estou falando sério, Nadine, é como se estivesse escrito nas estrelas, ou coisa assim.

E aí, como nos encaixamos tão bem da primeira vez, acho que nos pareceu simplesmente natural encaixarmo-nos muitas outras vezes.

Motivo pelo qual creio que me atrasei tanto esta manhã.

Mas, oh, Nadine, eu não me importo quantas outras advertências de atraso a Amy Jenkins vai me mandar. Vale a pena. Fazer amor com o John é como beber água fresca depois de estar perdida no deserto durante anos e anos.

Mel

P.S.: Por que a Dolly fica atirando clipes o tempo todo sobre as divisórias da minha baia, hein?

Para: Jason Trent <jason.trent@trent.capital.com>
De: John Trent <john.trent@thenychronicle.com>
Assunto: Você venceu

Eu estava ocupado, tá legal? E você precisa ir sempre se lamentar com a Mim toda vez que não tem notícia de mim durante alguns dias? Acha que só porque o papai está na cadeia, você é...

Ah, deixa pra lá. Eu não posso nem me chatear com você. Estou feliz demais para isso.

John

P.S.: Nós conseguimos.

Para: John Trent <john.trent@thenychronicle.com>
De: Jason Trent <jason.trent@trentcapital.com>
Assunto: Acontece que o papai

---

está em um centro de reabilitação de segurança mínima com o resto dos transgressores de colarinho-branco. Não se pode chamar isso de cadeia. Não quando todo mundo tem sua própria televisão. Sem mencionar a HBO.

E o que exatamente você quer dizer com esse misterioso "nós conseguimos"? Espero que não queira dizer o que acho que está querendo dizer. Antes de mais nada, o que pensa que é realmente? E em segundo lugar, que negócio é esse de "conseguir" com alguém que nem mesmo sabe seu verdadeiro nome???

Espero que "nós conseguimos" signifique que vocês dois comeram baiacu cru ou alguma coisa assim.

Jason

Para: John Trent <john.trent@thenychronicle.com>
De: Stacy Trent <euodeiobarney@freemail.com>
Assunto: VOCÊS O QUÊ???

Vocês CONSEGUIRAM? CONSEGUIRAM? O que está querendo dizer com isso? Está dizendo que transou com ela? É isso que está dizendo?

E é só isso que tem a dizer sobre o assunto???

Achei que tinha concordado em me ajudar. Achei que tinha entendido que sou uma mulher com uma necessidade enorme de sentir as emoções por procuração.

Então vai desembuchando aí, moço, senão vou mandar as gêmeas passarem umas férias prolongadas na casa do tio John...

Stacy

Para: Stacy Trent<euodeiobarney@freemail.com>
De: John Trent <john.trent@thenychronicle.com>
Assunto: Minha vida amorosa
Anexo: O Retorno de Parker

Stacy, não vou mais discutir minha vida amorosa com a minha cunhada. Pelo menos não com todos os detalhes que está querendo que eu dê. E realmente pensa que seria uma boa idéia mandar as meninas me visitarem quando estou morando com dois gatos? Sabe que a Haley é alérgica.

O que quer que eu diga, afinal? Que foram as vinte e quatro horas mais cheias de tesão que jamais tive na vida? Que ela é exatamente o que venho procurando numa mulher todos esses anos, mas nunca ousei pensar que encontraria? Que é minha alma gêmea, a minha consorte, a outra metade da minha laranja? Que estou contando os minutos até poder vê-la novamente?

Então tá. Está aí. Já disse.

John

P.S.: Se quiser, pode ler o capítulo mais recente do meu livro, que anexei a esta mensagem. O dia foi meio devagar em matéria de notícias, então aproveitei para trabalhar no meu romance. Talvez isso satisfaça sua necessidade de sentir emoções por procuração. Só não se esqueça de que é uma obra de ficção, e qualquer semelhança com pessoas vivas ou mortas é pura coincidência.
P.P.S.: Acha que seria forçar demais a barra mandar rosas pra ela?

Anexo: ✉

O RETORNO DE PARKER
JOHN TRENT

Capítulo 17

— Mas e o Paco? — perguntou ela, ofegante.

— Não esquenta, boneca — rosnou Parker. — Eu o matei.

Os olhos azuis e infantis dela estavam molhados, o rímel em torno deles borrado. Ela ergueu o olhar para ele, límpido.

— Oh, Parker — disse, sem fôlego.

— Ele nunca mais vai te incomodar — garantiu-lhe Parker.

Os lábios dela eram vermelhos como sangue, úmidos e entreabertos, convidativos.

Parker não era tolo. Baixou a cabeça até sua boca esmagar a dela.

Ela ficou mole e colou nele àquele primeiro toque dos seus lábios. Lá pelo quarto andar, ela já estava quase parecendo desossada. Lá pelo sexto, ele já tinha aberto o zíper do vestidinho preto curto dela. Quando chegaram ao décimo, o vestido já estava escorregando dos ombros dela.

Ela não estava, segundo Parker descobriu lá pelo décimo primeiro andar, usando sutiã.

E nem calcinha, como ele descobriu no décimo terceiro.

Quando as portas do elevador se abriram no décimo quinto, e Parker a levou quase arrastada para o corredor, o vestido caiu ao chão. Nenhum dos dois notou.

Dentro do apartamento dela, estava escuro e fresco — exatamente como Parker gostava. A cama estava banhada pelo luar que entrava pelas janelas sem cortinas. Ele a deitou naquele lago de luar, depois recuou para apreciá-la.

Ela estava nua como apenas as mais belas mulheres podem estar, desafiadoramente nua. Não procurou se cobrir com um lençol. O luar lhe iluminou a curva da cintura, todo o comprimento das coxas. Seus cabelos, feitos de mil cachos de um ruivo escuro, se acumularam sob a cabeça, e os olhos, enquanto ela o observava, estavam semicerrados.

Ela não disse nada. Não precisava. Ele se aproximou dela como a maré segue a lua.

E quando se deitou sobre ela, estava tão nu quanto ela estava.

Parker antes já havia conhecido mulheres. Um grande número delas. Mas essa... essa era diferente, de alguma forma. *Ela* era diferente. Quando suas mãos desceram para abrir aquelas coxas esguias e macias, sentiu-se como se estivesse abrindo os portões de outro mundo, um mundo do qual talvez jamais retornasse.

Um mundo, entendeu ele, ao escorregar para o interior apertado, quente e sensual, que nunca, jamais abandonaria.

Para: John Trent <john.trent@thenychronicle.com>
De: Stacy Trent <euodeiobarney@freemail.com>
Assunto: Você está mesmo

---

apaixonado, não está? Ai, John, mas que gracinha.

É CLARO que devia mandar rosas pra ela.

Posso encaminhar o capítulo 17 para a Mim? POR FAVOR?

Stacy

Para: Stacy Trent <euodeiobarney@freemail.com>
De: John Trent <john.trent@thenychronicle.com>
Assunto: NÃO PODE, NÃO

O Capítulo 17 para a Mim? Está doida? Estou arrependido de tê-lo enviado a você. Apague-o, está bem?

John

Para: Mel Fuller <melissa.fuller@thenyjournal.com>
De: Nadine Wilcock <nadine.wilcock@thenyjournal.com>
Assunto: Desculpe

por ter levado tanto tempo para responder à sua mensagem. Precisei jogar água fria no rosto. Achei que ia abandonar o jornalismo e abraçar a carreira de escritora de romances. Água depois de anos vagando pelo deserto?

Preciso admitir, durante todo o tempo que te conheci, jamais vi ninguém tão...

Feliz.

E aí. Ele disse a palavra com "A" ou não?

Nad

P.S.: Quanto a Dolly, o motivo pelo qual ela está jogando clipes sobre as divisórias da sua baia é que está experimentando para ver se você está andando meio esquisita devido ao tamanho descomunal do.. bom, amor do Max Friedlander por você.

Portanto, faça o que fizer, não se levante na frente dela.

Para: Nadine Wilcock <nadine.wilcock@thenyjournal.com>
De: Mel Fuller <melissa.fuller@thenyjournal.com>
Assunto: A palavra com "A"

Bom, agora que tocou no assunto, a palavra com "A" não foi mencionada.

Meu Deus, eu tirei o vestido no corredor para um cara que nem sequer mencionou a palavra com "A".

Me dá um tiro. Será que não daria para me dar um tiro, sim?

Mel

P.S.: E por que ele não ligou? Notou que ele nem mesmo me telefonou?

Para: Mel Fuller <melissa.fuller@thenyjournal.com>
De: Nadine Wilcock <nadine.wilcock@thenyjournal.com>
Assunto: Corta essa

Um instantinho atrás estava mais feliz do que nunca. Agora está desesperada porque mencionei a palavra com "A"?

Retiro o que disse. Relaxe, Mel. Está na cara que ele está louco por você. Quero dizer, especialmente se ele quis passar 24 horas na cama com você. Quero dizer, meu Deus, o Tony nunca fez isso comigo.

Mas eu sempre posso pedir a ele para se levantar e preparar o rango pra mim.

Fica tranqüila, ele vai te ligar.

Nad

Para: Mel Fuller <melissa.fuller@thenyjournal.com>
De: Dolly Vargas <dolly.vargas@thenyjournal.com>
Assunto: Espero que não ache que estou me intrometendo

nos seus assuntos pessoais, mas acho mesmo que devia vir se encontrar comigo no banheiro dentro de mais ou menos cinco minutos. Tenho o remédio perfeito para esse seu caso de assadura por barba que parece ter contraído na parte de baixo do seu rosto desde a última vez em que a vi.

Estou falando sério, querida, parece que foi lambida no queixo pelos 101 dálmatas. Não dá para acreditar que não colocou pelo menos uma base.

Não esquenta. Só um pouquinho de Clinique e você vai ficar ótima.

E enquanto o aplico, vai me contar tudo, não vai?

XXXOOO

Dolly

Para: Dolly Vargas <dolly.vargas@thenyjournal.com>
De: Mel Fuller <melissa.fuller@thenyjournal.com>
Assunto: Sim, acho que está se intrometendo

e se acha que vou te contar alguma coisa, está doida.

Obrigada pela sua oferta do Clinique, mas vou exibir minha assadura de barba de homem com todo o orgulho, como uma medalha de honra ao mérito.

E vê se pára de jogar clipes em mim por cima da divisória da sua baia. Eu sei que é você, Dolly, e sei o que quer, e não vou me levantar.

Mel

Para: Mel Fuller <melissa.fuller@thenyjournal.com>
De: Tim Grabowski <timothy.grabowski@thenyjournal.com>
Assunto: Sua menina levada

Mocinha Mel, o que andou aprontando?

Espera aí. Não responda. Eu entendi no momento em que vi de relance seu rostinho, brilhando feito um farol (realmente deve pedir a ele que se barbeie com mais freqüência, se vocês começarem a dormir juntos todo dia. Você é uma ruiva clássica, com a pele muito delicada combinando. Precisa recordar-lhe isso de vez em quando, senão vai ficar parecendo que dormiu com o queixo debaixo de uma lâmpada infravermelha).

E quando eu vi aquele buquê de rosas vermelhas simplesmente estonteante que acabaram de lhe trazer, ora, pensei:

Nossa Srta. Mel deve ter feito coisas do outro mundo.

O que fez para merecer aquele enorme buquê? Imagino que tenha sido alguma coisa totalmente fora do seu normal.

Parabéns

Tim

Para: Mel Fuller <melissa.fuller@thenyjournal.com>
De: Nadine Wilcock <nadine.wilcock@thenyjournal.com>
Assunto: Viu?

Eu lhe disse que ele ia telefonar. Só que fez melhor ainda. É o maior buquê de rosas que já vi na vida.

E aí, o que diz o cartão?

Nad

Para: Nadine Wilcock <nadine.wilcock@thenyjournal.com>
De: Mel Fuller <melissa.fuller@thenyjournal.com>
Assunto: AI MEU DEUS

ELE ME AMA!!!

O cartão diz:

Mas contemplá-la era amá-la,
Amar apenas ela, e para sempre

John

Foi ele que escreveu isso? Está se referindo a mim, certo? Não acha? Essa "ela" sou eu?

Ai, meu Deus, estou tão empolgada! Ninguém jamais me mandou flores no trabalho antes, muito menos com um cartão que menciona a palavra com "A"!

Mel

Para: Mel Fuller <melissa.fuller@thenyjournal.com>
De: Nadine Wilcock <nadine.wilcock@thenyjournal.com>
Assunto: Meu Deus,

---

não é preciso muita coisa para fazê-la feliz, é? Naturalmente a "ela" do poema é você. De quem acha que ele está falando? Da mãe dele???

E não, o Max Friedlander não foi o autor do versinho. Foi o Robert Burns. Como é que conseguiu se formar no ensino médio? Francamente, você não sabe quase nada.

Espera, retiro o que disse. Você sabe tudo sobre Harrison Ford, George Clooney e aquele novo, como é mesmo o nome? Ah, sim, o Hugh Jackman.

Não fica aí sentada com esse sorriso bobo. Responde logo ao cartão dele, pelo amor de Deus.

Nad

Para: jerryvive@freemail.com
De: Mel Fuller <melissa.fuller@thenyjournal.com>
Assunto: Não devia ter

---

mandado todas aquelas rosas. Estou falando sério, John, precisa pensar no seu problema dos cartões de crédito. Mas são tão lindas, que não posso nem me zangar com você por esbanjar tanto. Eu simplesmente adorei — e a citação também. Não sou muito boa nessas coisas. Citações, quero dizer. Mas acho que posso te retribuir com uma:

> Se te amasse menos, talvez fosse capaz de
> falar mais sobre o assunto.

Boa, não? Tirei de *Emma.*

O que vai fazer hoje à noite? Estava pensando em comprar uma massinha fresca e fazer um pesto. Quer vir jantar lá pelas sete?

Com carinho,
Mel

Para: Mel Fuller <melissa.fuller@thenyjournal.com>
De: jerryvive@freemail.com
Assunto: Que tal essa?

Eu te amo

Han Solo, *O retorno de Jedi*

John

Para: jerryvive@freemail.com
De: Mel Fuller <melissa.fuller@thenyjournal.com>
Assunto: E essa?

Eu sei

Princesa Leia, *O retorno de Jedi*

Mel

Para: Tony Salerno <rango@fresche.com>
De: Nadine Wilcock <nadine.wilcock@thenyjournal.com>
Assunto: Mel

Bom, ela apareceu. E você tinha razão.

Ele não vendeu a moça como escrava branca.

Mas a outra hipótese menos pior do que essa se concretizou, se quiser saber. Ele a fez se apaixonar por ele.

O que há de errado comigo, Tony? Quero dizer, nunca vi a Mel assim tão alegre e empolgada. Nem mesmo no dia em que circulou aquele boato sobre o Príncipe William e a Britney Spears. Isso não é nada comparado ao estado dela agora. Naquele dia, ela ficou nas nuvens, agora entrou em órbita.

E mesmo assim não consigo deixar de sentir que tudo isso vai acabar de um jeito horrível.

Por quê? Por que me sinto assim? Ele é legal, não é? Quero dizer, você o conheceu. Ele não pareceu legal?

Acho que o problema é justamente esse. Ele parece tão bacana, tão normal, que ainda não consegui conciliar esse cara, esse "John" com o Max Friedlander do qual ouvimos falar tanto, aquele do negócio das pedras de gelo e os mamilos, e que vivia saindo com modelos.

Simplesmente não consigo entender o que um cara que podia ter uma supermodelo ia querer com a Mel. Sei que é horrível falar assim, mas penso nisso. Quero dizer, sabemos que a Mel é linda, interessante e adorável, mas será que um cara que andou com supermodelos a vida inteira vai ser capaz de enxergar isso? Os caras não ficam com supermodelos por um único motivo? Sabe, só para fazer vitrine com elas?

Por que um cara que andou comendo sobremesa todos esses anos ia de repente resolver comer carne com batatas?

Será que sou a pior melhor amiga que já existiu, ou o quê?

Nad

Para: Nadine Wilcock <nadine.wilcock@thenyjournal.com>
De: Tony Salerno <rango@fresche.com>
Assunto: Você é a pior melhor amiga que já existiu?

Sim. Me perdoe, mas é.

Olha, Nadine, você sabe qual é o seu problema? Você odeia os homens.

Ah, gosta de mim. Mas vamos encarar, em geral, não gosta dos homens, nem confia neles. Acha que só ficamos por aí atrás das modelos. Acha que somos burros, não podemos enxergar além do rosto, dos seios ou dos quadris de uma mulher.

Acontece que está errada.

Olha, apesar de sua afirmação, as supermodelos não são sobremesa. São gente, exatamente como eu e você. Tem umas legais e outras malvadas, umas inteligentes e outras burras. Eu diria que um cara que é fotógrafo provavelmente conhece um monte de supermodelos, e talvez vá com a cara de algumas, e saiam algumas vezes, alguma coisa assim.

Isso significa que se ele conhecer uma moça que não seja supermodelo, e gostar dela, não possa sair com ela, também? Acha que ele está constantemente comparando a Mel com as supermodelos que já conheceu?

Não. Tenho certeza de que o Max Friedlander não está fazendo isso com a Mel.

Então vê se dá uma chance pro cara. Tenho certeza de que ele gosta mesmo dela. Caramba, talvez ele até a ame de verdade. Já parou para pensar nisso?

Então, desencana.

Tony

P.S.: A Mel não é carne com batatas. Você é que é. A Mel se parece mais com um sanduíche de presunto com um acompanhamento de maionese de repolho picadinho e um saco de fritas.

Para: John Trent <john.trent@thenychronicle.com>
Para: Jason Trent <jason.trent@trentcapital.com>
Assunto: Agora você passou das medidas

Realmente passou.

Onde está com a cabeça? Estou falando sério. ONDE ESTÁ COM A CABEÇA? O que está passando por esse seu cérebro de minhoca? ELA PENSA QUE VOCÊ É OUTRO CARA. Ela pensa que você é outro cara, e você vai e DORME com ela?

Minha mulher é que te incitou a fazer isso, não foi? Você está aceitando conselhos da minha mulher. Uma mulher que, creio que deve saber, comeu um *cobbler* de cereja inteiro — doze fatias — na noite passada. No jantar. E grunhiu para mim quando tentei tirar-lhe a espátula da mão.

Sabe que essa corda vai arrebentar do teu lado, não é? VOCÊ ESTÁ PISANDO NA BOLA, MAS FEIO! Se realmente ama essa garota, diga-lhe quem realmente é. DIGA-LHE AGORA.

Sorte sua a Mim não saber disso, senão aposto que ela ia te deserdar.

Jason

Para: Jason Trent <jason.trent@trentcapital.com>
De: jerryvive@freemail.com
Assunto: Minha vida

Lembra-se do que eu comecei a dizer sobre aquele negócio de só porque o papai está na cadeia você não tem o direito de agir como meu pai? Bom, eu estava falando sério. A vida é minha, Jason, e agradeceria se não desse palpite.

Além disso, está agindo como se eu não soubesse que pisei na bola. Eu sei que pisei. E VOU CONTAR A ELA. Só não deu ainda para encontrar o momento certo. Assim que isso acontecer, eu vou contar. Tudo.

Então, todos vamos dar muitas risadas comendo hambúrgueres na sua casa, à beira da piscina. Você não a conhece, mas creia-me, a Mel tem um grande senso de humor e uma natureza acolhedora e generosa. Tenho certeza de que vai considerar isso tudo uma boa piada.

Acha que alguém vai precisar do chalé de Vermont? Porque seria o lugar perfeito para contar tudo a ela. Sabe, passar o fim de semana lá e contar a ela diante de uma linda e romântica lareira, tomando taças de vinho...

O que acha?

John

Para: jerryvive@freemail.com
de: Jason Trent <jason.trent@trentcapital.com>
Assunto: O que eu acho?

Ah, agora quer meus conselhos? Quer que eu pare de agir como seu pai, mas quer meus conselhos, e ainda por cima pedir emprestado meu chalé que uso quando quero esquiar?

Você é um cara-de-pau mesmo. É só o que tenho para dizer.

Jason

P.S.: Papai não está "na cadeia". É um centro de reabilitação judiciária de segurança mínima. Pare de me obrigar a repetir isso.
P.P.S.: Nenhuma mulher é generosa a esse ponto.

Para: Mel Fuller <melissa.fuller@thenyjournal.com>
De: George Sanchez <george.sanchez@thenyjournal.com>
Assunto: Aonde exatamente pensa que está indo?

Não me lance esse olharzinho inocente por cima da divisória da baia. Sim, você mesma. Como é, pensa que não notei esse batom e o jeito como está penteando os cabelos com os dedos? Pensa que já pode ir, não pensa?

Ora, está vivendo no mundo da fantasia. Não vai sair daqui enquanto não vir a matéria sobre o mais recente fim de caso da Drew Barrymore na minha mesa. Valeu???

George

Para: jerryvive@freemail.com
De: Mel Fuller <melissa.fuller@thenyjournal.com>
Assunto: Jantar

Oi, John. Infelizmente não vou conseguir sair daqui na hora em que pensei. Será que dá para adiarmos o jantar para as nove, mais ou menos?

Beijo,
Mel

Para: Sargento Paul Reese <preese@89DP.nyc.org>
De: John Trent <john.trent@thenychronicle.com>
Assunto: Só para ter notícias

Paul,

só uma mensagem para saber se descobriu alguma coisa sobre o caso Friedlander. Eu ando meio preocupado ultimamente, então não liguei, mas agora que tive um tempinho, estava imaginando se tinha descoberto alguma coisa.

Sabe, a outra noite em que fui ao prédio, o porteiro não estava lá. Quando olhei em volta, encontrei-o com o resto dos empregados do edifício no apartamento do síndico assistindo ao jogo.

Compreensível, é claro, já que são as finais, e tal, mas isso me deixou com a pulga atrás da orelha: seria noite de jogo aquele em que a Sra. Friedlander recebeu a tal pancada?

Fiz umas pesquisas e descobri que houve um jogo — por volta da hora em que os médicos dizem que ela teria sido agredida.

Sei que não é grande coisa, mas pelo menos explica como alguém poderia ter entrado no edifício sem ser visto.

Favor me informar se vocês obtiverem mais alguma informação.

John

Para: John Trent <john.trent@thenychronicle.com>
De: Sargento Paul Reese <preese@89DP.nyc.org>
Assunto: Mas que vergonha

Você está se interessando demais pelos acontecimentos que cercaram a agressão a essa senhora. Alguma razão em particular?

E, como assim, esteve "no prédio" uma noite dessas? Isso tem alguma coisa a ver com a vizinha gostosinha da senhora? É melhor que não tenha. O delegado não vai gostar nada dessa sua intromissão nos nossos casos, como não gostou da última vez em que resolveu bancar o detetive amador, lembra?

Muito embora, como a sua intromissão daquela vez tenha nos levado à prisão do culpado, talvez eles façam vista grossa...

Em resposta à sua pergunta, não temos nada novo a respeito do caso Friedlander. Mas temos um suspeito do caso do travesti assassino. É melhor não espalhar nada a respeito disso, certo? Porque estamos mantendo sob sigilo absoluto, e confio que faça o mesmo. Eu sei que dizem que não dá para confiar num repórter, mas acho você mais confiável do que a maioria.

Bom, aí vai o relatório:

Encontraram um garoto inconsciente no banheiro dele. Não vou entrar em detalhes sobre o motivo pelo qual se achava inconsciente. Vou deixar isso para sua imaginação fértil. Vamos apenas dizer que envolveu uma meia-calça feminina e um gancho na parte de trás da porta do banheiro dele. E, pelas roupas que usava, que eram várias peças de lingerie feminina, não creio estivesse pensando em se suicidar — embora a mãe e o pai prefiram pensar assim.

Bom, para encurtar a conversa, os caras da perícia levaram as roupas de baixo e descobriram que algumas delas conferem com a descrição de roupas que faltavam em uma ou duas das casas das vítimas do travesti assassino.

Não é muita coisa, eu sei, mas é tudo que temos neste momento.

Então, por que, talvez me pergunte, não levamos o garoto para interrogatório? Porque ele ainda está internado devido a sua pequena travessura no banheiro, ou "vigília suicida".

Só que assim que aquela laringe machucada dele ficar boa o suficiente para que ele fale, ele vai até a delegacia, e se pudermos conseguir que preste depoimento, vamos descobrir se sua velha senhora foi uma de suas vítimas mais sortudas.

E aí, que nota dá à nossa investigação?

Paul

Para: Sargento Paul Reese <preese@89DP.nyc.org>
De: John Trent <john.trent@thenychronicle.com>
Assunto: Travesti assassino

Aposto com você uma caixa de Krispy Kremes que a agressão à Sra. Friedlander foi trabalho de um imitador... e não muito bom.

Vamos dizer que o garoto de que suspeita é o criminoso: olha só as outras vítimas. Todas moravam em edifícios sem elevador. Não havia porteiro para barrar o cara. Todas consideravelmente mais jovens que a Sra. Friedlander. E o assassino levou roupas das casas de todas elas.

Ora, não podemos dizer mesmo que alguém tenha levado ou não roupas da Sra. Friedlander, mas certamente não levaram a carteira dela, nem o dinheiro que havia nela. E sabemos que o travesti assassino sempre leva o dinheiro que encontra dando sopa — até mesmo as moedinhas que a Vítima Número 2 guardou para usar nas máquinas da lavanderia.

Mas a Sra. Friedlander tinha mais de 200 dólares na carteira, que estava bem na cara.

Quanto mais penso nisso, mais acredito que essa coisa toda foi obra de algum conhecido dela. Alguém que ela esperava, por isso deixou a porta destrancada. E alguém que sabia onde ela morava, então não precisou parar e fazer perguntas ao porteiro... E talvez até conhecesse os hábitos do porteiro bem o suficiente para saber que na noite de um jogo de beisebol ele não permaneceria no seu posto rigorosamente o tempo todo.

O que tem a dizer sobre isso?

John

Para: John Trent <john.trent@thenychronicle.com>
De: Sargento Paul Reese <preese@89DP.nyc.org>
Assunto: Com geléia, glacê, não

E em geral gosto de um copo grande e gostoso de leite para acompanhar.

Paul

Para: Max Friedlander <reidafoto@paremasrotativas.com>
De: John Trent <john.trent@thenychronicle.com>
Assunto: Sua tia

Max, sua tia tinha algum inimigo, que você soubesse? Alguém que ela sabia que talvez quisesse matá-la?

Eu sei que é um grande esforço para você pensar em alguma outra pessoa que não seja você mesmo, mas estou lhe pedindo para se esforçar, por mim.

Sabe onde me encontrar.

John

Para: John Trent <john.trent@thenychronicle.com>
De: Max Friedlander <reidafoto@paremasrotativas.com>
Assunto: Tia Helen

Já faz semanas que não tenho notícias suas, e quando finalmente escreve para mim é para me fazer uma perguntinha cretina dessas sobre a minha tia? Que é que há com você, rapaz? Desde que começou a levar essa porcaria de cachorro para passear, você começou a vir com esquisitice pro meu lado.

Inimigos? Claro que ela tinha inimigos. A velha era uma verdadeira megera. Todo mundo que a conhecia a odiava, com exceção dessa vizinha maluca dela, que gosta de animais. A tia Helen vivia defendendo causas impopulares. Se não fosse Protejam os Pombos, era Abaixo a Starbucks. Vou te dizer, se eu fosse alguém que gostasse de me sentar no parque e tomar cafezinho, teria lhe dado uma cacetada.

E além disso era mão-de-vaca. MÃO-DE-VACA MESMO. Se a gente pedisse um empréstimo a ela — só uns míseros 500 dólares que fossem —, parecia que estávamos em plena Segunda Guerra Mundial, só que a pessoa era Londres e ela, a Luftwaffe. Isso porque a mulher vale só 12 milhões.

Olha, Trent, não tenho mesmo tempo para essa conversa. As coisas não estão indo tão bem quanto eu esperava. Vivica está se mostrando muito mais ornitológica do que jamais pensei. Ela consome dinheiro como se fosse condicionador de cabelos ou coisa semelhante. Seria legal se fosse o dinheiro *dela*, mas não é. Ela esqueceu o cartão do banco em casa. Eu lhe pergunto, como é que alguém sai de férias e "esquece" o cartão do banco em casa?

Não me importaria se fosse só pagar um sanduíche de vez em quando, mas ela vive insistindo que precisa de sapatos novos, shorts novos, maiôs novos. Já tem 19 biquínis com cangas combinando. Eu lhe pergunto de quantos outros biquínis uma mulher precisa? Especialmente quando o recepcionista e eu somos os únicos que vamos vê-la, mesmo.

Preciso desconectar. Ela está com desejo de ir à Gucci. GUCCI! Deus me ajude.

Max

Para: Max Friedlander <reidafoto@paremasrotativas.com>
De: Sebastian Leandro <sleandro@hotphotos.com>
Assunto: Sua mensagem

Max,

Recebi sua mensagem. Desculpe não estar no momento. De onde estava ligando? Da casa de Hemingway ou coisa assim? Ouvi dizer que existem uns gatos de rua morando lá, o que certamente explicaria a gritaria histérica que ouvi ao fundo quando ligou.

Olha, parceiro, não tenho muito trabalho agora. Eu disse para não dar um tempo, ou seja lá como for que esteja chamando essas férias prolongadas que está tirando. Uma semana aqui, outra ali é uma coisa, mas esse seu negócio já virou licença-prêmio. Sumir assim do mercado do jeito que está fazendo não ajuda, pelo contrário, já prejudicou a carreira de muita gente por aí.

Mas, mesmo assim, não está tudo perdido. Se puder agüentar a mão mais umas semanas, as linhas de férias e cruzeiros da J. Crew e Victoria's Secret já estão para serem lançadas. Estão querendo tirar as fotos em Corfu e Marrocos, respectivamente. O pagamento não é lá grande coisa, eu sei, mas já é um começo.

Não entre em pânico. As coleções de roupas de banho já estão para ser lançadas.

Telefone para mim. Vamos bater um papo.

Sebastian

Para: Sebastian Leandro <sleandro@hotphotos.com>
De: Max Friedlander<reidafoto@paremasrotativas.com>
Assunto: Precisa me tirar daqui

Não entendeu. Eu *preciso desesperadamente* trabalhar. Fazer qualquer coisa. Preciso sair de Key West. A Vivica pirou geral. FOI ISSO que você ouviu quando eu liguei. Não eram gatos. Era ela. Estava abrindo o maior berreiro.

E, vou te contar, quando a Vivica chora, ela NÃO PARECE uma supermodelo. Nem nenhum tipo de modelo, aliás. A não ser uma daquelas que usam nos filmes de horror logo antes de alguém ser decapitado por um poste voador, ou coisa parecida.

Voltando ao assunto, ela estourou todos os meus cartões de crédito. Sem que eu soubesse, ela vem comprando tudo que é escultura em madeira rústica que encontra, e enviando-as para Nova York. Estou falando sério. Ela acha que tem "olho clínico" para descobrir novas tendências em decoração e acha que vai ser escultura em madeira rústica. Ela já comprou 27 golfinhos de madeira rústica. NO TAMANHO NATURAL.

Será que preciso dizer mais?

ME DESCOLA UM TRABALHO, PELO AMOR DE DEUS. Pode ser QUALQUER COISA!

Max

Para: Lenore Fleming <lfleming@sophisticate.com>
De: Max Friedlander <reidafoto@paremasrotativas.com>
Assunto: S.O.S.

QUERIDA LENORE,

OI! EU SEI QUE O ENDEREÇO É DO MAX, MAS NA VERDADE SOU EU ESCREVENDO, A VIVICA. ESTOU USANDO O COMPUTADOR DO MAX PORQUE ELE NÃO ESTÁ. NÃO SEI AONDE FOI. PROVAVELMENTE ESTÁ EM ALGUM BAR POR AÍ. É ONDE ELE SEMPRE ESTÁ ULTIMAMENTE. LENORE, ELE É TÃO EGOÍSTA! GRITOU COMIGO POR CAUSA DAS ESCULTURAS RÚSTICAS, NÃO GOSTA DE BELAS-ARTES. É EXATAMENTE COMO VOCÊ DISSE, BURGUÊS ATÉ A RAIZ DOS CABELOS.

BOM, NÃO POSSO DIZER QUE NÃO ME AVISOU.

VOLTANDO AO ASSUNTO, TENTEI TE LIGAR, MAS VOCÊ NUNCA ESTÁ. ENTÃO DEIRDRE DISSE QUE EU PODIA TENTAR O E-MAIL. EU ESPERO QUE RECEBA ESTA MENSAGEM. NÃO SEI MAIS O QUE FAZER. ACHO QUE DEVIA VOLTAR PARA CASA. SÓ QUE ESQUECI MEU CARTÃO DO BANCO. ALIÁS, ESQUECI A CARTEIRA. NEM MESMO TENHO UM CARTÃO DE CRÉDITO PARA REMÉDIO, E POR ISSO ANDEI USANDO O DO MAX. MAS NÃO TERIA USADO SE SOUBESSE COMO ELE É EGOÍSTA.

POR FAVOR, PODERIA PEDIR A DEIRDRE PARA IR AO MEU APARTAMENTO E PEGAR MINHA CARTEIRA E ENVIÁ-LA PARA MIM AOS CUIDADOS DO HOTEL PARAÍSO EM KEY WEST? TAMBÉM SERIA POSSÍVEL ELA MANDAR UMA LOÇÃO CORPORAL DA KHIEL'S, PORQUE ESTOU DESCASCANDO TODA?

BOM, É SÓ, POR ENQUANTO. SE RECEBER A MENSAGEM, TELEFONE PARA MIM. PRECISO CONVERSAR COM ALGUÉM. O MAX VIVE DE PORRE O TEMPO TODO, E QUANDO ESTÁ SÓBRIO, CAI NO SONO.

BEIJOS,
VIVICA

Para: jerryvive@freemail.com
De: Jason Trent <jason.trent@trentcapital.com>
Assunto: O chalé

Tá legal, eu empresto. Se quiser o chalé no próximo fim de semana, pode ir — com uma condição:

VAI TER QUE CONTAR A ELA.

Estou falando sério, John, pode pensar que essa moça é especial, e provavelmente é, mas NENHUMA mulher gosta que mintam pra ela, mesmo que seja por uma boa causa — que nem mesmo sei se é o seu caso. Aliás, sei que não é. Quero dizer, enganando uma velhinha e os vizinhos dela, acha isso direito?

Admirável, John, muito admirável.

Bom, mas chega de conversa. Vou mandar o Higgins deixar as chaves do chalé no seu jornal amanhã.

Vamos jantar lá na Mim esta noite, então conversamos depois.

Jason

P.S.: Uma coisa que descobri que funciona muito bem com as mulheres quando a gente precisa contar-lhes alguma coisa que acha que elas não vão gostar de ouvir é acompanhar sua confissão com um par de brincos cravejados de diamantes de 0,75 quilate, em base de platina, de preferência da Tiffany (aquela caixinha azul-turquesa balança a maioria das mulheres). Talvez isso esteja fora do alcance do salário de um repórter policial, mas presumo que vai lhe contar também que é da família Trent, ou seja, um dos Trents da Park Avenue.

Vai mencionar isso, não vai? Porque acho que podia ajudar. Isso, e os brincos.

Para: Jason Trent <jason.trent@trentcapital.com>
De: jerryvive@freemail.com
Assunto: O chalé

Ora, você pode ser um tremendo metido a besta, mas pelo menos é generoso. Obrigado pelas chaves.

Eu, naturalmente, vou aceitar o conselho, e ponderar a respeito. Mas já vou adiantando que Mel não parece ser o tipo de moça que fica balançada por um par de brincos da Tiffany's, ou de qualquer outro lugar.

Mas mesmo assim, obrigado pela sugestão.

Preciso desconectar. Na noite passada, ela preparou o jantar para mim, e agora é minha vez. Graças à seção de pratos prontos da Zabar's.

John

Para: Mel Fuller <melissa.fuller@thenyjournal.com>
De: Don e Beverly Fuller <DonBev@dnr.com>
Assunto: Lembra de nós?

Oi, querida! Já faz um bom tempo. Você ainda não respondeu a nenhuma mensagem nossa. Presumo que esteja bem, e que só anda ocupada com todo esse negócio da Lisa Marie Presley. Eu simplesmente não entendo aquela garota. Por que é que ela se casou com aquele Michael Jackson, eu jamais entenderei. Acha que ele vai pagar pensão a ela? Acha que podia descobrir para mim?

Falando em casamento, seu pai e eu acabamos de voltar do casamento de MAIS UM de seus ex-colegas. Lembra-se do Donny Richardson, não! Ele agora é quiroprático, e está MUITO BEM DE VIDA, pelo que entendi. Casou-se com uma moça adorável que conheceu em uma corrida da NASCAR. Talvez queira pensar em comparecer a uma corrida da NASCAR Mellie, pois já ouvi dizer que tem muitos solteiros bacanas que vão a esses eventos.

Bom, para encurtar a história, o casamento foi maravilhoso, e a recepção foi no Fireside Inn. Lembra, onde você e seu irmão e o papai sempre me levavam para almoçar no Dia das Mães. A noiva estava simplesmente deslumbrante, e o Donny estava bonitão que só vendo! Mal se enxergam as cicatrizes daquele acidente feio que ele sofreu arrancando barba de milho há tantos anos. Ele certamente deu a volta por cima!

Como é que vão as coisas com aquele rapaz sobre o qual me escreveu da última vez? Max, eu acho, era o nome dele. Ou seria John? Espero que vocês estejam indo com calma. Li na Ann Landers outro dia que os casais que esperam até o casamento para transar tem 20% menos de chance de se divorciarem do que os que não esperam.

Falando em divórcio, já ouviu os boatos dizendo que o Príncipe Andrew e a Fergie estão pensando em se reconciliar? Estou torcendo para eles conseguirem. Ele parece tão solitário ultimamente quando o vejo em Wimbledon ou em algum outro lugar.

Escreva quando tiver um tempinho!

Com amor,
Mamãe.

Para: Don e Beverly Fuller <DonBev@dnr.com>
De: Mel Fuller <melissa.fuller@thenyjournal.com>
Assunto: Oi!

Oi, mãe! Desculpa eu não ter ligado nem escrito durante tanto tempo. Eu realmente ando muito ocupada.

As coisas andam mesmo ótimas. Aliás, melhores do que jamais foram há muito tempo. É por causa daquele cara sobre o qual lhes contei, o John.

Ai, mamãe, mal posso esperar para que você o conheça! Pretendo levá-lo aí em casa no Natal para vocês o conhecerem, se conseguir que vá. Vocês vão adorá-lo. Ele é tão engraçado, simpático, gentil, inteligente, bonito, alto, tão tudo, vocês vão simplesmente MORRER quando o conhecerem. Ele é muito melhor que Donny Richardson poderia ser. Até o papai vai gostar dele, tenho certeza. Quero dizer, o John sabe tudo de esportes e máquinas, batalhas da Guerra Civil e essas coisas de que o papai gosta.

Estou tão contente de ter mudado para Nova York, porque se não tivesse jamais o conheceria. Ai, mamãe, ele é simplesmente maravilhoso, e estamos nos divertindo demais juntos. Cheguei atrasada ao trabalho todos os dias essa semana por causa dele, e já acumulei mais oito atrasos na minha ficha, mas não me importo, é maravilhoso estar com alguém com o qual a gente não precisa fingir, que é perfeitamente sincero com a gente e que não tem medo de dizer a palavra com "A".

É isso aí, a palavra com "A"! Ele me ama, mãe. Ele diz isso todo o dia, mais ou menos umas dez vezes por dia! É tão diferente daqueles outros palermas com quem eu saí desde que me mudei para cá! ELE ME AMA. E eu o amo. E sinto-me tão feliz que às vezes penso que vou explodir.

Bom, preciso desconectar agora. Ele está preparando o jantar para mim. Falando nisso, adora minha comida. De verdade! Eu fiz massa ontem, e ele amou. Usei sua receita de molho, só com uma ajudinha da seção de pratos prontos da Zabar's. Mas longe dos olhos, longe do coração, não é verdade?

Com carinho,
Mel

Para: Mel Fuller <melissa.fuller@thenyjournal.com>
De: Don e Beverly Fuller <DonBev@dnr.com>
Assunto: Papai e eu estamos

tão felizes por você, querida. É maravilhoso você ter conhecido esse rapaz adorável. Espero que os dois estejam se divertindo muito juntos, preparando refeições um para o outro e talvez dando passeios pelo Central Park (embora torça para você não ir lá à noite. Já ouvi falar daqueles delinqüentes juvenis que andam por lá).

Só não se esqueça de que há homens por aí (e não estou dizendo que seu John é um deles) que só querem uma coisa, e chegam até a DIZER a uma garota que a amam para poder levá-la para a cama.

Só vou dizer isso. Não creio que esse seu namorado faria uma coisa dessas. Só acho que há homens por aí que fazem. O motivo pelo qual sei disso, Melissa, é que, sabe como é, não conte ao seu pai, mas...

Aconteceu comigo.

Felizmente entendi a tempo que o rapaz em questão era desse tipo. Mas, Melissa, eu quase caí na armadilha dele. Quase, mas quase mesmo, por um triz, eu não dei minha jóia mais preciosa a um homem que decididamente não a merecia.

Eu só estou tentando dizer, Melissa, para você conseguir que ele te dê um anel antes de dar qualquer coisa a ele. Promete à mamãe que vai fazer isso?

Divirta-se — mas não muito.

Com amor,
Mamãe

P.S.: Além disso, se tiver uma foto desse rapaz, a Robbie diz que tem um amigo no FBI que vai usá-la para verificar no banco de dados deles se ele está sendo procurado por crimes federais. Não custa nada, Melissa, só por via das dúvidas.

Para: Nadine Wilcock <nadine.wilcock@thenyjournal.com>
De: Mel Fuller <melissa.fuller@thenyjournal.com>
Assunto: Minha mãe

Poderia por favor me lembrar de não contar mais nada a minha mãe?

Mel

Para: Mel Fuller <melissa.fuller@thenyjournal.com>
De: Nadine Wilcock <nadine.wilcock@thenyjournal.com>
Assunto: Contou alguma coisa à sua mãe?

Você pirou de vez? Eu sempre fiz questão de não contar nada à minha. Mas estou escrevendo um diário para ela poder saber de tudo no caso de eu morrer antes dela.

Aposto que ela disse para conseguir um anel antes de ir para a cama com o John. Acertei?

Por acaso disse a ela que agora Inês é morta? Não, é claro que não disse. Porque aí ela ia enfartar, e A CULPA SERIA TODA SUA.

Sua palerma.

Será que jamais vai voltar a ir à aula de *spinning* comigo? Sabe, eu me sinto sozinha fazendo *spinning* sem você.

Nad ;-)

Para: Nadine Wilcock <nadine.wilcock@thenyjournal.com>
De: Mel Fuller <melissa.fuller@thenyjournal.com>
Assunto: Spinning

Ah, Nadine, eu adoraria começar a ir ao *spinning* com você de novo. Mas com o John e com todo esse trabalho que o George fica acumulando sobre mim e tudo, eu simplesmente não consigo encontrar um único momento para mim.

Me perdoe.

Você não está zangada comigo, está? Por favor, não se zangue comigo. Quero dizer, ainda almoçamos juntas...

Mel

Para: Mel Fuller <melissa.fuller@thenyjournal.com>
De: Nadine Wilcock <nadine.wilcock@thenyjournal.com>
Assunto: Zangar-me com você?

Agora é que eu sei que você ENDOIDOU pra valer mesmo.

Claro que não estou zangada com você.

É que... e espero não parecer sua mãe ao dizer isso... não acha que as coisas estão indo um pouco... rápido demais? Quero dizer, vocês dois não passaram uma noite sequer ainda longe um do outro, desde... você sabe.

E o que sabe sobre esse cara? Quero dizer, com certeza, mesmo? Além da tia, o que sabe sobre ele? Onde ele vai toda manhã quando você sai para trabalhar? Ele fica sentado no apartamento da tia, sem fazer nada? Ele tirou fotos suas? Parece-me que, sendo fotógrafo, ele ia querer fazer isso. Ele levou você ao estúdio, se é que tem um? Onde ele mora, quando não mora no apartamento da tia dele? Você já foi ao apartamento dele? O apartamento DELE, não o da tia? Ele tem um apartamento, pelo menos?

Você mencionou que os cartões de crédito dele estão estourados. Ele não devia estar trabalhando para quitá-los? Mas alguma vez ele saiu para tirar fotos desde que o conheceu? Quero dizer, será que ele tem MESMO um emprego, que você saiba?

Eu só sinto que... sei lá. São coisas que você devia descobrir antes de ir fundo com esse cara.

Nad

Para: Tony Salerno <rango@fresche.com>
De: Nadine Wilcock <nadine.wilcock@thenyjournal.com>
Assunto: Socorro

Acho que acabei de pisar na bola. Sugeri a Mel que tem muita coisa que ela não sabe sobre o Max Friedlander — por exemplo, onde o cara mora quando não está acampando no apartamento da tia — e que antes de ela ir fundo com o cara pelo menos podia descobrir um pouco mais.

Eu me esqueci que ela tinha ido fundo até demais.

Agora ela parou de falar comigo. Pelo menos está me dando gelo. Está trancada na sala da xerox agora com a DOLLY, logo quem.

Eu sou mesmo perversa, não sou?

Nad

Para: Nadine Wilcock <nadine.wilcock@thenyjournal.com>
De: Tony Salerno <rango@fresche.com>
Assunto: Mel

Não, não é não. E tenho certeza de que ela não está zangada com você. Está só, sabe como é, de quatro. Ela não quer pensar em mais nada.

Por que não lhe pergunta se ela e o John não querem vir jantar com a gente esta noite? Diga-lhes que vou preparar uma coisinha realmente especial. Eu acabei de receber uma massa negra, de tinta de lula, simplesmente excelente.

É só me dar um toque.

Tony

Para: Mel Fuller <melissa.fuller@thenyjournal.com>
De: Dolly Vargas <dolly.vargas@thenyjournal.com>
Assunto: Nadine

Ela só está com INVEJA, querida. Só isso. Quero dizer, já viu aquela coisinha esquelética com quem ela vai se casar? Um cozinheiro. Só isso. Um cozinheiro de lanchonete melhorado, que por acaso tem um restaurante que por algum motivo inexplicável está emplacando direto.

Inexplicável, uma vírgula. É completamente explicável: a noiva dele é encarregada da coluna de culinária no *New York Journal.*

Max Friedlander é um mestre da fotografia de renome, muito procurado. E daí, se não trabalha há meses? Ele vai voltar à ativa num segundo.

Portanto, enxuga esses olhinhos e empina esse seu queixinho assado por barba. Tenho certeza de que tudo vai ficar bem.

E, se não, ora, é só tomar um calmante, não, querida?

XXXOOO

Dolly

Para: Dolly Vargas <dolly.vargas@thenyjournal.com>
De: Mel Fuller <melissa.fuller@thenyjournal.com>
Assunto: Nadine

Olha, Dolly, é melhor ver onde pisa. Acontece que andou falando mal da minha melhor amiga. Nadine NÃO É INVEJOSA. Está só tentando me alertar.

E o Tony é muito mais que um "cozinheiro de lanchonete melhorado". Ele é o chefe de cozinha mais talentoso de toda a Manhattan.

Mas obrigada por dizer o que disse sobre o John.

Mel

Para: Mel Fuller <melissa.fuller@thenyjournal.com>
De: jerryvive@freemail.com
Assunto: O próximo fim de semana

Olha, o que vai fazer no fim de semana que vem? Acha que podia sair bem cedinho na sexta-feira? Estou pensando em alugar um carro e ir até um chalé de esqui em Vermont cujas chaves um amigo me emprestou. Tenho certeza de que não há neve nesta época do ano, mas garanto que é lindo mesmo assim. E o chalé tem todos os confortos, até uma lareira enorme, uma banheira de hidromassagem e até mesmo uma antena parabólica para a televisão grande de tela plana.

Eu sabia que você ia ficar encantada. O que me diz?

Com carinho,
John

Para: jerryvive@freemail.com
De: Mel Fuller <melissa.fuller@thenyjournal.com>
Assunto: O próximo fim de semana

Eu adoraria ir a Vermont com você. Talvez pudesse levar seu equipamento fotográfico e tirar umas fotos enquanto estamos lá. Porque sabe que nunca vi você trabalhando? Com uma câmera, digo. Você lê minha coluna todos os dias, mas ainda não vi uma única foto sua. Quero dizer, além da edição do ano passado da *Sports Illustrated*...

E, talvez antes de irmos, pudéssemos passar no seu apartamento, para eu conhecê-lo também. Sabe, eu nunca fui lá. Não faço a menor idéia de onde mora quando não está no apartamento da sua tia, nem o que você tem em casa. Quero dizer, qual o seu gosto em matéria de móveis, essas coisas.

E gostaria de saber. Realmente gostaria.

Mel

Para: Mel Fuller <melissa.fuller@thenyjournal.com>
De: jerryvive@freemail.com
Assunto: O próximo fim de semana

Ah, nós certamente podemos passar no meu apartamento quando quiser. Só que acho que vai ficar meio decepcionada com ele, porque os móveis são mais tipo Ikea e caixote plástico de leite.

Quanto a levar meu equipamento fotográfico para Vermont quando formos, acho que acabaria transformando nosso descanso em trabalho, não acha? Vamos só descansar um pouco.

Por que esse interesse súbito em meu gosto em matéria de decoração? Não está pensando em me pedir para morar com você, está? É um pouco tarde para isso, não acha, porque todas as minhas camisas limpas estão agora no seu armário de roupas de cama. Ou talvez não tenha notado.

E não pretendo tirá-las de lá. A menos, é claro, que você resolva me conceder uma gaveta em algum lugar.

Com amor,
John

Para: Nadine Wilcock <nadine.wilcock@thenyjournal.com>
De: Mel Fuller <melissa.fuller@thenyjournal.com>
Assunto: Você está errada

Eu pedi ao John para ver o apartamento dele, e ele disse que sim, e que lá só tem caixas de plástico dessas de carregar leite, e móveis Ikea, o que significa que deve existir, então, como pode ver, ele tem MESMO um apartamento dele, e embora não tenha conseguido ainda arrancar nada dele quanto ao trabalho, eu vou conseguir, porque vamos viajar no próximo fim de semana, e vamos ter que passar

14 horas no carro juntos, e pretendo descobrir tudo que possa sobre sua carreira.

É isso.

Mel

Para: Mel Fuller <melissa.fuller@thenyjournal.com>
De: Nadine Wilcock <nadine.wilcock@thenyjournal.com>
Assunto: Eu estava errada

Mel, desculpe ter dito todas aquelas coisas. Eu não tinha direito nenhum de dizer aquilo. Eu lhe peço milhões de desculpas.

Será que poderia compensar o mal causado convidando você e o John para o jantar? O Tony diz que tem massa negra de tinta de lula. Você vem?

Nad

Para: Nadine Wilcock <nadine.wilcock@thenyjournal.com>
De: Mel Fuller <melissa.fuller@thenyjournal.com>
Assunto: Bom...

Mesmo estando fula da vida com você, vou aceitar seu convite, viu, só para você ver como estava ERRADA em pensar todas essas coisas horríveis do John. Nós nos encontramos com vocês às sete.

Mel

Para: John Trent <john.trent@thenychronicle.com>
De: Sargento Paul Reese <preese@89DP.nyc.org>
Assunto: Travesti assassino

Dou a mão à palmatória. Não estou dizendo que você estava certo ao afirmar que a velha senhora conhecia o seu agressor, mas vou te dizer isso: foi mesmo um imitador.

Não soube disso por mim, valeu? Mas lembra daquele garoto de quem falei? Aquele cujos pais encontraram pendurado no gancho da porta do banheiro vestido com lingerie feminina?

Bom, fizemos umas diligências, e o que acha que encontramos? Parece que o garoto trabalha para uma dessas empresas de compras pela Internet. Sabe, a qualquer hora do dia, qualquer coisa que quiser, a pessoa entra na Internet e faz um pedido, e eles entregam.

E quando investiguei discretamente o local de trabalho do menino, descobrimos que ele esteve nos sete prédios no qual aconteceram os crimes do assassino travestido. Temos uma lista que revela que ele estava em todos os locais onde os crimes foram cometidos exatamente na hora em que ocorreram. Ele matou as moças enquanto devia estar entregando sorvete e vídeos.

E eis a pior parte: o garoto nunca deixou de entregar nada. Nenhuma vez. Simplesmente as matava, depois ia fazer a entrega seguinte.

E acha que alguém do escritório alguma vez sacou que morria gente nos lugares onde ele entregava produtos? Ah, de jeito nenhum.

E o que eles têm a dizer sobre esse empregado exemplar deles? "Ele é tão quietinho, tão tímido. JAMAIS podia ter feito uma coisa tão abominável como matar sete mulheres para poder pegar calcinhas e sutiãs delas e as moedinhas da lavanderia."

Vamos prender o menino esta noite. Ele recebeu alta do manicômio judiciário por aquela suposta "tentativa de suicídio" ontem.

Mas eis a parte que interessa para você: o garoto nunca fez qualquer entrega no prédio da Sra. Friedlander. Não há registro de que alguém daquele edifício tenha feito um pedido a essa empresa em particular.

Só achei que você ia querer saber.

Paul

Para: John Trent <john.trent@thenychronicle.com>
De: Genevieve Randolph Trent <grtrent@trentcapital.com>
Assunto: Estou muito decepcionada

com você, John. Tivemos outra reunião familiar uma noite dessas, na qual você tornou a não comparecer. Devo dizer que estou ficando extremamente irritada com o seu constante desdém por nós. Uma coisa é recusar-se a aceitar nossa ajuda financeira, mas outra é nos eliminar totalmente da sua vida.

Stacy me falou que você e essa moça, a Fuller, estão "tendo um caso". Devo dizer que fiquei pasma ao ouvir isso, pois só a vi uma vez e sob circunstâncias, devo dizer, extremamente incomuns. Aliás, nem entendi se ela sabia que éramos parentes.

Seu irmão e a esposa dele — que, aliás, está enorme; tenho certeza de que o médico errou nos cálculos, e não ficaria surpresa se ela desse à luz a qualquer momento — estão bastante hesitantes em conversar comigo sobre o assunto, mas tenho certeza de que está tramando alguma coisa, John.

E Haley e Brittany disseram umas coisas muito interessantes sobre seu casamento com uma certa ruiva, ao qual elas presumem que serão as daminhas de honra, e estão planejando o vestido para o evento.

É verdade, John? Está planejando se casar com essa moça, que nem sequer apresentou devidamente à sua família?

Se estiver, devo dizer que jamais esperei um comportamento desses de sua parte. De alguns de seus primos, talvez, mas não de você, John.

Certamente espero que procure corrigir esse deslize imediatamente. É só me informarem uma data na qual nenhum de vocês tenha compromisso, que irei organizar um jantar informal em família. Ficaria satisfeitíssima em apresentar a Srta. Fuller ao restante dos Trents... aqueles que atualmente estão em condicional, é claro.

Não confunda minha irreverência com falta de afeto, John. Eu gosto muito de você. Tanto, aliás, que estou disposta a fazer vista grossa para seu comportamento excessivamente estranho em relação ao assunto.

Mas só até certo ponto, veja bem, rapaz.

Atenciosamente,
Mim

Para: Genevieve Randolph Trent <grtrent@trentcapital.com>
De: John Trent <john.trent@thenychronicle.com>
Assunto: Não se preocupe

Mim,

Só me dê mais uma semana. Certo? Só mais uma semana, que poderão conhecê-la — como convém, dessa vez. Tem só uma coisinha que preciso contar a ela antes.

Será que dá para ter só mais um pouquinho de paciência? Prometo que vai valer a pena.

John

Para: Sebastian Leandro <sleandro@hotphotos.com>
De: Max Friedlander <reidafoto@paremasrotativas.com>
Assunto: Teve sorte?

Ainda não tive notícias suas. Arranjou algum trabalho pra mim? Qualquer coisa?

Olha, caso não tenha sacado ainda: EU PRECISO TRABALHAR. Estou com o caixa extremamente baixo no momento. Vivica secou a fonte totalmente...

E agora, mais do que nunca, preciso sair daqui.

Ela está começando a falar em compromisso, Sebastian. Casamento. Filhos. Está ficando completamente bovina para o meu lado.

Simplesmente não entendo. Eu venho para Key West com uma das mais famosas supermodelos do país e de alguma forma acabo falido.

Pô, cara, arrume logo um trabalho aí pra mim. Estou contando com você.

Max

Para: Max Friedlander <reidafoto@paremasrotativas.com>
De: Sebastian Leandro <sleandro@hotphotos.com>
Assunto: Olha aqui, cara

Você simplesmente some de circulação durante a época em que estamos mais apertados de trabalho aqui. E não estou dizendo que culpo você. Sabe como é, era a Vivica. Eu teria agido da mesma forma.

Mas não dá pra desaparecer três meses nesse ramo e achar que simplesmente vai retomar o trabalho onde parou. Novos talentos aparecem. Existem uns garotos bem ambiciosos por aí que são bons. Bons mesmo.

E não cobram os olhos da cara como você, colega.

Mas não estou dizendo que parei de procurar. VOU ENCONTRAR um trabalho pra você. Só precisa me dar algum tempo.

Entro em contato assim que souber de alguma coisa. Juro.

Sebastian

Para: Sebastian Leandro <sleandro@hotphotos.com>
De: Max Friedlander <reidafoto@paremasrotativas.com>
Assunto: Então está me dizendo

---

que passei a ser um ZÉ NINGUÉM quando antes era um dos principais fotógrafos do país??? Em pouco mais de 90 dias? É nisso que está me pedindo pra acreditar?

Obrigado. Obrigado por tudo.

Max

Para: Lenore Fleming <lfleming@sophisticate.com>
De: Max Friedlander <reidafoto@paremasrotativas.com>
Assunto: S.O.S.

LENORE!

SOU EU DE NOVO, A VIVICA.

OBRIGADA PELA CARTEIRA. EU JÁ A RECEBI. RESOLVI NÃO IR EMBORA LOGO DE CARA. QUERIA DAR AO MAX UMA OUTRA CHANCE, SABE. ACHEI QUE TALVEZ ELE PEDISSE DESCULPAS. PORQUE EU SEI QUE ELE ESTÁ MUITO APAIXONADO POR MIM MESMO.

MAS ELE NÃO QUIS SABER DE FAZER ISSO! DE SE DESCULPAR, QUERO DIZER, E ATÉ COMEÇOU A AGIR DE FORMA AINDA MAIS GROSSEIRA QUE ANTES. NÃO VAI ACREDITAR NO QUE ELE DISSE ONTEM À NOITE. DISSE QUE NÃO QUER SE CASAR COMIGO, QUE NUNCA QUIS. DISSE QUE NÃO QUER TER FILHOS COMIGO, NEM PASSAR O NATAL AO MEU LADO!!!

LENORE, O QUE DEVO FAZER? SÓ FICO CHORANDO SEM PARAR. NÃO DÁ PARA ACREDITAR QUE ELE FEZ ISSO COMIGO. NÃO POSSO ACREDITAR QUE ELE PASSOU TRÊS MESES COMIGO EM KEY WEST, DEPOIS VIROU PARA MIM E DISSE QUE NÃO QUER PASSAR O RESTO DA VIDA COMIGO. NUNCA ME SENTI TÃO USADA.

LENORE, PRECISA ME AJUDAR. EU SEI QUE TEM MUITA EXPERIÊNCIA COM OS HOMENS. AFINAL, É TÃO VELHA, TEM QUASE 30 ANOS, DEVE CONHECER ALGUM JEITO DE EU FAZÊ-LO ME AMAR.

POR FAVOR ME AJUDE

VIVICA

Para: Nadine Wilcock <nadine.wilcock@thenyjournal.com>
De: Mel Fuller <melissa.fuller@thenyjournal.com>
Assunto: Não sei quanto a você,

---

mas eu me diverti muito ontem à noite. Não se divertiu? Quero dizer, foi tudo tão perfeito: a massa negra estava deliciosa, e os rapazes pareceram se entender muito bem — não acha que eles ficaram amigos? Não que eu saiba alguma coisa sobre basquete universitário, mas aquela conversa deles sobre isso parecia bem animada.

Não entende como estava errada sobre ele agora? Sobre o John, quero dizer. Eu não falei do tal negócio das pedras de gelo nos bicos dos seios, mas não acha que é o que os leitores da *Sports Illustrated* esperariam? Quer dizer, parece que faz parte do ofício dele.

Só estou dizendo que devíamos fazer isso mais vezes, e em breve. Só que neste fim de semana, não, porque é o fim de semana que vamos passar naquele chalé de esqui que o amigo do John emprestou.

E não quero me precipitar, mas na noite passada me ofereci para dar comida ao Chico Bum e ao Sr. Botucas enquanto o John estava levando o Paco pra passear, e bati os olhos em um saquinho da Tiffany's que deu para ver na mala do John. Sabe, a que ele vai levar no fim de semana.

É isso aí. Um saquinho da Tiffany's.

Eu sei, eu sei. Não vou me empolgar antes da hora. Pode ser qualquer outra coisa. Pode ser o saco onde ele leva as meias quando viaja. Quem sabe?

Mas e se...

Podia ser. Bem que podia ser.

Vou parar por aqui.

Mel

Para: Mel Fuller <melissa.fuller@thenyjournal.com>
De: Nadine Wilcock <nadine.wilcock@thenyjournal.com>
Assunto: Você está falando sério?

Está mesmo pensando que ele vai propor casamento? Melissa, vocês dois só estão namorando há dois meses. Acho que menos, até. Não quero jogar água fria na sua fervura, mas realmente não acho que deve ter muita esperança. Aposto qualquer coisa que, se olhasse no tal saco, ia encontrar meias dentro. Os homens são estranhos assim mesmo.

Nad

Para: Nadine Wilcock <nadine.wilcock@thenyjournal.com>
De: Mel Fuller <melissa.fuller@thenyjournal.com>
Assunto: Eu devia ter dado uma olhada, não?

Eu simplesmente não consegui. Parecia tão... errado. Olhar, quero dizer.

Não que eu pense que é isso que tem na sacola. Um anel, quero dizer. Não penso, não, imagina. Tenho certeza de que são meias.

Mas, e se não forem?

Só estou falando. Sonhar não é proibido, é?

Mel

Para: Mel Fuller <melissa.fuller@thenyjournal.com>
De: Nadine Wilcock <nadine.wilcock@thenyjournal.com>
Assunto: Então entendo que, se for um anel,

---

vai topar? É isso?

Não que eu pense que não devia. Mas...

Mas esperar não mata ninguém. Não mata mesmo. Quero dizer, devia ao menos, por discrição, esperar até a tia dele sair do coma, ou então morrer. O que acontecer primeiro.

Não acha?

Nad

Para: Nadine Wilcock <nadine.wilcock@thenyjournal.com>
De: Mel Fuller <melissa.fuller@thenyjournal.com>
Assunto: Acho

que está certa. Nesse negócio de esperar para ver o que vai acontecer com a Sra. Friedlander. Seria muita frieza nossa sair por aí anunciando nosso noivado quando ela ainda está em coma.

Meu Deus, nem mesmo sei o que estou dizendo. Não tem aliança naquela sacola. Tenho certeza de que são meias. Tem que ser meias.

Certo?

Mel

Para: Tony Salerno <rango@fresche.com>
De: Nadine Wilcock <nadine.wilcock@thenyjournal.com>
Assunto: Mel

Bom, terminou tudo. Ele vai pedi-la em casamento. Este fim de semana, ao que parece, num chalé romântico de esqui que pediu emprestado para a ocasião.

Não estou dizendo que desaprovo. Quero dizer, gosto do cara. Gosto mesmo. É que... sei lá. Não consigo me livrar dessa sensação ruim que tenho ao pensar no namoro deles. O que há de errado comigo?

Nad

Para: Nadine Wilcock <nadine.wilcock@thenyjournal.com>
De: Tony Salerno <rango@fresche.com>
Assunto: O que há de errado com você

Não tem nada errado com você. Você só quer que sua amiga seja feliz.

E não culpo você. Quero que a Mel seja feliz também. Ela merece, e não só porque o Freddie Prinze Jr. está saindo com a Sarah Michelle Gellar ou seja lá qual for o assunto sobre o qual ela escreva.

Mas para as pessoas serem felizes, às vezes, precisam assumir riscos. É verdade que esses riscos podem colocá-las em perigo de se magoarem. Acho que é isso o que assusta em relação a Mel. Ela acabou de conhecer o cara. Ele tem uma reputação meio engraçada com as mulheres. Se amarrar com ele é altamente arriscado.

Mas acho que para ela vale a pena. Então só precisa recuar e deixá-la tomar suas próprias decisões e parar de bancar a neurótica. Quero dizer, quem acha que vai fazê-la feliz, afinal? Eu? Bom, acontece que já estou apaixonado por outra.

E sabe o que rolou quando tentamos juntar a Mel e o meu irmão Sal...

Ora, se eles dois realmente resolverem ficar juntos, podíamos casar junto com eles, o que acha?

Brincadeirinha.

Tony

Para: Mel Fuller <melissa.fuller@thenyjournal.com>
De: jerryvive@freemail.com
Assunto: Vermont

E então, já pegou suas roupas de dormir de inverno? Ouvi dizer que à noite pode ficar bem frio por lá.

Vou pegar o carro na locadora às sete, então podemos estar na estrada às oito. Acha que já estará pronta a essa hora? Sei que vai ser duro pra você. Felizmente, eu, ao contrário de algumas pessoas, jamais vou ficar te atormentando por causa de seus atrasos costumeiros.

Vou alugar um carro quatro portas na esperança de que o Paco caiba no banco de trás. Quais as chances de ele não insistir em meter a cabeça pela janela e ficar babando em todo mundo que a gente passar? Acha que existe multa por esse tipo de coisa? Jogar baba de cachorros nos passantes inocentes?

John

Para: jerryvive@freemail.com
De: Mel Fuller <melissa.fuller@thenyjournal.com>
Assunto: Vermont

Acho que consigo me aprontar antes das oito. O que pensa que sou, algum tipo de preguiça?

Acho que o Paco vai gostar do banco de trás. Estou preocupada é com o Chico Bum e o Sr. Botucas. Sei que o Ralph disse que ia alimentá-los, mas duvido muito que ele fique para fazer festinha ou coisa assim. Quero dizer, ele tem um medo danado de sujar o uniforme de porteiro com pêlo de bicho. Talvez devamos pagar uma tinturaria para ele quando voltarmos.

Está brincando sobre a roupa de baixo de inverno, não está?

Mel

Para: Mel Fuller <melissa.fuller@thenyjournal.com>
De: Dolly Vargas <dolly.vargas@thenyjournal.com>
Assunto: Vermont

Querida, ouvi dizer que vai para o norte com ele no fim de semana. Parece até aquele filme, *O primeiro ano do resto de nossas vidas*. Você vai usar aquele perfume, Love's Baby Soft, e um suéter enorme com gola rulê?

Agora, falando sério, só queria te dar umas dicas bem pequenininhas antes de irem, porque você é tão ingênua nesse tipo de coisa.

1. NÃO PERMITA que ele ponha seu nome no contrato de locação do carro. Senão não terá escolha a não ser dirigir se ele pedir. E não tem nada mais brega do que uma mulher dirigindo com um homem no banco do passageiro. Participação no movimento feminista = solteirice eterna.

2. NÃO SE OFEREÇA para pegar uma acha na pilha de lenha para alimentar a lareira. Já ouvi dizer que há aranhas que fazem ninhos nas pilhas de lenha. Deixe-o cuidar disso, pelo amor de Deus.

3. OFEREÇA-SE para preparar o café da manhã, e faça um bem-reforçado, preferivelmente com lingüiça. Por algum motivo os homens parecem adorar ingerir alimentos pingando gordura quando estão na floresta. Ele vai demonstrar sua gratidão de todas as formas corretas.

4. LEVE SEUS PRÓPRIOS CDs. Se não levar, vai escutar o Grateful Dead e War durante todo o fim de semana — sem falar no Blood, Sweat and Tears, coisa que tremo só de escrever.

5. LEVE TAPA-OUVIDOS. Os homens que normalmente não roncam têm tendência a roncar na floresta, devido a vários alérgenos que não existem na cidade.

6. NÃO DEIXE que ele tome banho antes de você. Os chalés têm pouca água quente, e ele vai usar até a última gota, sem deixar nada pra você. Insista em ser a primeira a tomar banho.

7. NÃO SE ESQUEÇA de levar óleos comestíveis de massagem para o corpo. Simplesmente não vendem essas coisas nessas cidadezinhas atrasadas do interior, então, se os esquecer, está ferrada.

Espero que ajude, querida. E não se esqueça: divirta-se!

XXXOOO

Dolly

Para: Nadine Wilcock <nadine.wilcock@thenyjournal.com>;
Tim Grabowski <timothy.grabowski@thenyjournal.com>
De: Mel Fuller <melissa.fuller@thenyjournal.com>
Assunto: Muito bem...

Quem contou a Dolly que eu ia viajar com o John? Vocês PRECISAM PARAR COM ISSO! Não dá mais pra suportar. PAREM DE CONTAR A DOLLY TUDO QUE FICAM SABENDO SOBRE MIM E O JOHN!

Estou falando sério. Não dá pra aturar a Dolly por dentro da minha vida. Pelo menos não o tipo de coisa que eu mesma não contei a ela.

Mel

Para: Jason Trent <jason.trent@trentcapital.com>
De: John Trent <john.trent@thenychronicle.com>
Assunto: Bom, tudo pronto

Vamos viajar de manhã. E vou contar mesmo. Juro que vou. Liguei para o Chuck lá no chalé e o mandei dar uma geral em tudo e ver se a banheira de hidromassagem estava funcionando bem, pôr umas garrafas de champanhe na geladeira, e começar a degelar uns bifes de carne de veado.

Acho que estou pronto.

Deseje-me sorte.

John

Para: John Trent <john.trent@thenychronicle.com>
De: Jason Trent <jason.trent@trentcapital.com>
Assunto: Você é mesmo

um palerma, sabia disso, não? Como é que conseguiu meter os pés pelas mãos assim desse jeito — ou deixar a coisa rolar assim durante tanto tempo — eu jamais saberei.

Mas desejo sorte, maninho, porque você vai precisar.

Jason

Para: Lenore Fleming <lfleming@sophisticate.com>
De: Max Friedlander <reidafoto@paremasrotativas.com>
Assunto: S.O.S.

LENORE!!!

TERMINOU TUDO. NÃO POSSO ACREDITAR. NEM MESMO CONSIGO ACREDITAR NISSO. MAL CONSIGO DIGITAR, DE TANTO QUE ESTOU CHORANDO.

HOJE, QUANDO CHEGUEI DA PISCINA, O QUE ACHA QUE EU VI?

ELE ESTAVA NA CAMA COM OUTRA, LENORE! NA NOSSA CAMA. COM A CAMAREIRA! A CAMAREIRA!

ELA NÃO É NEM TÃO BONITA ASSIM! USA RÍMEL LÍQUIDO E ESTAVA COM AS CHINELINHAS MANOLO BLAHNIK DO ANO PASSADO. E NEM LEGÍTIMAS ERAM. UMAS IMITAÇÕES BARATAS!

BOM, AGORA ACABOU. ACABOU MESMO. PRECISA RESERVAR UM LUGAR PARA MIM NO PRÓXIMO VÔO PARA NOVA YORK.

EU SEI. EU SEI O QUE VAI DIZER. PRECISO FAZER ALGUMA COISA PARA ME VINGAR DELE, SENÃO JAMAIS VOU SOSSEGAR.

MAS FAZER O QUÊ? NÃO DÁ PARA LHE MANDAR UM BUQUÊ DE ROSAS MURCHAS COMO OS CARAS SEMPRE MANDAM PRA MIM QUANDO EU DOU O FORA NELES. SABE, ISSO É COISA DE HOMEM. PENSEI EM LHE MANDAR UM SUPORTE ATLÉTICO DE METAL, QUE NEM A NAOMI MANDOU PARA O BOBBY. MAS ELES NEM VENDEM SUPORTES ATLÉTICOS DE METAL AQUI.

PRECISO ME VINGAR DELE DE ALGUM JEITO, EU SEI. PRECISO ATINGI-LO ONDE ELE SINTA MAIS.

AH, ESPERA AÍ UM MOMENTO, TIVE UMA IDÉIA.

TORCE POR MIM.

VIVICA

Para: Mel Fuller <melissa.fuller@thenyjournal.com>
De: Max Friedlander <reidafoto@paremasrotativas.com>
Assunto: OLÁ

VOCÊ NÃO ME CONHECE, MAS MEU NOME É VIVICA, E ACHO QUE DEVIA SABER QUE ESSE CARA QUE ANDA LEVANDO O CACHORRO DA TIA DO MAX PRA PASSEAR NÃO É O MAX COISA NENHUMA, MAS O AMIGO DELE, O JOHN, QUE DEVIA AO MAX UM FAVOR PORQUE O MAX AJUDOU O JOHN COM UM PROBLEMA EM VEGAS QUANDO ELE QUASE SE CASOU COM UMA VEDETE RUIVA CHAMADA HEIDI. JOHN ESTÁ SÓ FINGINDO QUE É O MAX PORQUE O MAX NÃO PODE VOLTAR A NOVA YORK PARA LEVAR O CACHORRO DA TIA DELE PARA PASSEAR PORQUE ELE ESTÁ EM KEY WEST COMIGO. MAS ELE NÃO QUERIA QUE A TIA DELE PENSASSE QUE ELE NÃO ESTAVA LIGANDO PARA A SITUAÇÃO DELA, ENTÃO PEDIU AO JOHN PARA FINGIR QUE ERA ELE.

E ACHO QUE, SE A TIA DO MAX ACORDAR DO COMA ALGUM DIA, DEVE LHE CONTAR O QUE O MAX FEZ. COM TODA A CERTEZA, ELA VAI DESERDÁ-LO PORQUE ELE NÃO MERECE NEM UM TOSTÃO DO DINHEIRO DELA.

ALÉM DISSO, DEVE SABER QUE ESSE MAX FRIEDLANDER É UM HOMEM ABOMINÁVEL, E QUEM FOR SEU AMIGO PROVAVELMENTE TAMBÉM É.

TODOS OS HOMENS SÃO SAFADOS E ESPERO QUE MORRAM E QUE OS MACACOS INVADAM O PLANETA COMO NO FILME DO *PLANETA DOS MACACOS* PORQUE AÍ AS COISAS IAM SER MUITO MELHORES.

PRONTO, JÁ DISSE TUDO.

VIVICA

Para: Mel Fuller <melissa.fuller@thenyjournal.com>;
Nadine Wilcock <nadine.wilcock@thenyjournal.com>;
Dolly Vargas <dolly.vargas@thenyjournal.com>
de: George Sanchez <george.sanchez@thenyjournal.com>
Assunto: Será que alguém poderia fazer a gentileza de me dizer

---

que gritaria foi essa aí um tempo atrás? E por que nenhuma de vocês está em suas mesas? Juro por Deus, se estiverem todas no banheiro outra vez, vou entrar e arrastá-las para fora. Nem ligo. NÃO PODEM IR TODAS AO MESMO TEMPO AO BANHEIRO. Isso aqui não é acampamento de animadoras de torcida de futebol. O que pensam que sou, algum burro?

Será que não conseguem entender o fato de que há hora para tagarelar e hora para trabalhar, e que, quando há um jornal para a gente pôr na rua, isso significa que é HORA DE TRABALHAR???

VOLTEM JÁ PARA SUAS MESAS E FIQUEM NELAS!

George

Para: Mel Fuller <melissa.fuller@thenyjournal.com>
De: Nadine Wilcock <nadine.wilcock@thenyjournal.com>
Assunto: Mel, ligue para

---

ele. Ligue para ele e pergunte. Tenho certeza de que é só algum tipo de brincadeira de mau gosto de uma ex-namorada ou coisa assim. Você pode esclarecer tudo com um único telefonema.

Vamos, liga pra ele. Provavelmente há uma explicação muito racional para tudo isso.

Nad

Para: Nadine Wilcock <nadine.wilcock@thenyjournal.com>
De: Mel Fuller <melissa.fuller@thenyjournal.com>
Assunto: Não

Você não está entendendo. Acabei de ler os e-mails que recebi nos últimos meses, porque achei que o endereço de resposta me pareceu familiar. Mas sabia que não era o do John, porque o dele é jerryvive@freemail.com. E olha. Olha o que eu achei. A primeira mensagem dele pra mim. Veja só o endereço que está aí:

>Para: Mel Fuller <melissa.fuller@thenyjournal.com>
>De: Max Friedlander <reidafoto@paremasrotativas.com>
>Assunto: Minha tia
>
>Prezada Srta. Fuller,
>
>Estou chocado, profundamente chocado e assombrado por saber o que houve com minha tia Helen. Ela é, como tenho certeza de que sabe, minha única parente viva. Não sei como lhe agradecer pelo que tem feito para me encontrar e me comunicar essa tragédia.
>
>Embora esteja no momento trabalhando na África — talvez tenha ouvido falar da seca aqui da Etiópia, não? Estou tirando umas fotos para o fundo Salvem as Crianças —, vou começar a me preparar para retornar a Nova York imediatamente. Se minha tia voltar do coma antes de eu chegar, por favor, diga que já estou a caminho.
>
>E muito obrigado, mais uma vez, Srta. Fuller. O que dizem por aí, que os nova-iorquinos são frios e insensíveis, obviamente é mentira, no seu caso. Deus a abençoe.
>
>Atenciosamente,
>
>Maxwell Friedlander

É o mesmo endereço eletrônico da mensagem que acabei de receber da Vivica. E leia só. Não PARECE o John. John não escreveu isso. Nadine, acho que essa tal Vivica pode estar dizendo a verdade!

Ai, meu Deus, o que eu faço? Não dá para simplesmente ligar pra ele. O que eu vou dizer?

Mel

Para: Mel Fuller <melissa.fuller@thenyjournal.com>
De: Nadine Wilcock <nadine.wilcock@thenyjournal.com>
Assunto: O que você vai dizer?

Não dá pra acreditar que está me fazendo essa pergunta. Vai dizer: "Alto lá, seu embusteiro, que é que está havendo? Se pensa que vou com você para Vermont depois disso, está louco, fique sabendo. Agora vai desembuchando aí, quem é essa tal de Vivica?"

Meu Deus, Mel, você não é nenhuma tapada, então por que está agindo feito uma? LIGA PRA ELE!!!

Nad

Para: Mel Fuller <melissa.fuller@thenyjournal.com>
De: Dolly Vargas <dolly.vargas@thenyjournal.com>
Assunto: Meu bem,

---

eu sei como deve estar transtornada, e só quero te garantir que estou 150 por cento do seu lado. Os homens são capazes de cada infantilidade, não?

E, como estou ao seu lado nessa sua hora de sofrimento, andei dando uns telefonemas, e finalmente consegui descobrir o agente do Max Friedlander.

Queridinha, detesto ter que lhe dizer isso, mas Sebastian disse que o Max já está em Key West há alguns meses com a supermodelo Vivica!

É claro que eu respondi: "Mas, Sebastian, meu querido, isso é impossível, Max está aqui levando o cachorro da tia dele para passear e namorando minha amiga Melissa", e o Sebastian vai e diz: "Dolly, meu benzinho, não estamos mais na década de 90, vê se larga o cachimbinho de *crack*. Estou recebendo ligações do Max três vezes por dia para procurar trabalho para ele, porque a Vivica está raspando os últimos centavos dele."

Então, é isso aí. Seja quem for esse teu amigo John, ele não pode ser o Max Friedlander.

Ah, como eu gostaria de ter estado lá naquela noite em que o trouxe ao Fresche para nossa inspeção. Eu podia ter te dito logo que ele não era o Max.

A culpa foi minha.

O Xanax que dei a você no banheiro já está surtindo efeito?

XXXOOO

Dolly

Para: John Trent <john.trent@thenychronicle.com>
De: Max Friedlander <reidafoto@paremasrotativas.com>
Assunto: Vou matar você

O que há com você? O que diabo há com você? Anda pegando a vizinha do lado da minha tia? A repórter do *Journal*? E ainda por cima USANDO MEU NOME pra isso????

Ficou doido? Eu te disse para levar o cachorro da tia Helen pra passear. E só. Só levar aquele cachorro idiota à rua.

Então por que estou recebendo telefonemas do meu agente dizendo que aquela tal fulana, a Dolly Vargas, aquela que conheço no *Journal*, andou dando telefonemas para um monte de gente e fazendo perguntas sobre mim? Especificamente, como posso estar em Nova York, saindo com a amiga dela, a Melissa, quando pensavam que eu estava em Key West, de caso com a Vivica?

Isso é ruim, cara. Ruim pra valer. Estou numa posição muito delicada, e você só está complicando as coisas. A Vivica me pegou de sacanagem com a camareira — o que não foi culpa minha: a mulher não conseguia desgrudar de mim — e agora resolveu ir embora.

Isso é ruim. Muito ruim mesmo. Por que não pôde se conter e fazer só o que pedi para fazer, e nada mais? Agora, se minha tia acordar, vai saber que não fui aí tomar conta da droga dos bichos de estimação dela.

Isso foi uma tremenda sacanagem que você fez comigo, rapaz. Mas foi mesmo.

Max

Para: Jason Trent <jason.trent@trentcapital.com>
De: John Trent <john.trent@thenychronicle.com>
Assunto: Socorro

Acho que estou ferrado.

John

Para: John Trent <john.trent@thenychronicle.com>
De: Jason Trent <jason.trent@trentcapital.com>
Assunto: Como assim

Socorro? Socorrer em quê? Como é que pode ter se metido em encrenca?

Pensei que já estava indo para Vermont. Por que ainda está aqui?

Stacy disse que é para você escrever para ela. Seu cérebro está se atrofiando de assistir demais à programação diurna da televisão.

Jason

Para: Mel Fuller <melissa.fuller@thenyjournal.com>
De: jerryvive@freemail.com
Assunto: Eu sei

---

que você está em casa, posso ver que a luz do seu quarto está acesa. Então por que não atende à porta? Nem ao telefone?

Mel, eu sei que tem alguma coisa errada, e acho que sei o que é, mas se não falar comigo, como vou poder esclarecer tudo?

Porque eu posso, posso esclarecer tudo, se ao menos me der uma chance. Por favor, por favor, por favor, abra a porta.

John

Para: Tony Salerno <rango@fresche.com>
De: Nadine Wilcock <nadine.wilcock@thenyjournal.com>
Assunto: Finalmente aconteceu

exatamente o que eu pensava que ia acontecer. EU SABIA que esse cara era bom demais para ser verdade. E todo aquele negócio de ele querer ser chamado de John. Eu te disse que era estranho ter um apelido como esse de John, não disse?

Ora, eu tinha razão. Não estou feliz por estar certa, mas estava certa. O apelido dele não é John. Esse é o nome VERDADEIRO dele. É só o que sabemos até agora, a não ser pelo fato de que sabemos qual NÃO É o nome dele: NÃO É Max Friedlander. Aparentemente, o Max Friedlander verdadeiro pagou esse cara para FINGIR que era ele, ou coisa assim, para ele (o Max verdadeiro) poder ficar em Key West com a Vivica, a supermodelo, em vez de voltar a Nova York para levar o cachorro da tia à rua.

Coitada da Mel. Coitadinha da minha amiga.

Por que eu tinha de estar tão certa assim? Eu pagaria para não estar. Eu desistiria do meu novo manequim 40 para estar errada. Juro.

Nad :-(

Para: Nadine Wilcock <nadine.wilcock@thenyjournal.com>
De: Tony Salerno <rango@fresche.com>
Assunto: Deixe-me ver

se entendi direito.

Esse cara que a Mel anda namorando estava só fingindo que era o Max Friedlander — um cara do qual jamais gostou porque ouviu dizer coisas estranhas sobre ele — e agora de repente se descobre que ele NÃO É o Max Friedlander. Só que em vez de ficar aliviada, porque ele não é o safado que antes imaginou que ele fosse, está zangada porque ele mentiu.

Não entendo vocês, mulheres. Realmente não dá pra entender. Admito que o cara foi infeliz nas atitudes dele, mas pelo menos nunca passou gelo nos mamilos de ninguém.

Tony

Para: Tony Salerno <rango@fresche.com>
De: Nadine Wilcock <nadine.wilcock@thenyjournal.com>
Assunto: Não entendeu?

Ele mentiu. Ele mentiu pra ela. Como é que ela vai acreditar no que ele disser de agora em diante, se ele nunca lhe disse seu nome verdadeiro?

O que há com você? De que lado você está?

Nad

Para: jerryvive@freemail.com
De: Tony Salerno <rango@fresche.com>
Assunto: Você pisou na bola feio mesmo

Meu irmão, lembra como me deu teu endereço de e-mail e me disse para te mandar aquela receita do meu *rigatoni* à bolonhesa que queria fazer como surpresa para a Mel?

Bom, acho que não vai precisar mais da receita. Porque, pelo que andei sabendo, você está frito, mas bota frito nisso.

E aí, qual é o lance? Max Friedlander te pagou para dizer a Mel que você era ele, ou o quê? Porque é isso que as moças estão comentando.

Não sei qual é o seu problema, mas seria melhor começar a se preparar, porque aí vem chumbo grosso. Ou isso, ou então cai fora, parceiro. Sem brincadeira. Salve a sua pele, porque seu mundo vai vir abaixo.

Só achei que seria bom te dar um toque.

Tony

Para: Max Friedlander <reidafoto@paremasrotativas.com>
De: John Trent <john.trent@thenychronicle.com>
Assunto: Não, quem vai morrer é VOCÊ

O que está tentando fazer comigo? Ficou MALUCO? Como é que a Mel foi descobrir isso?

John

Para: John Trent <john.trent@thenychronicle.com>
De: Stacy Trent <euodeiobarney@freemail.com>
Assunto: O QUE ESTÁ ROLANDO????

Por que ninguém me conta nada? Jason diz que tem alguma coisa errada. O que é? Vocês não deviam estar em Vermont?

Mas que cólicas mais chatas...

Stacy

Para: John Trent <john.trent@thenychronicle.com>
De: Max Friedlander <reidafoto@paremasrotativas.com>
Assunto: Pára de choramingar

Você me devia um favor, lembra?

Além disso, não foi culpa minha. Foi a Vivica. Foi ela. Parece que ela mandou um e-mail para sua namorada. Estou vendo a mensagem na minha caixa de saída. Quer ler? Está aí embaixo e, devo dizer, é um exemplo brilhante das falhas no nosso sistema educacional público:

> <VOCÊ NÃO ME CONHECE, MAS MEU NOME É VIVICA, E ACHO QUE DEVIA SABER QUE ESSE CARA QUE ANDA LEVANDO O CACHORRO DA TIA DO MAX PRA PASSEAR NÃO É O MAX COISA NENHUMA, MAS O AMIGO DELE, O JOHN, QUE DEVIA AO MAX UM FAVOR PORQUE O MAX AJUDOU O JOHN COM UM PROBLEMA EM VEGAS QUANDO ELE QUASE SE CASOU COM UMA VEDETE RUIVA CHAMADA HEIDI. JOHN ESTÁ SÓ FINGINDO QUE É O MAX PORQUE O MAX NÃO PODE VOLTAR A NOVA YORK PARA LEVAR O CACHORRO DA TIA DELE PARA PASSEAR PORQUE ELE ESTÁ EM KEY WEST COMIGO. MAS ELE NÃO QUERIA QUE A TIA DELE PENSASSE QUE ELE NÃO ESTAVA LIGANDO PARA A SITUAÇÃO DELA, ENTÃO PEDIU AO JOHN PARA FINGIR QUE ERA ELE.

E vai por aí, *ad nauseam*, neste estilo, mas achei melhor te poupar do resto.

Não pode me dizer honestamente que está chateado com isso. Eu é que estou entrando pelo cano. Se aquela megera da minha tia acordar e ouvir falar nisso, eu estou frito. Todo centavo que ela tem vai direto para a Sociedade Protetora dos Animais quando ela bater as botas. Pode apostar que não vou pôr a mão nem em uma moedinha.

Mas não estou me importando muito com isso. É hora de eu cuidar desse assunto de uma vez por todas, como devia ter feito desde o início.

E aí, quem sabe? Talvez me veja antes do que imagina.

Quanto à ameaça que me fez, dizendo que ia me matar, só tenho a lhe dizer o seguinte:

Pensão alimentícia. Eu evitei que você pagasse anos e anos de pensão. Pensa bem, cara, e não se esqueça.

Max

Para: Stacy Trent <euodeiobarney@freemail.com>
De: John Trent <john.trent@thenychronicle.com>
Assunto: As coisas não vão

---

muito bem agora, neste momento, em resposta à sua pergunta. Mel descobriu que eu estava fingindo ser o Max antes de eu ter oportunidade de lhe contar eu mesmo, e vamos simplesmente dizer que ela não está nada satisfeita com isso. Aliás, está me dando o maior gelo.

Até que estava precisando de conselhos agora, mas ninguém atende o telefone aí na sua casa.

John

Para: Mel Fuller <melissa.fuller@thenyjournal.com>
De: jerryvive@freemail.com
Assunto: A verdade

Muito bem. Você não atende à porta nem ao telefone. EU SEI que você está em casa. Se esta for a única forma pela qual vou ser capaz de falar com você, então que seja.

Mel, eu pisei na bola. Reconheço. Eu vacilei feio mesmo, e sei disso. Eu devia ter te contado a verdade desde o início, mas não fiz isso. Nem sei lhe dizer quantas vezes quase fiz justamente isso — contar a verdade a você, quero dizer. Mil vezes. Um milhão de vezes.

Mas, toda vez que começava, percebia que você ia reagir assim, e não queria estragar o que sentimos um pelo outro, porque Mel, nossa relação é incrível. E você vai jogar tudo isso fora porque eu cometi um errinho imbecil — tá legal, um erro monstruosamente imbecil?

Não fiz nada de propósito com a intenção de enganar você. Não foi bem isso que aconteceu. Eu te enganei, mas quando concordei com isso, não te conhecia. Quero dizer, recebi um e-mail do Max e ele me pediu uma única coisa — tapear os vizinhos da tia, fazendo-os pensar que ele estava cuidando dos bichos dela enquanto ela estava no hospital. E eu pensei, por que não? Eu devia uma ao cara. Imaginei que seria uma forma praticamente indolor de lhe retribuir um favor que ele me fez há muito tempo.

Você não conhece o Max Friedlander — o Max Friedlander verdadeiro —, mas, acredite, ele não é o tipo de cara ao qual a gente pode ficar devendo alguma coisa — como um favor — porque ele pode cobrar quando você menos esperar, e, em geral, de um jeito bem desagradável.

Como é que eu ia saber que enquanto fingia ser Max Friedlander eu ia conhecer a garota dos meus sonhos? Eu sei que devia ter lhe contado desde o início, mas não contei, e aí quando vi já havia me apaixonado por você, e não podia contar porque não queria te perder. Juro que ia te dizer este fim de semana.

Mel, isso é ridículo. Eu sei que fiz uma besteira do tamanho de um bonde, mas jamais tive a intenção de magoá-la. Quero dizer, *você deve* saber disso. Você me conhece, independentemente do nome que eu tenha. Então, deve saber que jamais magoaria você de propósito.

Agora, abre a porta e me deixa entrar para eu poder pedir perdão em pessoa. Mel, eu juro que posso compensar tudo, se me der uma chance.

John

Para: jerryvive@freemail.com
De: Mel Fuller <melissa.fuller@thenyjournal.com>
Assunto: A verdade

Você está me dizendo para abrir minha porta e deixar você entrar, mas a verdade é que não sei quem "você" é. Nem mesmo sei seu sobrenome. Será que não percebeu isso?

E seria melhor parar de bater à porta porque eu não vou deixar você entrar. Você pode até ser um detento fugido de alguma penitenciária, ou um cara casado, ou coisa assim.

Mel

Para: Mel Fuller <melissa.fuller@thenyjournal.com>
De: John Trent <john.trent@thenychronicle.com>
Assunto: A verdade

Não sou casado, e não sou detento fugido nenhum. Meu nome é John Trent, e sou repórter policial do *New York Chronicle*. Foi por isso que deu de cara comigo à beira da cratera naquele dia — eu estava trabalhando quando aquilo aconteceu.

E sei que detesta o *Chronicle*, mas Mel, eu juro, se isso chateia você tanto assim, eu peço demissão. Faço qualquer coisa, qualquer coisa que você queira, se me perdoar.

John

Para: Mel Fuller <melissa.fuller@thenyjournal.com>
De: Nadine Wilcock <nadine.wilcock@thenyjournal.com>
Assunto: E aí?

Ligou para ele? Ele pediu perdão?

O que é ainda mais importante: ELE JÁ DEU O ANEL?

Nad

Para: Nadine Wilcock <nadine.wilcock@thenyjournal.com>
De: Mel Fuller <melissa.fuller@thenyjournal.com>
Assunto: As desculpas

Ah, pediu perdão, sim, claro. Até demais.

E não, não me deu o anel ainda. Se é que existe um anel. Coisa que eu duvido.

E, como se eu fosse aceitar, se existisse.

Entende isso: você sabe quem ele é? Sabe quem ele é de verdade? Nunca vai adivinhar.

Vai. Tenta. Tenta adivinhar quem é o cara.

Mel

Para: Mel Fuller <melissa.fuller@thenyjournal.com>
De: Nadine Wilcock <nadine.wilcock@thenyjournal.com>
Assunto: Como é que eu vou

saber quem ele realmente é? Não pode ser o travesti assassino, eu sei, porque acabaram de prendê-lo. Ele não é, ai, sei lá, um imitador profissional, ou coisa assim, é?

Ah, espera aí, já sei: ele é seu irmão ilegítimo que você não via há muitos anos.

Brincadeirinha.

Qual é, Mel, o que é que pode ser tão mau assim?

Nad

Para: Nadine Wilcock <nadine.wilcock@thenyjournal.com>
De: Mel Fuller <melissa.fuller@thenyjournal.com>
Assunto: Ruim

Pior do que um imitador. Pior do que meu irmão ilegítimo.

Ele é repórter. Do *Chronicle.*

Mel

Para: Nadine Wilcock <nadine.wilcock@thenyjournal.com>
De: George Sanchez <george.sanchez@thenyjournal.com>
Assunto: Onde é que

se meteu a Fuller? É melhor não estar no banheiro. Juro por Deus que vou começar a pensar que tem alguém servindo cafezinho lá dentro, de tanto tempo que passam trancadas naqueles malditos reservados...

Entra lá e diz a ela que quero a matéria sobre o rompimento Ford/Flockhart até as cinco.

George

Para: George Sanchez <george.sanchez@thenyjournal.com>
De: Nadine Wilcock <nadine.wilcock@thenyjournal.com>
Assunto: Não dá para ter nem que seja um pouquinho de dó?

Ela acabou de descobrir que o namorado dela é repórter do *Chronicle*. Está chorando a ponto de os olhos quase caírem desde que soube. Não pode esperar que ela se recobre como se isso não fosse nada.

Por favor, não conte a ninguém, também, certo? Ela está muito frágil emocionalmente neste momento. O que precisa é de sossego, e não vai conseguir se todos começarem a cercá-la pedindo explicações do motivo pelo qual seus olhos estão tão vermelhos.

Nad

Para: Tim Grabowski <timothy.grabowski@thenyjournal.com>
De: Jimmy Chu <james.chu@thenyjournal.com>
Assunto: Mel Fuller

Eu disse que esses dois não iam dar certo.

Jim

Para: Jimmy Chu <james.chu@thenyjournal.com>
De: Tim Grabowski <timothy.grabowski@thenyjournal.com>
Assunto: Mel Fuller

Não. O que você disse mesmo foi que se ela dormisse com ele e não desse certo, ela ia precisar olhar para a cara dele todos os dias, uma vez que ele mora ao lado dela, e que isso seria muito esquisito. Você não previu esse tipo de rompimento.

Desculpa, nenhum ponto pra você.

Tim

Para: Stella Markowitz <stella.markowitz@thenyjournal.com>
De: Angie So <angela.so@thenyjournal.com>
Assunto: Mel Fuller

Eu disse que ele era velho demais para ela.

Angie

Para: Angie So <angela.so@thenyjournal.com>
De: Stella Markowitz <stella.markowitz@thenyjournal.com>
Assunto: Mel Fuller

Não é a idade dele que importa. É o fato de que ele é... ouviu a última? Um repórter do *Chronicle.*

Sim, do *Chronicle*!

Dá pra acreditar? Isso é que é dormir com o inimigo.

Stella

Para: Adrian De Monte <adrian.de.monte@thenyjournal.com>
De: Les Kellogg <leslie.kellogg@thenyjournal.com>
Assunto: Mel Fuller

Você já soube? Parece que aquele cara pelo qual a Mel está louca de amores é um repórter. Do *Chronicle,* imagina.

Acho que podia ter sido pior. Ele podia estar dormindo com a Barbara Bellerieve o tempo todo, que nem o último sujeito com quem ela namorou.

Les

Para: Nadine Wilcock <nadine.wilcock@thenyjournal.com>
De: George Sanchez <george.sanchez@thenyjournal.com>
Assunto: Mel Fuller

Não me importo se descobrirem que o cara está na lista dos Dez Mais Procurados pelo FBI: ela vai ter que sair daquele banheiro e falar com ele, porque ele está lá embaixo na guarita da segurança, tentando conseguir permissão para entrar no prédio. Vá buscá-la.

George

Para: <segurança@thenyjournal.com>
De: Mel Fuller <melissa.fuller@thenyjournal.com>
Assunto: John Trent

Por favor não deixem o John Trent ter acesso a este edifício. Ele é um repórter do *Chronicle*, além de ser um indivíduo extremamente perigoso. Eu sugiro o uso da força para retirá-lo do edifício, caso seja preciso.

Melissa Fuller
Colunista da Página Dez
New York Journal

Para: Mel Fuller <melissa.fuller@thenyjournal.com>
De: Amy Jenkins <amy.jenkins@thenyjournal.com>
Assunto: John Trent

Cara Srta. Fuller,

Favor observar que, no futuro, pedidos para que indivíduos sejam considerados *persona non grata* em qualquer edifício sob a administração do *New York Journal* devem ser dirigidos por escrito através do departamento de RH, onde serão avaliados e depois repassados para o departamento de segurança, se considerados válidos.

Além do mais, o custo da planta artificial destruída diante dos elevadores do quinto andar será deduzido de seu próximo contracheque. Isso se deve ao fato de o indivíduo a quem este ato de destruição foi atribuído ser aparentemente conhecido seu. Favor consultar a alínea E, página doze, do manual dos empregados do *New York Journal*, onde consta que os empregados devem responsabilizar-se por seus visitantes sob todas as circunstâncias, e que qualquer prejuízo causado por tais visitantes deverá ser ressarcido pelo empregado que lhe deu permissão para entrar nas dependências do jornal.

Devia ficar contente por não receber cobrança pela reconstrução da baia na qual seu visitante jogou o Sr. Spender. Resolvemos mandar a conta desse serviço para o próprio Sr. Trent.

Poderia sugerir que talvez fosse mais conveniente manter seus casos românticos bem longe das dependências administrativas deste jornal?

Uma cópia desta carta foi adicionada a seu arquivo pessoal permanente.

Tenha um bom dia.

Amy Jenkins
Gerente do RH
New York Journal

Para: Mel Fuller <melissa.fuller@thenyjournal.com>
De: Dolly Vargas <dolly.vargas@thenyjournal.com>
Assunto: John Trent

Querida, como é que eu ia saber? Quero dizer, ali estava ele, de pé na recepção com aquela carinha de cachorro abandonado e aquelas rosas nos braços. Ora, estava de partir o coração de qualquer...

Bom, até *o meu.*

E sei que vai dizer: "Ué, Dolly, *você* tem coração?"

Surpreendente, mas é verdade. Às vezes até eu mesma me surpreendo comigo. Ora, um dia desses, mesmo, eu dei um fora no Peter e lhe disse de um jeito assim bem firme para voltar para a mulher dele. E o fato de eu ter ouvido um boato de que seu contrato de trabalho não seria renovado não teve relação alguma com esse rompimento.

Bom, de qualquer forma, a Segurança recebeu seu memorando, sim. Sobre o John, quero dizer. Disseram que chegou segundos depois de eu tê-lo deixado entrar.

Francamente, queridinha, que mal fiz eu? Então, ele te incomodou um pouco. Eu, por minha vez, adorei a cena. Precisa admitir, ele é um cara bem impetuoso para um sangue-azul. Acho que o Aaron vai perder vários dentes. Também, aquele bobalhão não devia ter tentado impedi-lo de se aproximar da sua baia como tentou.

Mesmo assim, sempre é maravilhoso ver dois homens brigando por uma mulher, não?

Mas, realmente, acha que foi prudente devolver aquela caixinha azul da Tiffany's a ele? Não há como dizer o que podia conter. Com a grana preta que ele tem, provavelmente era uma jóia de pelo menos três quilates.

Espero que você não seja tão irredutível em relação a mim como está sendo com aquele infeliz rapaz.

XXXOOO

Dolly

Para: Dolly Vargas <dolly.vargas@thenyjournal.com>
De: Mel Fuller <melissa.fuller@thenyjournal.com>
Assunto: John Trent

Dolly...

O que quis dizer com "sangue-azul"? E que dinheiro? John não tem dinheiro nenhum. Todos os cartões de crédito dele estão estourados. Deve estar confundindo o homem com outra pessoa.

Mel

Para: Mel Fuller <melissa.fuller@thenyjournal.com>
De: Dolly Vargas <dolly.vargas@thenyjournal.com>
Assunto: Au contraire

Você é mesmo um anjo de inocência, meu amor. Está me dizendo que não sabe que seu John é um dos Trents da Park Avenue?

Pensei que fosse por isso que estava tão zangada com ele — quero dizer, além da história de ele ter fingido que era Max Friedlander. Afinal, ele apresentou você à avó na festa beneficente do Lincoln Center à qual você foi no mês passado.

Embora agora, que estou pensando nisso, acho que ele não te contou que ela era a avó dele, contou? Porque estava fingindo que era o Max.

Ai, querida. Não admira que esteja assim tão queimada. Ele te fez de boba direitinho, não fez? Os cartões de crédito dele estavam estourados, foi o que ele disse? Ora, tenho certeza de que só disse isso a você para não ter que usar um. Certamente, você ia descobrir a tramóia, se ele usasse algum cartão, não é? Se visse o nome John Trent no Platinum Amex dele, em vez de Max Friedlander, que esperava?

Devo admitir, é um truque típico dos Trents. Sabe que metade do clã deles está na cadeia — até o pai do próprio John. E o resto está em clínicas de reabilitação de drogados. Meu Deus, qual a chance de uma garota do interior como você entre eles? John é o pior, pelo que já ouvi falar — ele arranjou esse emprego de repórter policial para poder se misturar com a ralé sempre que desejasse, e não levantar suspeitas de que era um "deles". Dos Trents da Park Avenue, quero dizer. Ora, a Victoria Arbuthnot, que costumava sair com ele, sabe, me disse que ele até está fingindo estar escrevendo um romance.

Coitadinha da Melzinha. Devia ter ficado com a caixinha da Tiffany's. Fosse lá o que estivesse dentro dela, por todo o constrangimento que ele lhe causou.

Mas deixa pra lá. Ouvi dizer que tem uma liquidação no Barney's. Quer dar um pulinho até lá? Vou comprar um lenço de pescoço para você. Talvez você se alegre...

XXXOOO

Dolly

Para: Nadine Wilcock <nadine.wilcock@thenyjournal.com>
De: Mel Fuller <melissa.fuller@thenyjournal.com>
Assunto: Está resolvido

É guerra.

Ele pensa que só porque é um Trent da Park Avenue pode enganar as pessoas, usá-las ao seu bel-prazer e ainda por cima sair impune?

Ele que tire o cavalinho da chuva. Ninguém se diverte com uma Fuller de Lansing, Illinois.

Ninguém.

Esse John Trent vai ver o que é bom para tosse, mas vai mesmo.

Mel

Para: Mel Fuller <melissa.fuller@thenyjournal.com>
De: Nadine Wilcock <nadine.wilcock@thenyjournal.com>
Assunto: Estou até com medo de perguntar, mas

---

do que está falando?

Isso não tem relação com a Dolly, tem? Quero dizer, Mel, pensa só na fonte que está te informando antes de cometer uma imprudência.

Nad

Para: Nadine Wilcock <nadine.wilcock@thenyjournal.com>
De: Mel Fuller <melissa.fuller@thenyjournal.com>
Assunto: É fácil para você falar

Não foi você quem se preocupou com o dinheiro que ele estava gastando, e como ele ia se livrar das dívidas.

Não foi você que se apresentou para a avó dele e nem sabia que ela era avó dele.

Não foi você que se gabou sobre ele com sua mãe.

Não foi você que pensou que finalmente tinha conhecido aquela raridade das raridades, um homem que não temia comprometer-se, um homem que parecia total e sinceramente dedicado a você, um homem completamente diferente de todos os outros homens que já namorou antes, um homem que não mentia, não traía, que parecia te amar genuinamente.

Não foi você que ficou com o coração completamente partido em mil pedaços.

Mas não tema. Sou uma repórter, Nadine. Eu sempre checo minhas fontes antes de publicar uma matéria.

Mel

Para: John Trent
De: Aaron Spender <aaron.spender@thenyjournal.com>
Assunto: Processo judicial iminente

Prezado Sr. Trent:

Esta carta é para informá-lo de minha intenção de abrir processo contra o senhor por perdas e danos, bem como custos médicos, incorridos quando de sua agressão contra mim, com um soco no rosto, no meu local de trabalho.

Talvez se interesse em saber que em conseqüência de seu ataque mal-intencionado e não provocado, já tive que me submeter a cirurgia bucal extensiva, que irá exigir acompanhamento adicional, segundo me informaram, sob forma de dois implantes dentários, o que me exigirá inúmeras consultas durante um período de doze meses a um custo de mais de US$10.000,00.

Além do mais, para assegurar que tal incidente não se repita, meu advogado me aconselhou a obter um interdito possessório contra o senhor, que posso lhe garantir que estou tratando de conseguir.

Estou incentivando a Srta. Fuller a fazer o mesmo, pois foi em sua defesa que ergui a mão contra o senhor. Ficou bastante claro que a Srta. Fuller não estava disposta a aceitar suas investidas, e eu pessoalmente considero-o um covarde e grosseirão por ter confrontado a moça de forma tão agressiva em seu ambiente de trabalho.

Além disso, devo avisá-lo de que sou detentor da faixa marrom em *tae kwon do*, e foi apenas devido à minha preocupação em não ferir os inocentes que se encontravam ao redor que não lhe dei a surra que tanto merecia.

Aaron Spender
Correspondente sênior
New York Journal

Para: Aaron Spender <aaron.spender@thenyjournal.com>
De: John Trent <john.trent@thenychronicle.com>
Assunto: Processo judicial iminente

Dane-se.

John Trent

Para: Michael Everett <michael.everett@thenychronicle.com>
De: George Sanchez <george.sanchez@thenyjournal.com>
Assunto: Trent

Mike,

É melhor começar a segurar esse teu garoto, o Trent, e trazê-lo na rédea curta. Ele passou aqui outro dia igual a um furacão. Quebrou alguns molares do Spender. Não estou nem aí — agora pelo menos não preciso escutar aquele bobão se lamentar porque eu não lhe pago uma viagem à África a serviço para ele fazer uma matéria sobre as chinchilas ameaçadas de extinção, ou seja lá o que for que ele esteja defendendo esta semana.

Mesmo assim, não dá para aturar esse negócio de os meus correspondentes ficarem de dentes quebrados. Faça o favor de chamar esse repórter e mandar ele sossegar o facho com relação à minha colunista social. Ela é uma moça muito legal, e não merece aturar esse tipo de aborrecimento.

Atenciosamente,
George

P.S.: Lembranças a Joan e aos meninos.

Para: Mel Fuller <melissa.fuller@thenyjournal.com>
De: Tim Grabowski <timothy.grabowski@thenyjournal.com>
Assunto: John Trent

Minha santa, eu sei que você está soltando fumacinha pelas ventas neste exato momento, mas, francamente, não acha que devia respirar fundo e PENSAR só um minuto?

Esse cara, que, admito, se comportou bem à la *Clube dos cafajestes,* foi a luz da sua vida durante um bom tempo. Realmente está a fim de jogar pela janela tudo que vocês dois tinham juntos só porque o cara resolveu fazer uma brincadeira de mau gosto de nível adolescente?

Ele não quis magoar você. Estava tentando fazer um favor ao amigo. Qual é, Mel? Eu podia entender que você estivesse tentando fazê-lo sofrer um pouco, mas isso já está passando dos limites.

Além do mais, tem alguma idéia da FORTUNA que esse John Trent possui? A Dolly estava me contando na hora do almoço ontem. Esse cara É PODRE DE RICO!!! Estou falando de milhões de dólares, só dele, herdados do avô. E, meu coração, os Trents têm casas para tudo que é lado, Cape, Palm Springs, Boca — onde você imaginar. Pensa só em como ia se divertir, instalando parabólicas em todas elas.

Sabe, perdoar é divino, minha santinha.

Só um toque.

Tim

Para: Tim Grabowski <timothy.grabowski@thenyjournal.com>
De: Mel Fuller <melissa.fuller@thenyjournal.com>
Assunto: John Trent

E eu podia convidar todos os meus amigos mais chegados para passar o fim de semana nessas casas de veraneio, não é?

Esquece, Tim. Dá para enxergar direitinho onde você quer chegar.

Além do mais, se visse a mensagem da Dolly ia ler nas entrelinhas: Trents não se casam com os Fullers. Eles só os usam para se divertirem.

Mel

Para: Nadine Wilcock <nadine.wilcock@thenyjournal.com>
De: Tim Grabowski <timothy.grabowski@thenyjournal.com>
Assunto: Mel

Alguém precisa segurar a Mel. Ela está exagerando nessa história de se vingar do nosso pobre Sr. Trent. Eu nunca a vi desse jeito. Sou obrigado a dizer que fico feliz por nunca ter provocado esse lado negro dela. Ela certamente parece saber como guardar ressentimento.

Eu acho que devíamos saber, sendo ruiva, coisa e tal.

Acho que ela precisa fazer uma terapia, não concorda?

Tim

Para: Tim Grabowski <timothy.grabowski@thenyjournal.com>
De: Nadine Wilcock <nadine.wilcock@thenyjournal.com>
Assunto: Mel

Tim, ela está zangada, não louca. Talvez deva freqüentar umas sessões de administração da raiva, mas terapia? O cara MENTIU para ela. Não importa o motivo pelo qual ele fez isso, mas o fato de ter feito é suficiente. Não sabe que a Mel está com sua confiança nos homens abalada desde que o Aaron pôs as unhinhas de fora? Cacete, mesmo antes, ela estava convencida de que eles todos só pensavam naquilo, só naquilo e nada mais.

E agora esse sujeito, o primeiro que ela realmente amou em muito tempo, se revela exatamente igual a todos os outros caras com quem ela saiu desde que veio morar aqui: um salafrário mentiroso.

Sei lá. VOCÊ não ficaria danado da vida, se fosse com você?

Nad

Para: Mel Fuller <melissa.fuller@thenyjournal.com>
De: Aaron Spender <aaron.spender@thenyjournal.com>
Assunto: Você

Quero que saiba que entendo exatamente como está se sentindo neste momento. Esse tal Trent é o mais reles dos mortais, um perfeito exemplo dos ricos privilegiados que se aproveitam dos pobres proletários. Ele não se importa com o que aconteça a nenhum de nós, contanto que possa conseguir o que quer. Homens como esse Trent não têm consciência — são o que se conhece como "machos alfa", indivíduos predadores que não têm interesse nenhum em nada além de sua própria gratificação imediata.

Ora, quero lhe garantir, Melissa, que, apesar do que possa estar sentindo no momento, nem todos nós que possuímos o cromossomo Y somos uns safados egoístas, que só pensamos em nós mesmos. Alguns de nós têm sentimentos profundamente enraizados de respeito e admiração pelas mulheres em nossas vidas.

Eu, por exemplo, sempre serei um eterno apaixonado por você, uma paixão tão verdadeira quanto inabalável. Quero que saiba, Melissa, que sempre, sempre estarei ao seu lado — mesmo que os trogloditas cafajestes como o Trent possam tentar me dobrar, sem falar em quebrar minha mandíbula.

Se houver alguma coisa — qualquer coisa — que possa fazer por você nesse seu momento de tanta necessidade, me peça sem titubear.

Fielmente seu, agora e sempre,

Aaron

Para: Aaron Spender <aaron.spender@thenyjournal.com>
De: Mel Fuller <melissa.fuller@thenyjournal.com>
Assunto: Você

Dane-se.

Mel

Para: John Trent <john.trent@thenychronicle.com>
De: Genevieve Randolph Trent <gtrent@trentcapital.com>
Assunto: Seu novo sobrinho

Meu querido John,

Talvez lhe interesse saber que sua cunhada deu à luz um bebê de quatro quilos e meio há dois dias.

Seus pais resolveram — na minha opinião, indevidamente — dar à criança o nome de John.

Você já saberia disso, é claro, se tivesse se incomodado em ligar para alguém da família, mas isso, segundo creio, seria pedir demais de um homem assim tão ocupado quanto você.

Mãe e filho passam bem. Não se pode dizer o mesmo do seu irmão, que está sozinho em casa com as gêmeas enquanto a Stacy está internada. Talvez devesse ligar para ele e oferecer um pouco de apoio fraternal.

Atenciosamente,
Mim

Para: Jason Trent <jason.trent@trentcapital.com>
De: John Trent <john.trent@thenychronicle.com>
Assunto: Meu xará

Não devia. Eu estou falando sério. Sou um péssimo irmão, e vou ser um tio pior ainda para o garoto. Não posso acreditar que perdi tudo isso.

Mesmo assim, parabéns. Quatro quilos e meio, hein? Não admira que a Stacy estivesse tão excêntrica no fim da gravidez. Tem um presentinho da Harry Winston chegando para o bebê. É o mínimo que posso fazer para retribuir os conselhos que ela me deu durante os últimos meses.

Não, claro, que tenham servido para alguma coisa. Ainda consegui estragar tudo, mas para valer. Você estava certo quando disse que nenhuma mulher é tão generosa para deixar passar uma coisa dessas numa boa. Ela nem quer mais falar comigo. Eu passei na redação dela, e foi um quebra-quebra. O estrupício do ex-namorado dela tentou bancar o herói, e eu dei um murro daqueles nele. Agora ele vai me processar. Tentei entregar o anel a Mel, mas ela o jogou de volta na minha cara sem nem mesmo abrir a caixa.

E o pior ainda vem por aí. Ela mandou trocar as fechaduras da casa da Sra. Friedlander. Nem deu para voltar ao prédio para pegar minhas coisas sem ser acompanhado pelo síndico — que é legal, mas fez questão de dizer que, como não sou parente da dona do apartamento, ele não pode me dar uma chave.

Então voltei para o meu canto, e agora não posso nem mais vê-la. Não sei o que está fazendo nem com quem anda. Acho que podia ficar diante do prédio e interceptá-la quando ela sair para levar o cachorro para passear ou ir ao trabalho, ou coisa assim, mas o que ia dizer a ela? O que posso dizer?

Ora, desculpe por isso. Não queria te deprimir nessa fase feliz. Parabéns, e dê ao John Júnior um beijão meu. Vou visitá-lo este fim de semana. Não tenho outros planos mesmo.

John

Para: John Trent <john.trent@thenychronicle.com>
De: Jason Trent <jason.trent@trentcapital.com>
Assunto: Anel

Que anel?

Eu disse brincos. Compre brincos pra ela. Não disse anel. De que anel está falando?

Jason

Para: Jason Trent <jason.trent@trentcapital.com>
De: John Trent <john.trent@thenychronicle.com>
Assunto: O anel

Sei que disse brincos, mas eu comprei um anel para ela. Um anel de noivado.

E não, não é como na época de Las Vegas. Eu não estive perpetuamente embriagado durante os últimos três meses. Realmente acreditava que essa mulher, de todas que eu já conheci, é aquela com a qual desejava passar o resto de minha vida.

Eu ia lhe contar a verdade, e depois lhe propor casamento em Vermont.

Só que aquele safado do Friedlander tinha que estragar tudo.

Agora ela nem atende aos meus telefonemas, nem abre a porta, nem responde aos meus e-mails.

John

Para: John Trent <john.trent@thenychronicle.com>
De: Jason Trent <jason.trent@trentcapital.com>
Assunto: Meu Deus

Eu deixo você por sua própria conta uma semana, e você consegue arruinar sua própria vida. Como isso é possível?

Muito bem, me encontre no meu escritório para almoçarmos amanhã. Juntos, acho que conseguiremos bolar alguma coisa para te safar dessa roubada.

Afinal, somos Trents, não somos?

Jason

Para: Sebastian Leandro <sleandro@hotphotos>
De: Max Friedlander <reidafoto@paremasrotativas.com>
Assunto: Olha, rapaz

Já faz semanas que não tenho notícias suas. Tem alguma coisa para mim ou não?

Não tente me encontrar em Key West. Estou voltando para Nova York. Pode me encontrar no apartamento da minha tia. Tem o número de lá. Vou acampar por lá até poder me reerguer de novo. Quero dizer, por que não? Ela certamente não está usando o apê.

Max

Para: Mel Fuller <melissa.fuller@thenyjournal.com>
De: George Sanchez <george.sanchez@thenyjournal.com>
Assunto: Entendo

---

que você esteja cheia de pesar por causa da odiosa traição do seu namorado e tudo, mas vai me entregar uma coluna para o jornal de amanhã ou não vai? Talvez pense que devíamos só inserir um espaço em branco com as palavras ABAIXO OS HOMENS no meio. Isso certamente nos faria parecer profissionais, não faria? Certamente ajudaríamos a vender o *Chronicle,* não?

ENTREGA LOGO ESSA COLUNA!!!

George

Para: George Sanchez <george.sanchez@thenyjournal.com>
De: Mel Fuller <melissa.fuller@thenyjournal.com>
Assunto: Calma, George

Enviei a coluna para o copidesque há horas. Não quero incomodá-lo com isso. Estava ocupado demais gritando com a Dolly por não ter acabado o artigo sobre a Christina Aguilera — Vítima ou Mercenária sem Escrúpulos?

Anexei uma cópia da Página Dez de amanhã a esta mensagem para seu divertimento.

E, a menos que pretenda parar as rotativas, ela vai circular, uma vez que o próprio Peter Hargrave a aprovou. Ele estava aqui esperando a Dolly, então eu lhe mostrei o artigo. Espero que não se importe.

Divirta-se!

Mel

Anexo: ✉ (Página Dez, edição 3.784, volume 234 para primeira edição, QUEM QUER CASAR COM UM MILIONÁRIO, ponto de interrogação, Mel Fuller, com fotos, 1) foto da Vivica, 2) foto do edifício-sede da Trent Capital, do arquivo)

QUEM QUER CASAR COM UM MILIONÁRIO?

Cansadas de assistirem sentadas enquanto 5 a 10% de seu dinheiro ganho a duras penas some naquele fundo de pensão a cada mês, queridas? Por que não tentar acumular capital à moda antiga? Tem um milionário à solta que já está cansado da vida de solteiro e procurando uma noiva.

É isso aí, o furo é nosso. O *New York Journal* descobriu que John Randolph Trent — neto do finado Harold Sinclair Trent, que fundou a Trent Capital Management, uma das corretoras de títulos mais antigas e mais respeitadas de Nova York — finalmente resolveu se amarrar. Qual o único problema? Ele não parece encontrar a moça certa.

"Estou cansado de namorar modelos e estrelinhas emergentes de cinema que vivem atrás do meu dinheiro", disse o Sr. Trent a um amigo. "Estou procurando uma mulher de personalidade e garra, uma mulher normal que não more em Beverly Hills. Adoraria me casar com alguém, digamos, de Staten Island."

Por isso o rapaz, de 35 anos — que herdou, segundo se sabe, uns 20 milhões de dólares depois da morte do avô —, irá entrevistar candidatas a esposa em sua sala do *New York Chronicle*, a partir das 9 horas desta manhã. Quando terminarão as entrevistas?

"Só quando eu a encontrar", garante o Sr. Trent.

Então venham correndo à esquina de 53 com Madison, queridas, antes que esse príncipe se transforme em sapo e fuja aos pulos por aí!

Sinos Badalam Pelo Casamento da Mulher Maravilha do Sutiã Wonder Bra

Enquanto isso, um outro solteiro nova-iorquino não está tendo nem de longe o mesmo problema em encontrar a mulher certa. Max Friedlander, 35 anos, responsável pelas fotos quentíssimas da edição de verão da *Sports Illustrated* do ano passado, confidenciou recentemente a um amigo seu noivado secreto com a supermodelo Vivica, 22 anos.

Vivica, cujo rosto belíssimo agraciou as capas de *Vogue* e *Harper's Bazaar*, é mais conhecida por posar para a mais recente versão do sutiã Wonder Bra, no catálogo da última primavera da *Victoria's Secret*. Diz o Sr. Friedlander sobre suas futuras núpcias: "Não podia estar mais feliz. Estou pronto para me casar e constituir família, e a Vivica será a perfeita esposa e mãe." Vivica não deu entrevistas, embora seu agente não exclua a possibilidade de o casamento acontecer no Natal.

Para: Mel Fuller <melissa.fuller@thenyjournal.com>
De: George Sanchez <george.sanchez@thenyjournal.com>
Assunto: Seu futuro emprego neste jornal

No minuto em que chegar para o trabalho, apresente-se na minha sala e se prepare para me justificar, em cem palavras ou menos, por que não devo demiti-la.

George

Para: Peter Hargrave <peter.hargrave@thenyjournal.com>
De: Atualização do trânsito <idaaotrabalho@newyorktravel.com>
Assunto: Congestionamento entre a 53 e a Madison

Os nova-iorquinos que se deslocam por trem não devem ter problemas com a ida ao trabalho hoje. Para todos os que seguem pelas rodovias, porém, a situação é inteiramente diferente. Graças a um artigo publicado na Página Dez do *New York Journal* hoje, a Madison

Avenue desde a rua 51 até aproximadamente a 59 está praticamente fechada devido a uma fila imensa de mulheres ansiosas para serem entrevistadas pelo solteirão milionário John Trent.

A polícia solicita aos motoristas que peguem a Franklin Delano Roosevelt para terem acesso ao norte da cidade e evitarem totalmente o centro.

Esta é uma mensagem automatizada de atualização do trânsito de NEWYORK TRAVEL.COM.

Para: John Trent <john.trent@thenychronicle.com>
De: Michael Everett <michael.everett@thenychronicle.com>
Assunto: Não fazia idéia

---

que tínhamos uma celebridade dessas entre nós. Será que poderia por favor investir um pouquinho desses teus 20 milhões de dólares na segurança extra que tivemos que contratar para entrar e sair do nosso próprio edifício?

Mike

Para: Michael Everett <michael.everett@thenychronicle.com>
De: John Trent <john.trent@thenychronicle.com>
Assunto: Do que está falando?

Olha, eu já tive uma semana horrível me mudando para meu apartamento de novo. Será que dava para me contar logo, seja lá o que for, e acabar com isso?

John

Para: John Trent <john.trent@thenychronicle.com>
De: Michael Everett <michael.everett@thenychronicle.com>
Assunto: Está querendo me dizer

que não contou à Mel Fuller do *Journal* que está procurando uma noiva? E que não tem nada a ver com o fato de que há, segundo as últimas estimativas do Departamento de Polícia de Nova York, 12.000 mulheres de pé lá na calçada exigindo uma entrevista com você? Porque, se der uma olhada no *Journal* de hoje, vai ver que é isso que eles publicaram.

Mike

Para: Michael Everett <michael.everett@thenychronicle.com>
De: John Trent <john.trent@thenychronicle.com>
Assunto: MENTIRA!!!

É tudo MENTIRA!!!

Mike, eu jamais disse a ninguém essas coisas — sabe que não.

Não dá pra acreditar nisso. Eu vou descer. Vou resolver tudo isso de algum jeito, eu juro.

John

Para: John Trent <john.trent@thenychronicle.com>
De: Michael Everett <michael.everett@thenychronicle.com>
Assunto: Alto lá,

companheiro. Fique onde está. Nada de descer lá e causar um tumulto generalizado. Fique aí mesmo até segunda ordem.

Mike

P.S.: Então É TUDO MENTIRA? Até a parte em que dizem que você é parente dos Trents da Park Avenue e tem milhões de dólares? Joan esperava que essa parte fosse verdade. Sabe, estamos tentando reformar o porão, e...

Brincadeirinha.

Para: George Sanchez <george.sanchez@thenyjournal.com>
De: Michael Everett <michael.everett@thenychronicle.com>
Assunto: Com licença,

mas está querendo que eu traga o MEU repórter na rédea curta? E a sua colunista?

O meu pode ter causado uns dentes moles aí no seu correspondente sênior, mas a sua criou um engarrafamento de proporções metropolitanas! Sabia que nem pude entrar no meu edifício hoje, devido ao fato de que está cercado por 10 mil mulheres histéricas — algumas vestidas de noiva — e todas gritando: "Me escolhe!"

Isso é mil vezes pior do que a cratera. Pelo menos podíamos usar o banheiro. Mas com essa balbúrdia toda aqui embaixo não podemos nem entrar nem sair do prédio sem sermos atacados por solteiras desesperadas, loucas para se casarem e terem filhos antes da menopausa.

Se o Trent não processar você, pode apostar que eu processo.

Mike

Para: Peter Hargrave <peter.hargrave@thenyjournal.com>
De: Dolly Vargas <dolly.vargas@thenyjournal.com>
Assunto: Mel

Bom, francamente, acho tudo isso o máximo.

E não pode deixar o George demiti-la, Peter. Você aprovou a coluna, lembra? É ou não é redator-chefe deste jornal? Vai apoiar sua funcionária e a matéria dela, ou tirar o corpo fora?

Você é um homem, Peter, ou um rato?

XXXOOO

Dolly

Para: Mel Fuller <melissa.fuller@thenyjournal.com>
De: Nadine Wilcock <nadine.wilcock@thenyjournal.com>
Assunto: O que você fez?

Mel, não consigo acreditar nisso. NÃO CONSIGO ACREDITAR NISSO. Com uma única coluna, você conseguiu paralisar uma cidade inteira.

ESTÁ FICANDO DOIDA? George vai te matar.

E não acha que foi um pouco longe demais? Quero dizer, sim, o John mentiu para você, e isso não foi legal. Mas está mentindo para a cidade inteira — ou pelo menos toda a área em que o *Journal* se encontra disponível nas bancas. Um erro não justifica outro, Mel.

Agora, vai ser demitida, e depois vai ter que voltar para casa e morar com seus pais. E aí quem vai ser minha dama de honra???

Nad :-(

Para: Mel Fuller <melissa.fuller@thenyjournal.com>
De: Tony Salerno <rango@fresche.com>
Assunto: Eu precisei

---

vir de bicicleta para o trabalho hoje por causa da confusão na Madison. Tem mulheres de todas as formas e tamanhos enfileiradas diante do prédio do *Chronicle*. Parece aquele momento em que a bola cai em Times Square no Ano-Novo, só que todos estão mais bem-vestidos. Você devia ver as caras de pânico nos rostos dos tiras que foram convocados para controlar a galera. Há uns até com equipamento de tropa de choque.

Está se sentindo melhor agora? Acho que pode dizer com certeza que vocês estão quites.

Tony

Para: Mel Fuller <melissa.fuller@thenyjournal.com>
De: Tim Grabowski <timothy.grabowski@thenyjournal.com>
Assunto: Não dá pra acreditar

---

que você finalmente começou a usar seus poderes para o mal, em vez do bem. Estou tão orgulhoso de você que seria capaz de explodir.

Aí, garota.

Tim

Para: Mel Fuller <melissa.fuller@thenyjournal.com>
De: Don e Beverly Fuller <DonBev@dnr.com>
Assunto: solteiro milionário

Querida, acabei de ver no noticiário da televisão que tem um homem em Nova York que está querendo se casar com uma moça bacana de Staten Island. Sei que você não é de Staten Island, mas é muito mais bonita que todas aquelas mulheres que eles mostraram, ali na fila. Devia ir para lá e se candidatar a uma entrevista, porque acho que qualquer milionário ia adorar você.

E veja se leva aquela foto sua com a coroa e a faixa de Rainha da Feira de Duane County! Nenhum homem consegue resistir a uma moça com tiara na cabeça.

Mamãe

Para: John Trent <john.trent@thenychronicle.com>
De: Sargento Paul Reese <preese@89DP.nyc.org>
Assunto: Se estava tão desesperado assim,

devia ter me falado: tenho uma irmã que é solteira.

Só para seu conhecimento: este é o primeiro pedido de tropa de choque que tivemos para o centro da cidade. Não se recebe um monte de ligações assim pedindo homens com máscaras de proteção e cassetetes ali pelas bandas da Saks. Meus parabéns!

Paul

Para: John Trent <john.trent@thenychronicle.com>
De: Genevieve Randolph Trent <grtrent@trentcapital.com>
Assunto: Estou envergonhada de você

De todos os meus netos, você sempre foi o que eu menos esperava ver em qualquer coluna social.

Mas o que o Higgins me mostrou logo depois do café? Aquele artigo horrível sobre você e sua procura por uma noiva! Quem quer casar com um milionário, francamente!

Só posso presumir, depois de ler esse lixo que foi redigido nada mais nada menos que pela Srta. Fuller, e que de alguma forma conseguiu enfurecer aquela moça. Isso, meu caro, foi de uma imprudência total e absoluta.

Entendo que tanto seu local de trabalho e seu apartamento estejam cercados agora. Se quiser, posso mandar Jonesy pegar você. Mas estou com medo, porque os meus vizinhos podem se sentir incomodados se aquelas mulheres todas que estão te perseguindo vierem fazer tumulto diante da nossa porta. Porém, o comissário de polícia, que, como sabe, é um velho amigo meu, me garantiu que tomará todas as providências possíveis para evitar que nossas calçadas venham a ser invadidas. Você pode passar os próximos dias aqui comigo, onde é mais seguro.

Também o Sr. Peter Hargrave, redator-chefe daquele pasquim, me garantiu que vai publicar uma retratação dentro dos próximos dois dias. Ofereceu-se para demitir a moça, mas eu lhe disse que seria desnecessário. Tenho certeza de que ela teve toda a razão, sejam lá quais forem as razões pelas quais fez isso.

Francamente, John. Jamais aprendeu a brincar direito mesmo com os filhos dos outros. Estou muito decepcionada com você.

Mim

Para: John Trent <john.trent@thenychronicle.com>
De: Jason Trent <jason.trent@trentcapital.com>
Assunto: Dessa vez você conseguiu

Conseguiu mesmo. A Mim está furiosa.

Sugiro que tire umas férias prolongadas. Não há um lugar ao qual se possa ir nessa cidade onde as pessoas não estejam falando de você. Ouvi dizer que até inventaram um sanduíche novo: o Trent — só duas fatias de pão sem nada dentro (porque você não apareceu para fazer as entrevistas).

Por que não vem aqui fazer uma visita à Stacy e às crianças? Adoraríamos recebê-lo, e você ainda não conheceu seu xará. O que me diz?

Jason

Para: Jason Trent <jason.trent@trentcapital.com>
De: John Trent <john.trent@thenychronicle.com>
Assunto: Obrigado pela oferta

Mim fez uma oferta semelhante. Mas prefiro ficar aqui e apodrecer no inferno que eu mesmo preparei.

Não posso dizer que não vem sendo interessante. Não posso nem descer até a *delicatessen* da esquina para comprar leite sem o cara atrás do balcão se oferecer para me apresentar a filha dele. Por mais que eu tente desmentir a história de eu estar procurando uma noiva, as pessoas simplesmente parecem não acreditar em mim. Gostam da idéia de um cara ter dinheiro suficiente para ter qualquer coisa no mundo exceto a única que ele realmente quer... o amor de uma boa mulher.

Claro que sempre que tento explicar que também tive isso, mas consegui meter os pés pelas mãos, as pessoas não querem *de jeito nenhum* saber de ouvir a minha história. É como se não pudessem entender o fato de que ser rico não equivale a ser feliz.

Mas também, não tem sido tão ruim assim. Ando trabalhando bastante no meu romance. Só que é engraçado. Eu até sinto falta daquele cachorro idiota. Também dos gatos. Andei pensando em arranjar um para mim. Um cachorro. Quero dizer. Talvez um gato. Sei lá. Parece que não consigo me dar bem com os seres humanos.

Mas não desisti de tentar. Andei mandando flores a Mel todos os dias — até no dia depois que a coluna foi publicada. Mas ela me responde? Não dá nem uma palavra. Imagino a calçada diante do *New York Journal* cheia de arranjos de flores que eu mandei, jogados da janela pela Mel.

Tenho que desconectar. Minha comida chinesa — para um — chegou.

John

Para: Mel Fuller <melissa.fuller@thenyjournal.com>
De: John Trent <john.trent@thenychronicle.com>
Assunto: Você venceu

E aí? Está satisfeita? Essa coluna me causou um constrangimento indescritível. Eles não me deixam mais ir à redação. Minha família mal fala comigo. Já não tenho notícias do Max, mas imagino que ele também esteja sendo devidamente castigado.

Será que dá para reatarmos a amizade?

John

Para: John Trent <john.trent@thenychronicle.com>
De: Mel Fuller <melissa.fuller@thenyjournal.com>
Assunto: Será que dá para reatarmos a amizade?

Não.

Mel

Para: Mel Fuller <melissa.fuller@thenyjournal.com>
De: Recursos Humanos <recursos.humanos@thenyjournal.com>
Assunto: Suspensão

Prezada Melissa Fuller,

Esta é uma mensagem automatizada da Divisão de Recursos Humanos do *New York Journal*, o principal periódico especializado em fotojornalismo de Nova York. Queira tomar conhecimento de que, no dia de hoje, seu emprego aqui no jornal está suspenso sem vencimentos. Seu emprego lhe será restituído após 3 dias úteis.

Esta providência foi tomada em conseqüência de uma coluna que entregou sem submeter à análise dos canais competentes. Favor observar para referência futura que todas as colunas devem ser submetidas ao gerente editorial de sua divisão, e não enviadas diretamente ao copidesque.

Melissa Fuller, nós, aqui do *New York Journal,* trabalhamos em equipe. Vencemos em equipe, e perdemos em equipe, também. Melissa Fuller, não deseja participar de uma equipe vencedora? Então, por favor, esforce-se para entregar seu trabalho através dos canais competentes de agora em diante!

Atenciosamente,
Divisão de Recursos Humanos
New York Journal

Favor observar que quaisquer outras suspensões no futuro resultarão em sua demissão por justa causa.

Esta mensagem é confidencial, e não deve ser utilizada por ninguém que não seja o destinatário dela. Se recebeu este e-mail por engano, por favor informe ao remetente.

Para: Mel Fuller <melissa.fuller@thenyjournal.com>
De: Nadine Wilcock <nadine.wilcock@thenyjournal.com>
Assunto: Suspensão

Está brincando??? E eles podem fazer uma coisa dessas?

Ai, Mel, isso já está indo de mal a pior! O que vou fazer sem você durante três dias? Vou morrer de tédio!

Será que ajudaria se eu organizasse uma paralisação em protesto contra a medida?

Nad

Para: Nadine Wilcock <nadine.wilcock@thenyjournal.com>
De: Mel Fuller <melissa.fuller@thenyjournal.com>
Assunto: Minha suspensão

Ora, ora, não vai ser tão ruim assim. Estou até ansiosa para isso. Já faz tempo que não tiro uma folga. Paco e eu vamos ter uma chance de reatarmos nossa amizade. E Deus sabe que não visito a Sra. Friedlander no hospital há séculos. Ela não notou, eu sei, mas mesmo assim me sinto culpada por isso... Mesmo que no fim ela não vá se tornar minha tia por afinidade.

Verdade, não esquenta comigo. Estou bem. Juro.

Mel

Para: Don e Beverly Fuller <DonBev@dnr.com>
De: Mel Fuller <melissa.fuller@thenyjournal.com>
assunto: Oi!

Estava só imaginando se sabem da existência de alguma vaga no *Duane County Register.* Vocês mencionaram uma vez que achavam que a Mabel Fleming estaria interessada em me contratar como redatora da coluna de Artes e Entretenimento. Andei pensando muito no caso, e cheguei à conclusão de que estou mesmo cansada da cidade grande e gostaria de passar uma temporada na minha cidade natal. Será que poderiam por favor me dizer se a Mabel ainda precisa de alguém?

Grata,

Mel

P.S.: Não se preocupem comigo. Estou bem. Juro.

Para: Mel Fuller <melissa.fuller@thenyjournal.com>
De: Don e Beverly Fuller <DonBev@dnr.com>
Assunto: Querida, está falando sério?

Está mesmo pensando em voltar para sua cidade natal?

Ah, o papai e eu não podíamos estar mais felizes. Quero dizer, foi bom pra você ir para a cidade grande e tentar se testar, mas o fato é que já fez isso. Agora é hora de sossegar, e o papai e eu ficamos radiantes de saber que quer fazer isso aqui na boa e velha Lansing.

E não quero que pense que não somos cosmopolitas, porque sabe que um dia desses abriram um Wal-Mart! Pode acreditar nisso? Um Wal-Mart bem aqui em Lansing.

Bom, para encurtar o papo, boas notícias: liguei para a Mabel na hora e lhe perguntei se ela ainda precisava de uma colunista de Artes e Entretenimento, e ela respondeu: "Preciso, uai!" O emprego é seu, se quiser. O salário não é grande coisa: só 12.000 dólares por ano. Mas meu bem, se morar aqui em casa, pode economizar tudo e depois usar para dar entrada em sua própria casa quando finalmente se casar.

Ai, estou tão feliz! Quer que a gente vá aí pegar você? O Dr. Greenblatt disse que podíamos usar a minivan para trazer todas as suas coisas. Não foi uma gentileza dele oferecer?

É só me dizer quando quer voltar para casa que vamos aí pegá-la num piscar de olhos!

Ai, querida, te amamos tanto, mal podemos esperar para te rever!

Mamãe e papai

Para: Mel Fuller <melissa.fuller@thenyjournal.com>
De: Nadine Wilcock <nadine.wilcock@thenyjournal.com>
Assunto: Tem certeza

---

de que está bem? Você não parecia você mesma na noite passada. Quero dizer, sei que não ficou muito feliz com esse negócio da suspensão, e que aquela pisada na bola do John ainda a deprime...

Mas você parecia mais esquisita do que o normal ontem. Não é porque odeia o seu vestido até a morte, é? Porque não é tarde demais para comprar outros...

Saudade,

Nad

Para: Nadine Wilcock <nadine.wilcock@thenyjournal.com>
De: Mel Fuller <melissa.fuller@thenyjournal.com>
Assunto: Está de brincadeira?

Tudo está ótimo. Hoje tomei um banho de espuma de duas horas, depois assisti a Rosie e fiz as unhas. Levei o Paco para passear, depois fiz as unhas dos pés e assisti ao filme da tarde, aí levei o Paco à rua outra vez e li a *Vogue* de setembro inteirinha (todas as 1.600 páginas), e comi uma caixa de Ring Dings e levei o Paco para passear...

Estou me divertindo como nunca!

Mas obrigada por perguntar.

Mel

P.S.: O John mandou flores hoje?

Para: Mel Fuller <melissa.fuller@thenyjournal.com>
De: Nadine Wilcock <nadine.wilcock@thenyjournal.com>
Assunto: Não chegou flor nenhuma

---

do John hoje. Lembra? Você ligou para o florista dele e disse que ia processá-los por assédio se eles não parassem.

Mel, por que simplesmente não liga para ele? Não acha que isso já foi longe demais? Sabe, o cara obviamente está louco por você — ou pelo menos estava, até aquele lance do milionário em busca da mulher ideal. Acho mesmo que vocês dois formam um casal super-gracinha. Não podem tentar de novo?

Nad

Para: Nadine Wilcock <nadine.wilcock@thenyjournal.com>
De: Mel Fuller <melissa.fuller@thenyjournal.com>
Assunto: Espera só um minuto aí

Não foi VOCÊ MESMA que disse que desconfiava o tempo todo que havia algo nele que não estava certo? E agora quer que eu LIGUE pra ele? Depois do que ele fez???

NEM PENSAR!!!!

Meu Deus, Nadine: eu estava escrevendo o nome Sra. Melissa Friedlander em tudo, pensando que ele e eu íamos passar o resto de nossas vidas juntos. E aí descubro que não é nem o nome verdadeiro dele, e você quer que eu LIGUE PRA ELE???

Qual é? Está com TPM ou coisa parecida?

Ora, pois pode ir parando com isso, porque eu JAMAIS vou ligar para ele. JAMAIS, JAMAIS, JAMAIS, JAMAIS, JAMAIS, JAMAIS, JAMAIS, JAMAIS, JAMAIS, JAMAIS, JAMAIS, JAMAIS, JAMAIS, JAMAIS, JAMAIS.

Mel

Para: Mel Fuller <melissa.fuller@thenyjournal.com>
De: Nadine Wilcock <nadine.wilcock@thenyjournal.com>
Assunto: Muito bem

tá legal, entendi o recado. Caramba. Me perdoe por ter até pensado nisso.

Nad

Para: Tony Salerno <rango@fresche.com>
De: Nadine Wilcock <nadine.wilcock@thenyjournal.com>
Assunto: Minha dama de honra

entrou em parafuso. E agora, o que faço?

Nad

Para: Nadine Wilcock <nadine.wilcock@thenyjournal.com>
De: Tony Salerno <rango@fresche.com>
Assunto: Obviamente

convida o John para o casamento.

Estou falando sério. No minuto em que ela o vir, ela vai amolecer. Pelo menos, é o que sempre acontece nos filmes.

Tony

Para: Mel Fuller <melissa.fuller@thenyjournal.com>
De: Max Friedlander: <reidafoto@paremasrotativas.com>
Assunto: Chaves

Sim. Sou eu. O Max Friedlander verdadeiro dessa vez. Vou voltar para Nova York e preciso das chaves do apartamento da minha tia. Fiquei sabendo que mandou mudar as fechaduras e está com todas as chaves. Quer por favor entregar uma ao porteiro para ele abrir a porta para mim amanhã?

Atenciosamente,
Max Friedlander

Para: Max Friedlander <reidafoto@paremasrotativas.com>
De: Mel Fuller <melissa.fuller@thenyjournal.com>
Assunto: Chaves

Como é que sei que você é o Max Friedlander AUTÊNTICO? Como vou saber se não é um impostor como o último Max Friedlander que eu conheci?

Mel Fuller

Para: Mel Fuller <melissa.fuller@thenyjournal.com>
De: Max Friedlander <reidafoto@paremasrotativas.com>
Assunto: Chaves

Porque se não me der as chaves do apartamento da minha tia eu te processo.

Valeu?

Cordialmente,
Max Friedlander

Para: Max Friedlander <reidafoto@paremasrotativas.com>
De: Mel Fuller <melissa.fuller@thenyjournal.com>
Assunto: Chaves

Muito bem, então vou entregar uma chave ao porteiro para você.

Será que posso lhe perguntar o que pretende fazer com Paco e os gatos?

Mel Fuller

Para: Mel Fuller <melissa.fuller@thenyjournal.com>
De: Max Friedlander <reidafoto@paremasrotativas.com>
Assunto: Chaves

Dê TODAS as chaves ao porteiro. Pretendo me mudar para o apartamento da minha tia por enquanto, então vou cuidar do Paco e dos gatos. Seus serviços, embora seja grato por eles, não são mais necessários, muito obrigado.

Max Friedlander

Para: Max Friedlander <reidafoto@paremasrotativas.com>
De: Mel Fuller <melissa.fuller@thenyjournal.com>
Assunto: Chaves

Me aguarde. Quando sua tia acordar, vou contar a ela direitinho tudo sobre sua "gratidão". E como você correu para o lado dela na hora em que ela precisou.

Sabe, tem um nome para gente como você, só que sou educada demais para escrevê-lo nessa mensagem.

Mel Fuller

Para: Mel Fuller <melissa.fuller@thenyjournal.com>
De: Max Friedlander <reidafoto@paremasrotativas.com>
Assunto: Chaves

Pode contar à minha tia o que quiser. Porque eu tenho uma notícia pra senhora, moça:

Ela não vai mais acordar.

Seu amigo,
Max Friedlander

Para: John Trent <john.trent@thenychronicle.com>
De: Mel Fuller <melissa.fuller@thenyjournal.com>
Assunto: Seu amigo Max

é o ser humano mais desprezível do planeta, e como é que pôde prestar um favor a ele é uma coisa que jamais vou entender.

Eu só queria que soubesse disso.

Mel

Para: Mel Fuller <melissa.fuller@thenyjournal.com>
De: John Trent <john.trent@thenychronicle.com>
Assunto: O fato de você

---

escrever para mim de novo significa que me perdoou?

Deixei recados para você no trabalho, mas dizem que não foi trabalhar a semana inteira. Está doente outra vez ou coisa parecida? Tem algo que eu possa fazer para ajudar?

John

Para: John Trent <john.trent@thenychronicle.com>
De: Mel Fuller <melissa.fuller@thenyjournal.com>
Assunto: Max Friedlander

>O fato de você me escrever de novo significa que me perdoou?

Não.

>Deixei recados para você no trabalho, mas dizem que não foi trabalhar a semana inteira. Está doente outra vez ou coisa parecida?

Fui suspensa. E o motivo não é da sua conta.

Max está se mudando para o apartamento da tia. Acabei de vê-lo no corredor.

Não dá para acreditar que vocês dois foram amigos. Ele é o sujeito mais grosseiro que já tive o desprazer de conhecer.

Espera aí. Retiro o que disse. Vocês dois se merecem.

Mel

Para: Max Friedlander <reidafoto@paremasrotativas.com>
De: John Trent <john.trent@thenychronicle.com>
Assunto: Mel

Ouvi dizer que você voltou para a cidade e vai morar no apartamento da sua tia.

Mas que ótimo. Isso é simplesmente fantástico.

Só tem uma coisa: se a Mel me disser que você a maltratou seja lá de que forma for, eu vou fazer picadinho de você. Estou falando sério, Max. Tenho amigos no Departamento de Polícia de Nova York que adorariam fazer vista grossa enquanto eu te mato de pancada. Esse negócio todo na Página Dez sobre você e a Vivica — foi culpa minha, não da Mel. Então tenta só se fazer de engraçadinho pra ver o que é bom para tosse. Estou avisando, se não tomar cuidado, vai se arrepender.

John

Para: John Trent <john.trent@thenychronicle.com>
De: Max Friedlander <reidafoto@paremasrotativas.com>
Assunto: Mel

Que negócio na Página Dez sobre mim e a Vivica? Do que está falando?

E por que ainda vem assim com quatro pedras na mão? Quero dizer, a mocinha até que é jeitosa, acho, se gosta do tipo, mas nada que me impressione.

Cara, você certamente não é mais aquele que eu conheci.

Max

P.S.: Estão contratando fotógrafos aí no *Chronicle*? Porque vou te contar, rapaz, estou precisando de um trabalho para ontem.

Para: Max Friedlander <reidafoto@paremasrotativas.com>
De: Vivica@sophisticate.com
Assunto: Nosso casamento

MAXIE!!!

ACABEI DE VOLTAR DOS DESFILES DE MILÃO, E ALGUÉM ME MOSTROU AQUELE ARTIGO SOBRE MIM E VOCÊ QUE SAIU NO JORNAL!!! É VERDADE??? VOCÊ QUER MESMO SE CASAR COMIGO???

ONDE VOCÊ SE METEU??? ANDEI TELEFONANDO PARA TODOS OS NÚMEROS ANTIGOS, MAS DIZEM QUE FORAM DESLIGADOS. FINALMENTE A DEIRDRE ME CONSEGUIU ESSA CONTA DE E-MAIL PARA EU PODER TENTAR ESCREVER PARA VOCÊ. ESPERO QUE RECEBA ESSA MENSAGEM PORQUE REALMENTE QUERO QUE SAIBA QUE TE PERDÔO PELO QUE ACONTECEU EM KEY WEST E REALMENTE, REALMENTE ESPERO QUE SEJA VERDADE O QUE SAIU NO JORNAL!!!

COM AMOR,
VIVICA

Para: Sebastian Leandro <sleandro@hotphotos.com>
De: Max Friedlander <reidafoto@paremasrotativas.com>
Assunto: Que diabo

andou acontecendo por aqui antes de eu voltar? Que negócio de Página Dez é esse? E por que a Vivica pensa que quero me casar com ela?

Cacete, a gente não pode nem sair dessa cidade alguns meses que na volta parece que está tudo virado de cabeça pra baixo.

Max

Para: Max Friedlander <reidafoto@paremasrotativas.com>
De: Sebastian Leandro <sleandro@hotphotos.com>
Assunto: Desculpe ser eu a lhe dar essa notícia,

Mas publicaram um artigo na Página Dez, que é a coluna de fofocas do *New York Journal,* de que tinha pedido a Vivica em casamento e estava louco para constituir família com ela.

Pelo amor de Deus, não mate o mensageiro.

Sebastian

Para: Vivica@sophisticate.com
De: Max Friedlander <reidafoto@paremasrotativas.com>
Assunto: Nosso casamento

Ao contrário do que possa ter lido naquele pasquim ordinário que todos na cidade chamam de jornal, eu nunca jamais tive qualquer desejo de me casar com você.

Meu Deus, Vivica, é por sua causa que estou vivendo nesse estado de penúria quase total! Só um louco se casaria com você. Ou um cara com tanta grana que não se importe quantos golfinhos de madeira rústica você venha a comprar.

Por que não tenta ligar para o Donald Trump? Aposto que ele te aceita de volta.

Max

Para: Mel Fuller <melissa.fuller@thenyjournal.com>
De: Vivica@sophisticate.com
Assunto: MAX FRIEDLANDER

PREZADA SRTA. FULLER,

OI. PROVAVELMENTE NÃO SE LEMBRA DE MIM. SOU AQUELA QUE LHE CONTOU SOBRE MAX E SEU AMIGO ESTAREM TE ENGANANDO, LEMBRA?

BOM, ACONTECE QUE UM AMIGO MEU ME MOSTROU UM ARTIGO NO JORNAL ESCRITO PELA SENHORITA QUE DIZ QUE MAX QUER SE CASAR COMIGO. MAS ACABEI DE PERGUNTAR AO MAX E ELE DIZ QUE NÃO QUER. SE CASAR COMIGO, QUERO DIZER. EMBORA ISSO SEJA O QUE MAIS QUERO NO MUNDO. ME CASAR COM O MAX, QUERO DIZER.

ENTÃO ESTAVA SÓ IMAGINANDO SE PODIA ME DIZER COMO DESCOBRIU ISSO PORQUE EU REALMENTE GOSTARIA DE SABER.

VENHO TENTANDO LIGAR PARA A REDAÇÃO DO SEU JORNAL E DEIXAR RECADOS, MAS ELES DISSERAM QUE A SENHORITA ESTÁ TIRANDO UMA LICENÇA E ESPERO QUE NÃO ESTEJA DOENTE NEM NADA. DETESTO FICAR DOENTE. QUANDO ADOEÇO ELES PRECISAM ADIAR MEUS ENSAIOS FOTOGRÁFICOS, E AÍ MINHA VIDA TODA PÁRA.

ATENCIOSAMENTE,
VIVICA

Para: Nadine Wilcock <nadine.wilcock@thenyjournal.com>
De: Mel Fuller <melissa.fuller@thenyjournal.com>
Assunto: Modelos

Tá bom, pela primeira vez, estou me sentindo realmente mal por escrever aquele anúncio falso do casamento do Max Friedlander. Não por ele, mas porque a Vivica me mandou uma mensagem eletrônica me perguntando se era verdade. Parece que, mais do que qualquer outra coisa no mundo, Vivica gostaria de se casar com o Max Friedlander.

Não dá pra acreditar que fiz uma burrice dessas. Agora vou precisar responder a ela e lhe dizer que inventei tudo para me vingar do Max (e do John). Ela vai ficar magoada, e a culpa vai ser minha.

Mereço pegar suspensão pelo resto da minha vida.

Mel

Para: Mel Fuller <melissa.fuller@thenyjournal.com>
De: Dolly Vargas <dolly.vargas@thenyjournal.com>
Assunto: Modelos

Querida, a Nadine está me dizendo que está se sentindo mal com aquele pequeno contratempo devido à sua coluna. Ela diz que você está preocupada por ter magoado aquela supermodelo!

Ah, querida, preciso lhe dizer que ri até chorar quando ouvi essa. Você é muito ingênua. Positivamente sentimos saudades de você na redação, sabe. Ora, desde que deixou de vir, ninguém disse uma única palavra sobre a Winona Ryder, os problemas judiciais dela, nem o novo filme.

Mel, meu amor, as supermodelos não têm sentimentos. Como é que tenho tanta certeza disso? Ora, vou te revelar um segredinho:

meu primeiro noivo me deixou por uma delas. Sério. Eu sei que jamais soube que fui noiva um dia, mas fui, várias vezes. Jamais teria dado certo, porque é claro que ele era da nobreza — quero dizer, dá pra *me imaginar* comparecendo a jantares oficiais, esse negócio todo? Mas eu estava desesperadamente apaixonada por ele. Ou no mínimo pela possibilidade de ficar com a coroa um dia.

Mas, aí, o apresentaram a essa supermodelo — que também, por coincidência, era minha melhor amiga, e sabia muito bem o que eu sentia por ele. Ou pela coroa dele, aliás. E o que acha que aconteceu? Ora, ela o tirou de mim, é claro.

Não sofri muito tempo. O pai dele proibiu o casamento dos dois, e todos tocamos a vida para a frente.

Mesmo assim, aprendi a lição: as supermodelos não têm pêlos no corpo, não têm celulite e não têm sentimentos.

Então fique de consciência tranqüila, meu bem. Ela não sente nada!

XXXOOO

Dolly

Para: Dolly Vargas <dolly.vargas@thenyjournal.com>
De: Mel Fuller <melissa.fuller@thenyjournal.com>
Assunto: Modelos

Ora, obrigada pelo conselho sobre supermodelos... Acho. Foi bem esclarecedor. Acho. Mas se não se incomodar, vou tratar a Vivica como trataria qualquer outra pessoa... ou seja, vou presumir que ela realmente sente o que sente.

Mas muito obrigada, e mande lembranças pro pessoal todo aí.

Mel

P.S.: Espero que não esteja saindo mais com o Peter. Ele é que me suspendeu, sabe. Eu sei que é pedir muito, mas, se ainda estiver saindo com ele, será que podia ao menos evitar transar com ele até eu voltar? Eu realmente acho que seria o mínimo que você podia fazer.

Para: Vivica@sophisticate.com
De: Mel Fuller <melissa.fuller@thenyjournal.com>
Assunto: Max Friedlander

Querida Vivica,

Em resposta à sua pergunta, sinto lhe dizer que essa história do Max querer se casar com você foi totalmente inventada por mim.

Veja bem, eu estava muito zangada com o Max e o amigo dele, o John, por me enganarem do jeito que me enganaram — me fazendo pensar que o John era o Max e tudo. Isso realmente me magoou, e eu quis magoá-los também, de qualquer forma que pudesse.

A única coisa em que não pensei foi que escrevendo aquela matéria eu podia estar magoando você. Arrependo-me demais disso, e espero que me perdoe.

Caso isso faça você se sentir melhor, quando eu voltar ao trabalho — estou tirando uma folga no momento —, vou redigir uma retratação.

Atenciosamente,
Mel

P.S.: Se consola, eu sei como se sente: achei que ia me casar com o amigo dele — sabe, aquele que estava fingindo ser o Max. Mas é claro que não deu certo. Não se pode ter um relacionamento baseado em mentiras.

Para: Mel Fuller <melissa.fuller@thenyjournal.com>
De: Vivica@sophisticate.com
Assunto: Max Friedlander

QUERIDA MEL,

ORA, BEM QUE EU ACHEI QUE TALVEZ FOSSE ISSO, QUE A HISTÓRIA DO MAX QUERER SE CASAR COMIGO TIVESSE SIDO INVENÇÃO, QUERO DIZER. GOSTEI DA SUA IDÉIA DE PUBLICAR OUTRA MATÉRIA SOBRE ELE. SERÁ QUE DAVA PARA DIZER QUE, QUANDO ELE DORME, RONCA MAIS QUE QUALQUER SER HUMANO NO PLANETA? PORQUE ISSO É A MAIS PURA VERDADE.

CONCORDO COM VOCÊ QUANDO DIZ QUE NÃO DÁ PARA BASEAR UM RELACIONAMENTO EM MENTIRAS. MAX ME DISSE QUE ME AMAVA, E NO FIM ERA TUDO MENTIRA, EU REALMENTE, REALMENTE O AMAVA, MAS ELE DORMIU COM A CAMAREIRA ASSIM MESMO. E TUDO POR CAUSA DE UNS GOLFINHOS DE MADEIRA RÚSTICA IDIOTAS.

SABE VOCÊ É BEM LEGAL. PARA UMA REPÓRTER. SERÁ QUE NÃO GOSTARIA DE ALMOÇAR UM DIA COMIGO ENQUANTO ESTÁ DE FOLGA? ENCONTREI UM RESTAURANTE DO QUAL GOSTEI MUITO, MUITO MESMO, SE CHAMA APPLEBEE'S E ELES TÊM UNS NACHOS COM CHILI DAQUI, QUASE TÃO BONS COMO NO MEU OUTRO RESTAURANTE PREDILETO, O FRIDAY'S. QUER IR ALMOÇAR COMIGO UM DIA DESSES? SE NÃO QUISER, NÃO TEM PROBLEMA, PORQUE EXISTEM MUITAS MOÇAS QUE NÃO GOSTAM DE MIM POR EU SER MODELO. QUE NEM A VOVÓ DIZ, QUERIDA, SE VOCÊ NÃO FOR UMA NOTA DE CEM DÓLARES, NEM TODOS VÃO GOSTAR DE VOCÊ.

É SÓ ME AVISAR.

COM CARINHO,
VIVICA

Para: Vivica@sophisticates.com
De: Mel Fuller <melissa.fuller@thenyjournal.com>
Assunto: Almoço

Prezada Vivica,

Adoraria ir almoçar com você a qualquer hora que quiser. É só me dizer que dia seria bom para você.

Mel

P.S.: Eu vou mesmo tentar introduzir o assunto do ronco na minha nova coluna.

Para: John Trent <john.trent@thenychronicle.com>
De: Stacy Trent <euodeiobarney@freemail.com>
assunto: Por que é que

eu deixo você de lado uns dois dias enquanto vou ter um bebê e quando vejo,

a) você rompe com sua namorada com a qual pensei que ia se casar,
b) se muda para seu apartamento antigo no Brooklyn e
c) de repente vira o solteiro mais cobiçado de toda a América do Norte.

Como foi que conseguiu armar tamanha confusão? E o que posso fazer para ajudar a desmanchar esse nó?

Stacy

P.S.: As gêmeas estão superchateadas. Estavam querendo ser daminhas de honra.

P.P.S.: Grata pelo bracelete. E o chocalho de bola de beisebol é lindo.

Para: Stacy Trent <euodeiobarney@freemail.com>
De: John Trent <john.trent@thenychronicle.com>
Assunto: Eu vacilei

E sou homem o suficiente para admitir isso.

Não acho que haja alguma coisa que alguém possa fazer para desmanchar o nó. Ela nem quer mais falar comigo. Já tentei de tudo, de enviar flores a fazer súplicas. Nada funcionou. Ela está furiosa.

Acabou.

E não posso deixar de pensar que provavelmente foi melhor assim. Quero dizer, admito que o que fiz foi errado, mas não é como se eu tivesse a intenção de enganá-la desde o início. Bom, eu enganei, sim, mas não sabia que ia me apaixonar por ela.

O fato é que eu estava tentando ajudar um amigo. Eu admito que ele é um cretino, mas eu lhe devia um favorzão.

Se ela não consegue entender isso, então, provavelmente, foi melhor nos separarmos. Não dá para passar minha vida com alguém que não entende que os amigos precisam fazer coisas uns pelos outros que talvez nem sejam agradáveis, nem éticas, mas são necessárias, para preservar a amizade...

Ah, deixa pra lá. Eu nem mesmo sei o que estou dizendo. Estou delirando de tanta tristeza e depressão. Gostaria que alguém me desse um tiro e acabasse com essa desgraça toda. Quero a Mel de volta. Quero a Mel de volta. Quero a Mel de volta. Quero a Mel de volta.

Só tenho isso a dizer.

John

Para: Jason Trent <jason.trent@trentcapital.com>
De: Stacy Trent <ieuodeiobarney@freemail.com>
Assunto: Meu Deus

Eu nunca vi seu irmão assim. Ele está na pior. Precisamos fazer alguma coisa!

Stacy

P.S.: Acabou o leite.

Para: Stacy Trent <euodeiobarney@freemail.com>
De: Jason Trent <jason.trent@trentcapital.com>
Assunto: Meu Deus

Não se meta na vida particular do John. Se não fosse você ficar incentivando o cara, nada disso teria acontecido.

Estou falando sério, Stacy. NÃO SE ENVOLVA. Você já aprontou demais.

Jason

P.S.: Manda a Gretchen pegar leite. Para que pagamos a uma babá 1.000 dólares por semana, se ela não pode nem ir pegar um litro de leite de vez em quando?

Para: Genevieve Randolph Trent <gtrent@trentcapital.com>
De: Stacy Trent <euodeiobarney@freemail.com>
Assunto: John

Mim...

Eu acabei de falar com o John. Ele está tão pra baixo que nem consegui acreditar. Precisamos fazer alguma coisa para ajudá-lo, você e eu.

Jason não vai querer se meter, é claro. Acha que devíamos deixá-lo em paz. Mas estou dizendo, o John vai passar o resto da vida sozinho e infeliz se não resolvermos essa parada. Sabe que os homens não podem ser entregues a seus próprios desígnios quando se trata de sua vida amorosa. Eles simplesmente conseguem ferrar tudo.

O que me diz? Você me ajuda?

Stacy

Para: Stacy Trent <euodeiobarney@freemail.com>
De: Genevieve Randolph Trent <grtrent@trentcapital.com>
Assunto: John

Minha querida Stacy,

Por mais que eu abomine admitir que um dos meus netos favoritos é um perfeito incompetente em matéria de relacionamentos pessoais, não posso deixar de sentir que está certa. O John precisa mesmo desesperadamente de nossa ajuda.

O que sugere que façamos? Por favor, me telefone esta noite para podermos analisar nossas opções. Estarei em casa entre seis e oito da noite.

Mim

P.S.: Quem é esse coitado do Barney, e por que o detesta tanto?

Para: Nadine Wilcock <nadine.wilcock@thenyjournal.com>
De: Mel Fuller <melissa.fuller@thenyjournal.com>
Assunto: A coisa mais esquisita

do mundo acabou de acontecer. Eu estava sentada diante do computador jogando uma partidinha inocente de Tetris — ando realmente boa nisso desde que fui suspensa —, quando notei uma coisa acontecendo no apartamento ao lado — sabe, no apartamento do Friedlander.

Pela janela do quarto de hóspedes dela — aquele onde o John costumava dormir, e onde eu costumava vê-lo se despir toda noite... mas deixa isso pra lá —, vi o Max Friedlander pulando e sacudindo os braços, gritando com alguém.

Quando peguei o binóculo (não esquenta, eu apaguei as luzes antes), vi que ele estava berrando com um dos gatos da tia. Para ser exata, com o Chico Bum.

Isso me pareceu totalmente estranho, portanto deixei o binóculo de lado e fui até o corredor, e bati à porta. Minha desculpa era que eu estava ouvindo os berros dele através da parede, o que não era verdade, é claro, mas ele não sabia disso.

Ele atendeu à porta todo suado e transtornado. O que a Vivica vê nessa cara eu nem sequer consigo imaginar. Ele é tão diferente do John que não dá para acreditar. Antes de mais nada, ele usa uma correntinha de ouro. Não que eu tenha nada contra os caras que usam jóias, mas, vai me perdoar, ele usa a camisa aberta até o umbigo para você poder notar, a correntinha.

Além disso, tem uma aparência tipo que não se barbeia há dias. Quero dizer, o John costumava ter essa aparência, também, mas eu sabia que ele tinha se barbeado; já o Max, duvido que os dedos dele tenham tocado uma gilete ou um sabão — durante semanas.

Bom, para encurtar a história, ele foi super mal-educado, como sempre, exigindo saber o que eu queria, e quando expliquei que eu tinha ouvido aquela gritaria histérica e vim correndo saber o que era, ele começou a dizer palavrões e contar que aquele Chico Bum estava deixando ele maluco com esse negócio de sujar fora da caixa de areia.

Eu fiquei naturalmente confusa com isso, uma vez que o Chico Bum nunca fez fora da caixa, pelo que eu sabia. Então o Max disse que o gato ficava rondando pela casa, bebendo tudo o que via pela frente, inclusive o copo de água que o Max levava para a mesinha-de-cabeceira (imagina um cara anti-higiênico como ele com um copo d'água na mesinha) e a água da privada.

Foi aí que eu saquei que havia algo errado. Lá em casa, em Lansing, sempre que um animal começa a beber tanto e fazer xixi em todo o canto significa que, provavelmente, está diabético. Disse ao Max que precisávamos levar o Chico Bum ao veterinário imediatamente.

E sabe o que ele respondeu?

— Eu, não. Tenho mais o que fazer.

Estou falando sério. Foi o que ele disse.

Então respondi:

— Tá legal, então deixa que eu mesma levo — e embrulhei o Chico Bum e o levei comigo. Ai, Nadine, devia ter visto a expressão do Paco quando ele me viu sair! Jamais vi o coitado assim tão triste. Ele sente saudades do John, também, estava na cara. Até o Sr. Botucas saiu e tentou me seguir para o corredor, para poder fugir da presença opressiva do Max Friedlander.

Então levei o Chico Bum ao veterinário e, 200 dólares depois (do meu bolso, veja bem, e sei que nunca mais vou ver esse dinheiro de novo), descobriram que o coitado está diabético e precisa tomar duas injeções de insulina por dia e voltar ao veterinário uma vez por semana para exames até a diabetes ser controlada e estabilizada.

Acha que o MAX vai ter juízo para essa responsabilidade? Claro que não. Vai matar o pobre gato. Agora, neste momento, o Chico Bum está comigo, mas não é meu gato, no duro. Sei que a Sra. Friedlander ia querer que ele tivesse o melhor tratamento possível, mas não vai conseguir isso se ele ficar com o Max.

Não sei o que fazer. Devia lhe dizer que o gato morreu, e mantê-lo comigo em segredo? Adoraria trazer todos escondidos para cá. Paco e o Sr. Botucas, quero dizer. O Max é o pior tratador de animais que já conheci. John pode ter sido mentiroso, mas pelo menos cuidava de verdade dos animais da Sra. Friedlander. O Max não está nem aí. Dá pra ver.

Eu daria qualquer coisa para tudo ser como era, antes de eu saber que o John não era o Max Friedlander de verdade. Ele era um Max muito melhor que o verdadeiro.

Mel

Para: Mel Fuller <melissa.fuller@thenyjournal.com>
De: Nadine Wilcock <nadine.wilcock@thenyjournal.com>
Assunto: Você

Você perdeu completamente o juízo. MEL, DEIXA DE SER INFANTIL. Você não adotou um orfãozinho. É um GATO. O gato do seu vizinho. Devolva o gato ao Max e pára com essa obsessão. Ele é adulto. Pode tomar conta de um gato diabético.

Nad

Para: Nadine Wilcock <nadine.wilcock@thenyjournal.com>
De: Mel Fuller <melissa.fuller@thenyjournal.com>
Assunto: Tem razão

Então por que estou me sentindo tão culpada?

Fui até o apartamento do Max há pouco e bati à porta e lhe contei o que tinha acontecido com o Chico Bum. Trouxe o gato comigo, e todos os medicamentos, e mostrei ao Max o que ele ia precisar fazer... sabe, como encher a seringa e como dar a injeção no gato.

O Max pareceu completamente aparvalhado. Ficou o tempo todo dizendo: "Está querendo dizer que os gatos também têm diabetes como as pessoas?" Não acho que ele tenha entendido nada do que ensinei. Aliás, *sei* que não entendeu, porque, quando lhe disse para encher a seringa ele mesmo, encheu a seringa completamente até o número 2, em vez de 2 unidades, que é a dosagem correta.

Comecei a explicar a ele por que isso era tão perigoso, e como Sunny von Büllow estava em coma desde que Claus lhe deu uma injeção com excesso de insulina, mas acho que ele não ouviu nada, a não ser a última parte, uma vez que ficou muito interessado nela, e quis saber quanta insulina era necessária para uma pessoa entrar em coma ou morrer. Como se eu soubesse. Eu lhe disse para assistir ao *Plantão médico* como qualquer pessoa normal e ele provavelmente vai acabar descobrindo.

Ele vai matar aquele gato. Eu estou lhe dizendo isso agora, ele vai matar o bicho. E se ele matar, eu jamais o perdoarei.

Minha nossa, como eu gostaria que a Sra. Friedlander despertasse do coma, pusesse o Max para fora e voltasse a planejar viagens para o Nepal e a freqüentar a aula de hidroginástica. Não seria ótimo se tudo isso acabasse sendo um sonho estapafúrdio que ela andou tendo enquanto dormia? Tipo, acabasse descobrindo que tudo que aconteceu nos últimos meses desde que a encontrei inconsciente jamais aconteceu, e assim tudo pudesse simplesmente voltar ao normal?

Seria fantástico! Então, não teria mais que me sentir assim.

Mel

Para: jerryvive@freemail.com
De: Nadine Wilcock <nadine.wilcock@thenyjournal.com>
Assunto: Mel

Prezado John,

Peguei seu endereço de e-mail com o Tony. Espero que não se importe.

Não costumo me envolver na vida particular da Mel se puder evitar, mas estou abrindo uma exceção neste caso. Eu realmente não consigo mais me segurar.

O QUE ESTAVAM PENSANDO? Você e aquele imbecil do Max Friedlander. O que podiam estar pensando ao bolar uma coisa tão incrivelmente burra?

Agora partiu o coração da minha melhor amiga, uma coisa pela qual tenho certeza de que jamais vou perdoar você. Mas, pior ainda, deixou-a à mercê do verdadeiro Max Friedlander, que tenho certeza de que é o maior idiota que pisou na face da terra.

Como é que você teve coragem? COMO TEVE CORAGEM?

É o que tenho a lhe dizer. Espero que esteja satisfeito. Saiba que acabou com a vida de uma das moças mais incríveis que já existiu.

Espero que esteja orgulhoso de si mesmo.

Nadine Wilcock

Para: Nadine Wilcock <nadine.wilcock@thenyjournal.com>
De: John Trent <john.trent@thenychronicle.com>
Assunto: Mel

Como assim, ela está nas mãos do Max Friedlander? O que o Max está fazendo com ela?

John

Para: John Trent <john.trent@thenychronicle.com>
De: Nadine Wilcock <nadine.wilcock@thenyjournal.com>
Assunto: Max

Epa, vai com calma, tá? Max não está fazendo nada com a Mel. Ele só está se portando... bom, o Max, pelo que posso dizer (quero dizer não o conheço, entende...). Um dos gatos ficou diabético e o Max não está querendo tomar conta dele, só isso. E você conhece a Mel.

Escuta, vai pensar no que lhe disse? Se gosta mesmo da Mel, tem que descobrir alguma forma de compensar tudo o que fez. Não dá para encontrar UMA SAÍDA QUE SEJA?

Nad

Para: Max Friedlander <reidafoto@paremasrotativas.com>
De: John Trent <john.trent@thenychronicle.com>
Assunto: Gatos diabéticos

Olha só. Ouvi dizer que esses gatos complicados da sua tia estão se revelando mais complicados do que você esperava. Quer que te ajude com isso? Se me der permissão, sendo o parente mais próximo da Sra. Friedlander, e tal, eu podia voltar para aí. Você podia ficar aqui no meu apartamento. Que tal?

John

Para: John Trent <john.trent@thenychronicle.com>
De: Max Friedlander <reidafoto@paremasrotativas.com>
Assunto: Gatos diabéticos

Por que eu iria querer me mudar para o seu apartamento? Não mora lá no fim do mundo, no Brooklyn? Não suporto pegar metrô.

Além disso, se me lembro bem, você não tem tevê a cabo. Não está levando aquela vida de escritor boêmio? Sabe, com caixotes de plástico, sofá tipo futon, e tudo?

Muito obrigado, mas não dá pra mim.

Max

Para: Max Friedlander <reidafoto@paremasrotativas.com>
De: John Trent <john.trent@thenychronicle.com>
Assunto: Gatos diabéticos

Então, que tal o seguinte: eu pago um hotel pra você em algum lugar — qualquer lugar que queira —, se me deixar voltar para o apartamento.

Estou falando sério. Até o Plaza, se quiser. Pense em todas as supermodelos que podia impressionar...

John

Para: John Trent <john.trent@thenychronicle.com>
De: Max Friedlander <reidafoto@paremasrotativas.com>
Assunto: Gatos diabéticos

Você é patético, cara. Realmente está de quatro por essa garota, não está? Deve ter sido o cabelo ruivo. Eu é que não vou entender isso. Se quiser mesmo saber, ela é uma intrometida. Pior, é uma dessas mulheres esquisitas que gostam de gatos e pensam que os bichos têm sentimentos.

Meu Deus, não suporto isso.

Bom, valeu a tentativa de oferecer o hotel, e tudo, mas se as coisas correrem como estou esperando, vou estar no meu próprio cantinho daqui a muito pouco tempo. Então, obrigado, mas passo.

Max

P.S.: Você está mesmo dando bobeira, cara, sabia. Eu podia te arranjar garotas muito mais gatas do que essa do 15B. Juro. É só me falar.

Para: Nadine Wilcock <nadine.wilcock@thenyjournal.com>
De: John Trent <john.trent@thenychronicle.com>
Assunto: Max

Bom, tentei ver se conseguia me mudar outra vez para o 15A, mas não deu certo. Parece que o Max tem algum plano em andamento. Parece que ele não vai ficar enchendo o saco da Mel durante muito tempo, se é que isso te consola.

John

Para: Tony Salerno <rango@fresche.com>
De: Nadine Wilcock <nadine.wilcock@thenyjournal.com>
Assunto: Homens

Por que os homens são tão burros? Quero dizer, com a sua exceção, é claro?

Escrevo para o John Trent — arranjando um tempinho na minha agenda superapertada para escrever para o John Trent uma mensagem comovente e superdesesperada, pedindo-lhe pra fazer alguma coisa, QUALQUER COISA, que ele pudesse para a Mel lhe perdoar, claramente sugerindo que, se ele a pedisse em casamento, ela talvez aceitasse, e o que ele faz? O que ele faz?

Ele manda uma mensagem para o cretino do Max Friedlander e tenta conseguir se mudar para o apartamento ao lado da Mel outra vez. Como é que ele consegue ser TÃO BURRO assim? O que preciso fazer para ele entender? Agitar um cartaz com a palavra BURRO?

QUAL É A DE VOCÊS, afinal???

Nad

Para: Nadine Wilcock <nadine.wilcock@thenyjournal.com>
De: Tony Salerno <rango@fresche.com>
Assunto: Homens

Nadine, quando vai aprender a não se envolver com os assuntos dos outros? Deixa o John Trent em paz. Deixa a Mel resolver seus próprios problemas. Ela não precisa da sua ajuda.

Tony

Para: Tony Salerno <rango@fresche.com>
De: Nadine Wilcock <nadine.wilcock@thenyjournal.com>
Assunto: Homens

> >Deixa a Mel resolver seus próprios problemas. Ela não precisa da sua ajuda.

Reação típica de macho. Nem tenho palavras para dizer que isso não tem nada a ver.

Nad

Para: Dolly Vargas <dolly.vargas@thenyjournal.com>
Tim Grabowski <timothy.grabowski@thenyjournal.com>
George Sanchez <george.sanchez@thenyjournal.com>
De: Nadine Wilcock <nadine.wilcock@thenyjournal.com>
Assunto: Aí, galera

A Mel vai voltar, e acho que devíamos planejar uma festinha para recebê-la, uma vez que está muito deprimida com todo esse problema do John. Então vamos comprar um bolo com sorvete (deixem que eu pago).

Tim, por que não usa seu talento de decorador e prega umas bandeirinhas na baia dela com fita adesiva?

George, acho que um presente seu seria apropriado — e, dessa vez, que tal uma coisa que não seja da banca de jornais da esquina? Quero dizer, jujubas são legais, e tal, mas não são exatamente especiais.

Dolly, como gosta tanto de telefonar, por que não comunica a todos onde e quando vai ser? Assim conseguiremos reunir um bom número de colegas.

E, acima de tudo, tentem ser otimistas. Ela está tão pra baixo ultimamente que não me surpreenderia se desse meia-volta e retornasse a Illinois. E não podemos permitir isso. Não mencionem, repito, NÃO MENCIONEM sob nenhuma circunstância o nome de John Trent, pelo amor de Deus. Estou avisando, ela está por um fio.

E nada de falseta, hein?

Nad ;-)

Para: Mel Fuller <melissa.fuller@thenyjournal.com>
De: Nadine Wilcock <nadine.wilcock@thenyjournal.com>
Assunto: Bem-vinda!

Sentimos tantas saudades suas! Estava um tédio total e absoluto isso aqui sem você. Ninguém para nos dizer os casamentos de celebridades que vêm por aí, nem para nos contar os últimos flagrantes do Di Caprio.

E, então, onde vamos almoçar?

Nad ;-)

Para: Nadine Wilcock <nadine.wilcock@thenyjournal.com>
Dolly Vargas <dolly.vargas@thenyjournal.com>
Tim Grabowski <timothy.grabowski@thenyjournal.com>
George Sanchez <george.sanchez@thenyjournal.com>
De: Mel Fuller <melissa.fuller@thenyjournal.com>
Assunto: Obrigada

---

pela festa de boas-vindas. Vocês realmente superaram minhas expectativas dessa vez. Tive uma enorme surpresa. Aposto que não há outra funcionária ou outro funcionário do *Journal* que tenha tido uma festa ao voltar de uma suspensão. Sem falar no bolo com sorvete.

Eu realmente adorei os brinquinhos plásticos de Estátua da Liberdade com as tochas que acendem de verdade. São, com certeza, uma coisa que qualquer moça precisa ter. Não precisavam.

Agora, gostaria que me deixassem voltar ao trabalho, pois aconteceu muita coisa em Hollywood, e além, então tenho montanhas de trabalho para fazer hoje.

Um beijo no coração,
Mel

Para: Nadine Wilcock <nadine.wilcock@thenyjournal.com>
De: Mel Fuller <melissa.fuller@thenyjournal.com>
Assunto: Vou matar você

Quero dizer, a festinha foi tudo, e tal, mas sabe que não estou em clima de festa. Praticamente dividi meu rosto em dois, fingindo estar contente com tudo aquilo.

E que lance foi aquele do bolo? Você deve ter comido umas quatro fatias.

Não é pra ofender, e nem pretendo vigiar sua dieta, mas pensei que finalmente tivesse conseguido um corpinho manequim 40 e quisesse ficar assim até o casamento.

Mel

Para: Mel Fuller <melissa.fuller@thenyjournal.com>
De: Nadine Wilcock <nadine.wilcock@thenyjournal.com>
Assunto: Que lance foi aquele do bolo?

Não agüento mais, entendeu? Essa dieta ridícula é para passarinho! Qual é o sentido da vida se não posso comer o que quero? Eu não me importo mais de não vestir a roupa de casamento da minha mãe. Vou comprar meu próprio vestido de casamento, um no qual eu possa respirar de verdade. E não vou precisar morrer de fome durante as próximas seis semanas também.

E, quando for a hora do bolo na minha recepção, vou poder comer uma fatia dele sem precisar me preocupar se as costuras do vestido vão arrebentar.

Pronto. Está satisfeita? Já disse. SOU GRANDONA. E acabou-se a história. Jamais serei 36, nem 38 e nem 40. Sou 44, e pronto. Não vou parar de ir às aulas de *spinning* porque sei que é bom para mim, mas diabos me levem se vou comer salada de acompanhamento em todas as refeições durante o resto da vida para poder usar um vestido que alguma revista diz que é o tamanho certo para a minha altura. Como é que ELES podem saber qual é o tamanho certo para a minha altura?

Não podem. Não me conhecem. Não sabem que meu noivo GOSTA de mim do jeito que sou, que diz que sou a mulher mais sensual que ele já conheceu, e que quando ando pela rua os lixeiros e os motoristas de caminhão assobiam e pedem meu telefone.

Então, não estou tão mal assim, estou?

Agora, onde vamos almoçar?

Nad

Para: Nadine Wilcock <nadine.wilcock@thenyjournal.com>
De: Mel Fuller <melissa.fuller@thenyjournal.com>
Assunto: Almoço

Hã, desculpa, Nadine, mas eu já tenho compromisso para o almoço. Vou ao Applebee's com a Vivica, a supermodelo.

Por favor não me mate.

Mel

Para: Mel Fuller <melissa.fuller@thenyjournal.com>
De: Nadine Wilcock <nadine.wilcock@thenyjournal.com>
Assunto: Almoço

Ao Applebee's? Com uma supermodelo??

Tem tantas coisas erradas nessa frase que nem dá para começar a comentá-las.

Matar você? Por que mataria? Só porque resolveu almoçar num lugar onde eu não entraria nem morta com uma supermodelo esquelética?

Tá legal. Vai fundo. Veja lá se eu me importo.

Nad :-(

Para: Nadine Wilcock <nadine.wilcock@thenyjournal.com>
De: Mel Fuller <melissa.fuller@thenyjournal.com>
Assunto: Almoço

Ah, Nadine, sai dessa. Sabe que vou sempre preferir as críticas de culinária tamanho 44 a supermodelos esqueléticas.

Mel

Para: Mel Fuller <melissa.fuller@thenyjournal.com>
De: Vivica@sophisticate.com
Assunto: ALMOÇO

QUERIDA MEL,

VOCÊ É A PESSOA MAIS DIVERTIDA DO MUNDO. FOI O MELHOR ALMOÇO QUE TIVE EM MUITO, MUITO TEMPO MESMO. ESTOU FELICÍSSIMA POR TER CONHECIDO VOCÊ. ESPERO QUE POSSAMOS NOS TORNAR EXCELENTES AMIGAS. NÃO TENHO UMA BOA AMIGA DESDE QUE ME MUDEI DE SANTA CRUZ PARA CÁ.

SEMPRE QUE QUISER SAIR COMIGO, É SÓ ME LIGAR. MAS NÃO LIGUE SEMANA QUE VEM, PORQUE VOU ESTAR EM MILÃO, QUE FICA NA ITÁLIA.

BOM, ATÉ,

BEIJOS,
VIVICA

Para: Vivica@sophisticate.com
De: Mel Fuller <melissa.fuller@thenyjournal.com>
Assunto: Almoço

Oi, Vivica! Também me diverti muito no nosso almoço. Nós duas juntas mandamos bem, não? Não consigo pensar em pimentas recheadas sem sentir vontade de vomitar.

Adoraria sair com você de novo. Talvez pudéssemos convidar minha amiga Nadine da próxima vez. Acho que ia gostar muito dela. É crítica de culinária aqui do jornal, e conhece uns restaurantes ainda melhores que o Applebee's. O que acha disso?

A propósito, andei pensando numa coisa que mencionou no almoço. Lembra quando te contei onde moro, e disse que tinha estado ali antes, na noite em que você e o Max foram para Key West? Quando exatamente foi isso? E você conheceu a tia do Max nesse dia?

Só curiosidade.

Mel

Para: Mel Fuller <melissa.fuller@thenyjournal.com>
De: Vivica@sophisticate.com
Assunto: A TIA DO MAX

QUERIDA MEL,

ADORARIA CONHECER SUA AMIGA NADINE!!! CRÍTICA DE CULINÁRIA? PARECE SER UM TRABALHO BEM DIFÍCIL. TIPO, SE EU FOSSE CRÍTICA DE CULINÁRIA, NÃO SABERIA DO QUE GOSTO MAIS, BATATA RECHEADA NA CASCA DO FRIDAY'S COM CHEDDAR E PEDACINHOS DE BACON OU BATATA RECHEADA NA CASCA DO APPLEBEE'S COM CHEDDAR E PEDACINHOS DE BACON.

BOM, MUDANDO DA ÁGUA PARA O VINHO, ESTIVE NO PRÉDIO DA TIA DO MAX NA NOITE ANTES DE IRMOS PARA KEY WEST. MAX DEVIA IR COMIGO, MAS NO ÚLTIMO MINUTO TEVE UMA SESSÃO DE FOTOS EM LOS ANGELES, ENTÃO TERMINEI INDO PRIMEIRO, E DEPOIS ELE VEIO SE ENCONTRAR COMIGO MAIS OU MENOS UMA SEMANA DEPOIS.

O QUE HOUVE FOI QUE, NA NOITE ANTES DE IRMOS, ELE DISSE QUE PRECISAVA IR PEGAR UMA COISA NO APARTAMENTO DA TIA, ENTÃO ESPEREI LÁ EMBAIXO NO TÁXI ENQUANTO ELE IA PEGAR A TAL COISA. NUNCA CONHECI A TIA DELE. MAX DISSE

QUE ELA É MEIO MEGERA E NÃO GOSTARIA DE MIM PORQUE EU ERA JOVEM DEMAIS PARA ELE, O QUE ACONTECE COM MUITOS DOS MEUS NAMORADOS.

BOM, PARA ENCURTAR O PAPO, DEPOIS DE ALGUM TEMPO O MAX DESCEU E FOMOS AO CHILI'S. JÁ ESTEVE LÁ? ELES TÊM O MELHOR MOLHO DE ALCACHOFRA DA CIDADE. DEVÍAMOS IR LÁ UM DIA DESSES!

BOM, ISSO É TUDO POR ENQUANTO!

VIVICA

Para: Mel Fuller <melissa.fuller@thenyjournal.com>
De: George Sanchez <george.sanchez@thenyjournal.com>
Assunto: Assim, por um acaso, passei pela sua mesa,

e notei que você estava profundamente absorvida não na coluna de hoje, como se poderia esperar, mas no seu e-mail. Sei que isso talvez surpreenda, mas não pagamos o seu salário para se corresponder com seus amigos, Fuller. Pagamos você para trabalhar. SERÁ QUE DÁ PARA TRABALHAR UM POUQUINHO QUE SEJA?

Ou seria pedir demais?

George

Para: George Sanchez <george.sanchez@thenyjournal.com>
De: Mel Fuller <melissa.fuller@thenyjournal.com>
Assunto: Caramba, George

Não precisa GRITAR!

Olha, estou com a pulga atrás da orelha. Não sei bem o que é ainda, exatamente, mas... sei lá. Posso estar a ponto de descolar um tremendo furo, George.

Mas o único jeito de descobrir se é verdade é fazendo as perguntas certas às pessoas certas.

Então, por favor, me deixa trabalhar e PÁRA DE FICAR OLHANDO O QUE EU ESTOU ESCREVENDO POR CIMA DO MEU OMBRO!

Talvez seja alguma coisa sobre você.

Mel

Para: Mel Fuller <melissa.fuller@thenyjournal.com>
De: George Sanchez <george.sanchez@thenyjournal.com>
Assunto: Sabe de uma coisa

Se não for para publicar na Página Dez, não me interessa.

George

Para: Vivica@sophisticate.com
De: Mel Fuller <melissa.fuller@thenyjournal.com>
Assunto: A tia do Max

Vivica, é bem importante que tente se lembrar em que noite, exatamente, você e o Max estiveram no meu prédio. Talvez ainda tenha o bilhete de embarque do dia em que foi para a Flórida, ou alguém em sua agência tenha anotado isso em algum lugar, quem sabe?

Por favor, me diga assim que puder.

Mel

Para: Mel Fuller <melissa.fuller@thenyjournal.com>
De: Genevieve Randolph Trent <grtrent@trentcapital.com>
Assunto: Meu neto

Cara Srta. Fuller,

Nunca fomos apresentadas oficialmente, mas nos conhecemos recentemente em uma festa beneficente no Lincoln Center. Acho que irá se lembrar de mim: eu era a mulher idosa que estava sentada ao lado de John Trent, que, à época, acreditava ser Max Friedlander. Vocês dois conversaram durante algum tempo. Eu, é claro, não podia dizer muito, pois meu neto não queria que você descobrisse a verdadeira identidade dele por motivos que eu creio sejam claros para você agora.

Não posso pedir perdão pelo comportamento de meu neto... Ele mesmo deve fazer isso. Creio que já deve até ter feito. Compreendo que tenha resolvido não aceitar suas desculpas, e que isso é um direito seu, sem dúvida.

Mas, antes de eliminar completamente meu neto de sua vida Srta. Fuller, eu lhe pediria que levasse em consideração o seguinte:

John ama você. Entendo que, depois da forma com que a tratou, talvez ache difícil crer nisso. Mas peço que acredite.

Eu gostaria muito de ter uma oportunidade de encontrar-me cara a cara com você para convencê-la de que isso é verdade. Seria possível, ou estaria pedindo muito, que nos encontrássemos em algum lugar? Eu adoraria ter uma chance de falar com você de mulher para mulher. Por favor, não deixe de responder.

Genevieve Randolph Trent

Para: Nadine Wilcock <nadine.wilcock@thenyjournal.com>
De: Mel Fuller <melissa.fuller@thenyjournal.com>
Assunto: John

Ai, meu Deus, agora ele mandou a avó escrever pra mim, me suplicando para lhe perdoar. Sem brincadeira. Mas que babaquice. Até parece que alguma coisa que ela diga vai fazer diferença. Ela é parente dele!

Além disso, ela provavelmente foi obrigada a me escrever tudo aquilo. Eles devem tê-la ameaçado. Provavelmente, lhe disseram para escrever a mensagem, senão iam interná-la numa casa de repouso. Eu não duvido que fizessem isso. Seriam capazes de cumprir a ameaça e ela não poderia detê-los. Todo mundo sabe que esses Trents estão com os juízes de toda a Costa Leste, de Norte a Sul, nos bolsos deles.

Tenho é muita sorte de ter escapado dessa roubada. Podia ter acabado exatamente como naquele filme da Sally Field em que ela precisa fugir com a filha. Só que em vez de fugir do Iraque, ou sei lá que lugar era aquele cenário do filme, eu fugiria de East Hampton.

Pensa bem.

Mel

Para: Mel Fuller <melissa.fuller@thenyjournal.com>
De: Nadine Wilcock <nadine.wilcock@thenyjournal.com>
Assunto: John

Tá bem, então você agora oficialmente pirou. Internar a mulher numa casa de repouso? De onde foi que tirou essa idéia?

Eles não são os Kennedys. Ninguém daquela família foi acusado de assassinato. Talvez de posse de drogas, mas nada violento. E a avó, pelo menos, é uma patrocinadora das artes, uma pessoa que apóia muitas das obras beneficentes às quais você mesma, mocinha, já dirigiu elogios em sua coluna.

Então, de onde tirou essas bobagens? Você está mesmo viajando. Devia desistir do jornalismo e virar escritora, porque essa parece ser sua verdadeira vocação.

Nad

Para: Nadine Wilcock <nadine.wilcock@thenyjournal.com>
De: Mel Fuller <melissa.fuller@thenyjournal.com>
Assunto: John

Ah, é? Bom, então provavelmente não vai acreditar quando eu lhe disser que faço uma idéia de quem pode ter dado aquela pancada na cabeça da Sra. Friedlander.

E não foi ninguém da família Trent.

Me encontra lá perto do bebedouro que vou contar. George está rondando por aqui, e lendo o que estou escrevendo para ver se estou trabalhando.

E aí eu disse: "Está de brincadeira? George Sanchez é o homem mais sensual que existe. Qualquer homem com tantos pêlos nas costas não pode deixar de ser um verdadeiro depósito de testosterona..."

Ahá, hein, GEORGE! TE PEGUEI!

Mel

Para: Stacy Trent <euodeiobarneye@freemail.com>
De: Genevieve Randolph Trent <grtrent@trentcapital.com>
Assunto: Melissa Fuller

Bom, mandei a mensagem. E ela ainda não respondeu.

Mulherzinha mais teimosa.

Acho que já é hora de passarmos para o Plano B.

Mim

Para: John Trent <john.trent@thenychronicle.com>
De: Nadine Wilcock <nadine.wilcock@thenyjournal.com>
Assunto: Mel

Prezado John,

Quando sugeri que você fizesse alguma coisa para reconquistar a Mel, não quis dizer exatamente mandar sua avó escrever para ela. Aliás, eu não acho que essa foi uma idéia legal. Acho que surtiu um efeito mais ou menos oposto ao que estava esperando.

Quando sugeri que você fizesse alguma coisa para reconquistar a Mel, estava pensando em algo mais ou menos tipo, ah, sei lá, colocar um anúncio enorme no edifício em frente ao nosso com as palavras CASE-SE COMIGO, MEL, uma coisa assim.

Mas você resolveu fazer uma abordagem mais passiva. e isso pode funcionar também às vezes. Parabéns pela tentativa. Eu te dou parabéns de verdade. Um homem mais fraco já teria desistido a essa altura. Mel tem um lado extremamente teimoso, e leva a sério aquele negócio de "gato escaldado tem medo de água fria".

Mas acho que devia saber que agora a Mel está convencida de que sua família está cheia de mulheres que fazem qualquer coisa que você as mande fazer, porque têm medo de que, se não fizerem, você as interne em um asilo.

Só achei que isso podia te interessar.

Nad

Para: Genevieve Randolph Trent <grtrent@trentcapital.com>
De: John Trent <john.trent@thenychronicle.com>
Assunto: O que é que há

---

com você? Escreveu para a Mel? O que disse a ela?

Seja lá o que for, não funcionou. Ela está com mais raiva ainda de mim de acordo com a amiga dela.

Olha, Mim, não preciso da sua ajuda, tá legal? Por favor, deixa que eu me viro com a minha vida amorosa — ou falta dela. E isso também vale para a Stacy, caso vocês estejam mancomunadas, coisa da qual estou começando a desconfiar.

Estou falando sério, Mim.

John

Para: Stacy Trent <euodeiobarney@freemail.com>
De: Genevieve Randolph Trent <grtrent@trentcapital.com>
Assunto: John

Ai, querida. Eu só recebi um e-mail muito revoltado do John. Parece que ele descobriu que enviei aquela mensagem a Mel. Ele ficou muito irritado com isso, e me pediu para não interferir na vida amorosa dele. Acrescentou que eu devia te dizer o mesmo.

É melhor passarmos para o plano B de uma vez.

Mim

Para: Sebastian Leandro <sleandro@hotphotos.com>
De: Max Friedlander <reidafoto@paremasrotativas.com>
Assunto: Eu sei que provavelmente

não adianta perguntar, mas será que ainda não descolou nenhum trabalho pra mim?

Max

Para: Max Friedlander <reidafoto@paremasrotativas.com>
De: Sebastian Leandro <sleandro@hotphotos.com>
Assunto: Olha,

seria melhor parar de se comportar desse jeito. Eu dei muito trabalho a você e resolveu não aceitar nada. Não é culpa minha se não aceita menos de 2.000 por dia, tem preconceito contra fibras artificiais ou até se recusa a fazer fotos de moda com adolescentes.

Meu serviço é procurar trabalho pra você, e isso eu fiz. VOCÊ é que não está aceitando.

Max, você vai ter que encarar o fato de que precisa reduzir seus preços. Seu trabalho é bom, mas você não é Annie Leibovitz. Os fotógrafos tão talentosos quanto você estão cobrando bem menos. É assim que as coisas funcionam. E elas mudam. Ou você acompanha as mudanças ou então fica para trás.

Quando sai de circulação e passa meses sem fazer nada na Flórida com a Garota do It do ano passado, você fica pra trás. Detesto dizer que avisei, mas vá lá, bem que avisei.

Sebastian

Para: Sebastian Leandro <sleandro@hotphotos.com>
De: Max Friedlander <reidafoto@paremasrotativas.com>
Assunto: Ah, então,

já que é assim, sabe do que mais? Não preciso de você nem de seus trabalhos de titica tipo estúdio fotográfico Sears. Sou um artista e vou procurar outra pessoa para cuidar dos meus interesses. Pode considerar meu contrato com sua agência rescindido a partir deste momento.

Max Friedlander

Para: Mel Fuller <melissa.fuller@thenyjournal.com>
De: Max Friedlander <reidafoto@paremasrotativas.com>
Assunto: Minha tia

Eu sei que vem visitando minha tia no hospital desde que ela foi internada. Qual o horário de visitas lá?

Max Friedlander

Para: Nadine Wilcock <nadine.wilcock@thenyjournal.com>
De: Mel Fuller <melissa.fuller@thenyjournal.com>
Assunto: Max Friedlander

Nadine! Lembra quando eu disse que achava que sabia quem atacou a Sra. Friedlander? Bom, eu comecei a achar que talvez tenha sido o próprio Max. Quero dizer, a Vivica diz que ele esteve no apartamento da tia uma noite antes de eles viajarem para Key West, e isso deve ter sido mais ou menos no dia em que a Sra. Friedlander sofreu a agressão, embora é claro não tenha conseguido que a Vivica me desse a data exata.

E agora o Max quer saber o horário de visitas no hospital em que a tia está internada. O horário de visitas, Nadine. Ele nunca visitou a tia antes...

Isso porque ele antes não sabia como acabar com a vida dela. Mas agora ele sabe, porque eu lhe disse! Lembra? Eu lhe contei sobre Sunny von Bülow e como Claus injetou nela uma overdose de insulina, e como ele devia ter feito a injeção entre os dedos dos pés, onde ninguém notaria uma picada de agulha...

Sim! Eu cheguei até a dizer isso! Quero dizer, sabe como eu leio romances de suspense, e estava só comentando, sabe. Não achei que ele fosse pegar uma das seringas do Chico Bum e um pouco de insulina e ir visitar a coitada da tia em coma no quarto de hospital e MATÁ-LA!!!

Nadine, o que devo fazer??? Acha que devo ligar para a polícia? Eu nunca acreditei mesmo que o Max faria algo tão abominável como tentar matar a própria tia — quero dizer, eu ia escrever uma matéria sobre isso e dá-la ao George, para lhe mostrar que sou capaz de fazer jornalismo sério, mas nunca pensei, quero dizer, nunca acreditei mesmo...

Mas, Nadine, eu agora acredito, realmente acredito que ele vai tentar matá-la!!! O que devo fazer???

Mel

Para: Mel Fuller <melissa.fuller@thenyjournal.com>
De: Nadine Wilcock <nadine.wilcock@thenyjournal.com>
Assunto: Max Friedlander

Mel, fofinha, tenha calma.

Max Friedlander não vai matar a tia dele, tá?

Você está deixando o estresse do seu rompimento com o John e esse lance todo da suspensão subir à cabeça. Max Friedlander não vai injetar insulina do gato da tia nela. Entendeu? As pessoas não fazem essas coisas. Quero dizer, fazem nos filmes, e nos livros, e coisa assim, mas não na vida real. Acho que andou vendo aquele filme *A sombra de uma dúvida* vezes demais.

Simplesmente respire fundo e pense só no caso. Por que o Max faria uma coisa assim? Estou querendo dizer, francamente, Mel. Ele é um tremendo mané, isso é verdade. Tratou a Vivica — sem mencionar você — de um jeito horroroso. Mas isso não faz dele um assassino. Um tremendo grosseirão, sim, mas não um assassino.

Agora, se quiser dar uma voltinha comigo lá fora, respirar um ar puro para aliviar a cabeça, eu adoraria ir contigo. Espero que haja alguma liquidação na Banana Republic. Podíamos ver uns suéteres de seda legais, também, se quiser.

Mas, por favor, não ligue pra polícia para denunciar que o Max Friedlander está pensando em matar a tia. Você vai estar perdendo o seu tempo e o deles.

Nad

Para: Vivica@sophisticate.com
De: Mel Fuller <melissa.fuller@thenyjournal.com>
Assunto: Max

Vivica, pelo amor de Deus, estou implorando. Dá pra se lembrar de alguma coisa, qualquer coisa, que possa ajudar a determinar qual a noite em que você e o Max estiveram no meu prédio? Pode ser uma questão de vida ou morte.

Mel

Para: Mel Fuller <melissa.fuller@thenyjournal.com>
De: Vivica@sophisticate.com
Assunto MINHA NOSSA

PARECE QUE É PRA LÁ DE IMPORTANTE PRA VOCÊ SABER EM QUE NOITE O MAX E EU ESTIVEMOS NA CASA DA TIA DELE, HEIN? SUA TINTURARIA PERDEU UM SUÉTER SEU NESSE DIA, OU COISA DO GÊNERO? ODEIO QUANDO ACONTECE ISSO.

EU REALMENTE GOSTARIA DE ME LEMBRAR QUANDO FOI EXATAMENTE, PARA PODER TE AJUDAR.

AH, ESPERA AÍ. EU SEI QUE HOUVE UMA PARTIDA DAS FINAIS DE BEISEBOL, PORQUE TODOS OS CARROS QUE PASSAVAM ENQUANTO EU ESTAVA ESPERANDO NO TÁXI ESTAVAM COM O RÁDIO LIGADO NO JOGO. E NOSSO TIME ESTAVA PERDENDO, ENTÃO TODO MUNDO ESTAVA MESMO LOUCO DA VIDA.

AH, E TAMBÉM O PORTEIRO NÃO ESTAVA NA PORTARIA. FOI ESQUISITO, PORQUE O MAX SIMPLESMENTE FOI ENTRANDO, E NINGUÉM O BARROU. MAS ENQUANTO ELE ESTAVA LÁ DENTRO CHEGOU UM ENTREGADOR DE COMIDA CHINESA, E PROCUROU O PORTEIRO, PARA PODER FALAR COM AS PESSOAS PARA AS QUAIS ESTAVA TRAZENDO A COMIDA, E LHES DIZER QUE JÁ ESTAVA SUBINDO.

O MOTIVO PELO QUAL NOTEI ISSO FOI QUE O ENTREGADOR DE COMIDA CHINESA ESTAVA COM *JEANS DELAVÉ*, UMA MODA QUE FEZ SUCESSO NA DÉCADA DE 80, MAS ACHO QUE OS IMIGRANTES NÃO SABEM DISSO. E FIQUEI PENSANDO QUE REALMENTE DEVÍAMOS COMEÇAR ALGUM PROGRAMA DE EDUCAÇÃO PARA OS IMIGRANTES PARA ELES SABEREM O QUE VESTIR, E NÃO FAZEREM FEIO. SABE DO QUE EU ESTOU FALANDO? TIPO, SABE AQUELE FASHION CAFÉ, QUE A NAOMI E A CINDY ABRIRAM? ESTAVA PENSANDO EM FUNDAR, TIPO ASSIM, UMA ESCOLA DE MODA, PARA GENTE QUE VEM A NOVA YORK DA CHINA E DO HAITI, DO ORIENTE MÉDIO E DESSES LUGARES ASSIM.

BOM, FINALMENTE, O MOÇO DO *JEANS DELAVÉ* O ACHOU — O PORTEIRO, QUERO DIZER — E PÔDE SUBIR, DEPOIS O PORTEIRO DEIXOU A PORTARIA VAZIA OUTRA VEZ, E FOI JUSTAMENTE AÍ QUE O MAX DESCEU, E NÓS DOIS FOMOS EMBORA.

ISSO AJUDA?

VIVICA

Para: Max Friedlander <reidafoto@paremasrotativas.com>
De: Mel Fuller <melissa.fuller@thenyjournal.com>
Assunto: Sua tia

Prezado Sr. Friedlander:

Sua tia está na UTI, o que significa que ela não está recebendo visitas. Nunca. Aliás, os médicos e enfermeiros até ficam danados se perguntar se pode visitar pacientes na UTI. Porque as pessoas internadas na UTI estão em condições extremamente instáveis, e o menor micróbio do mundo exterior pode fazê-las piorar. Então, não só não permitem visitas, como também a sala é constantemente monitorada para ver se há movimento, com detectores, caso alguém tente entrar lá escondido, portanto pegariam o senhor num instante.

Então, eu, se fosse o senhor, nem tentaria visitar sua tia. Mas aposto que se mandar um cartão, eles mostram a ela quando acordar.

Mel Fuller

Para: Mel Fuller <melissa.fuller@thenyjournal.com>
De: Max Friedlander <reidafoto@paremasrotativas.com>
Assunto: Minha tia

Achei que se interessaria em saber que descobri pelo médico dela que ela saiu da UTI há um mês. Agora está num quarto particular. Naturalmente ainda está em coma, mas as visitas são permitidas entre quatro da tarde e sete da noite.

O prognóstico dela, infelizmente, é ruim.

Max Friedlander

Para: Mel Fuller <melissa.fuller@thenyjournal.com>
De: Stacy Trent <euodeiobarney@freemail.com>
Assunto: John

Cara Srta. Fuller,

Não me conhece, mas conhece meu cunhado, o John. Desculpe por escrever-lhe assim, pois nunca fomos apresentadas, mas não dava para ficar sentada vendo o que estava acontecendo entre você e o John sem dizer alguma coisa.

Melissa — espero que não se importe de eu chamá-la de Melissa; tenho a impressão de que a conheço de tanto que o John fala de você — sei que o que o John e o amigo dele, o Max, fizeram foi muitíssimo errado. Eu fiquei totalmente chocada quando descobri. Aliás, fiz questão de mandá-lo contar a verdade a você desde o início.

Mas ele estava com medo de que você ficasse tão zangada com ele, que não ia querer mais nem ver a cara dele... um medo que infelizmente se revelou verdadeiro. E aí resolveu, em vez disso, esperar o "momento perfeito" para lhe contar.

Mas como você ou eu podíamos ter dito a ele, não existe momento ideal para ouvir que a pessoa pela qual você se apaixonou a enganou.

Não estou dizendo que não está coberta de razão para estar morta de raiva dele. E simplesmente adorei a forma criativa pela qual se vingou dele. Mas não acha que ele já sofreu demais?

Porque ele está sofrendo, sim, muito. Ora, quando veio aqui outra noite ver o bebê — acabei de ter meu terceiro filho, um menino no qual pusemos o nome de John por causa do tio preferido das minhas duas filhas gêmeas (está vendo? Ele é adorado pelas crianças, o que significa que não pode ser tão mau assim) — estava com uma aparência medonha. Juro que ele perdeu pelo menos uns cinco quilos.

Sei que os homens podem deixar a gente louca (eu que o diga — estou casada com o irmão mais velho do John, o Jason, há uma década), mas também me lembro do tempo de solteira, como é difícil encontrar um cara bom de verdade... e o John é um cara assim, apesar do que possa pensar baseada em seu comportamento com você até o momento.

Será que não podia lhe dar uma segunda chance? Ele é mesmo louco por você — e posso provar isso. Gostaria de lhe mostrar as próprias palavras do John em e-mails que ele me enviou durante os últimos meses. Talvez, depois de lê-los, você chegue à mesma conclusão a que cheguei; que os dois conseguiram encontrar uma coisa que poucas pessoas no mundo têm sorte de descobrir: uma alma gêmea.

>E aí, o que deseja saber?

>

>Se ela acreditou que eu era o Max Friedlander? Lamento responder que sim.

>

>Se eu desempenhei o papel de Max Friedlander direitinho? Bom, acho que sim, senão ela não teria acreditado.

>

>Se eu estou me sentindo um canalha de primeira por ter feito isso? Sem dúvida. A autoflagelação cai muito bem em mim.

>

>O pior foi... bom, acho que já te contei o pior. *Ela pensa que eu sou o Max Friedlander.* Max Friedlander, aquele ingrato que nem mesmo parece se preocupar com o fato de alguém ter nocauteado sua tia de 80 anos.

>

>Mas a Melissa se preocupa.

>

>É esse o nome dela. Da ruiva. Melissa. As pessoas a chamam de Mel. Foi isso que ela me disse. "Me chamam de Mel." Ela se mudou para a cidade logo depois da faculdade, o que me faz pensar que ela tenha aí seus 27 anos de idade, uma vez que já mora aqui há cinco anos. Ela veio de Lansing, Illinois. Já ouviu falar de Lansing, Illinois? Já ouvi falar de Lansing, Michigan, mas não de Lansing, Illinois. Ela diz que é uma cida-

dezinha onde se pode passar pela rua principal e todos te dizem: "Ah, oi, Mel."

>

>Assim mesmo, "Ah, oi, Mel".

>

>...

>

>Ela me mostrou onde a tia do Max guarda a comida do cachorro e dos gatos. Me disse onde comprar mais, caso acabasse. Disse-me quais os passeios prediletos do Paco. Me mostrou como atrair um gato chamado, sem brincadeira, Sr. Botucas, para tirá-lo de baixo da cama.

>

>Ela me perguntou sobre meu trabalho para o fundo Salvem as Crianças. Me perguntou sobre minha viagem à Etiópia. Me perguntou se eu tinha ido visitar minha tia no hospital, e se tinha ficado muito transtornado ao vê-la toda entubada daquele jeito. Ela me deu tapinhas amistosos no braço e me disse para não me preocupar, que se alguém podia sair de um coma, era minha tia Helen.

>

>E eu ali, um sorriso idiota estampado no rosto, fingindo ser Max Friedlander.

>

>

>

>Eu conheci uma moça absolutamente incrível. Eu quero dizer *absolutamente* incrível mesmo, Stace: ela gosta de furacões e de *blues,* cerveja e qualquer coisa que diga respeito a assassinatos em série. Engole fofocas de artistas com tanto entusiasmo quanto ataca um prato de lombo de porco *mu shu,* usa sapatos com saltos altos demais e fica fabulosa com eles — mas consegue parecer fabulosa com tênis de lona e um par de calças de malha.

>

>E é *legal*. Quero dizer, realmente boa. Em uma cidade onde ninguém conhece os vizinhos, ela não só conhece os dela, como se preocupa com

eles. E ela mora em *Manhattan*. Manhattan, onde as pessoas costumam pisar nos mendigos para chegar a seus restaurantes prediletos. Parece que ela jamais saiu de Lansing, Illinois, 13.000 habitantes. A Broadway para ela é o mesmo que a Rua Principal.

>

>Conheci essa moça absolutamente incrível...

>

>E nem mesmo posso lhe dizer meu nome verdadeiro.

>

>Não, ela pensa que eu sou o Max Friedlander.

>

>Eu sei o que você vai dizer. Eu sei exatamente o que vai dizer, Stace.

>

>E a resposta é não, não dá. Talvez se eu jamais tivesse mentido para ela, logo para começo de conversa. Talvez se desde o primeiro momento eu tivesse dito: "Escuta, eu não sou o Max. Max não podia vir. Ele está se sentindo mal com o que aconteceu com a tia, então me mandou aqui no lugar dele."

>

>Mas não fiz isso, sacou? Eu meti os pés pelas mãos. Meti os pés pelas mãos desde o início.

>

>E agora é tarde demais para lhe contar a verdade, porque qualquer coisa que eu tente lhe contar, ela vai pensar que é mentira também. Talvez não admita. Mas lá bem no fundo, vai sempre desconfiar. "Talvez também esteja mentindo nisso também."

>

>Não tente me dizer que não vai, Stace.

>

>Então, está aí. Minha vida infernal, em poucas palavras. Tem algum conselho para me dar? Quaisquer palavras sábias de mulher para me iluminar o caminho?

>

>Não, creio que não. Estou perfeitamente consciente do fato de que eu mesmo cavei minha própria sepultura. Acho que não tenho escolha senão deitar-me nela.

>

>O que quer que eu diga, afinal? Que foram as vinte e quatro horas mais cheias de tesão que jamais tive na vida? Que ela é exatamente o que venho procurando numa mulher todos esses anos, mas nunca ousei pensar que encontraria? Que é minha alma gêmea, meu destino, a metade da minha laranja? Que estou contando os minutos até poder vê-la novamente?

>

>Então tá. Está aí. Já disse.

>

Achei esse trechinho aí particularmente interessante, veja só:

>Comprei um anel para ela. Um anel de noivado.

>

>E não, não é como na época de Las Vegas. Eu não estive perpetuamente embriagado durante os últimos três meses. Realmente acreditava que essa mulher, de todas que eu já conheci, é aquela com a qual desejo passar o resto de minha vida.

>

>Eu ia lhe contar a verdade, e depois lhe propor casamento em Vermont.

>

>Agora ela nem atende aos meus telefonemas, nem abre a porta, nem responde a meus e-mails.

>

>Meu mundo caiu.

Bom, está aí. Espero que não fale do que acabou de ler com o John. Ele jamais voltaria a falar comigo outra vez se descobrisse que tinha lhe reencaminhado tudo isso.

Mas eu fui obrigada. Porque acho que é importante que você saiba... o quanto ele te ama.

É isso aí.

Beijos,
Stacy Trent

Para: Nadine Wilcock <nadine.wilcock@thenyjournal.com>
De: Dolly Vargas <dolly.vargas@thenyjournal.com>
Assunto: Mel

Querida, será que faz alguma idéia do motivo pelo qual a Mel está chorando no banheiro? Que coisa mais irritante! Eu estava tentando mostrar ao novo menino do fax como tem espaço suficiente para dois no reservado para deficientes, mas os soluços incessantes dela cortaram completamente a minha onda.

XXXOOO

Dolly

Para: Dolly Vargas <dolly.vargas@thenyjournal.com>
De: Nadine Wilcock <nadine.wilcock@thenyjournal.com>
Assunto: Mel

Não sei por que ela está chorando. Ela não quer me dizer. Ela mal fala comigo desde que eu refutei sua hipótese de que Max Friedlander está tentando matar a tia dele.

Mas não sou a única. Aparentemente, ninguém acredita nela. Nem mesmo o Aaron.

Devo admitir, estou preocupada. É como se a Mel tivesse pego essa coisa toda que aconteceu com o John e distorcido, de forma que agora resolveu descontar no Max e em suas tentativas de matar a tia.

Talvez devamos ligar para alguém do RH. Quero dizer, talvez ela esteja entrando em parafuso.

O que acha?

Nad

Para: John Trent <john.trent@thenychronicle.com>
De: Mel Fuller <melissa.fuller@thenyjournal.com>
Assunto: Max Friedlander

Querido John,

Eu te perdôo.

E agora estamos com um problema sério nas mãos: acho que o Max Friedlander vai tentar matar a tia! Acho que ele tentou fazer isso antes, mas não conseguiu. Precisamos detê-lo. Dá para vir para cá o mais depressa possível?

Mel

Para: Nadine Wilcock <nadine.wilcock@thenyjournal.com>
De: George Sanchez <george.sanchez@thenyjournal.com>
Assunto: Onde é que se meteu

essa danada da Fuller?

Dou as costas a ela um minuto, e ela some. E eu recebi a coluna de amanhã? Não, não recebi a coluna de amanhã. Como ela sai assim sem me dar a coluna de amanhã? COMO ELA PODE FAZER ISSO???

George

Para: George Sanchez <george.sanchez@thenyjournal.com>
De: Nadine Wilcock <nadine.wilcock@thenyjournal.com>
Assunto: Mel

Hã, eu acho que ela precisou pesquisar alguma coisa para a coluna dela. Tenho certeza de que a entregará antes do copidesque fechar. Relaxe.

Enquanto isso, leu minha matéria sobre o Marte 2112? Restaurantes Temáticos: Não São Mais Apenas para Turistas. Soa bem, não?

Nad

Para: Mel Fuller <melissa.fuller@thenyjournal.com>
De: Nadine Wilcock <nadine.wilcock@thenyjournal.com>
Assunto: Você está ferrada

CADÊ VOCÊ??? O George está furioso. Tentei acobertar o máximo que pude, mas acho que não funcionou como eu queria.

Está entrando em parafuso, é? Se estiver, acho que é um tremendo egoísmo da sua parte. Eu é que devia estar pirando. Sabe, eu é que vou me casar, e tudo. Minha mãe é que está fula da vida por eu não me casar com o vestido dela, e gastar 700 dólares em um vestido de uma loja em Nova Jersey. Não tem direito algum de entrar em parafuso.

E sei que vai dizer que tem, que esse negócio todo do John destruiu sua fé nos homens e tudo, mas, Mel, a verdade é que você já deixou de acreditar nos homens há muito tempo. Admito que, quando começou a se encontrar com o cara, achei que ele tinha um lance assim, meio sinistro, mas agora que sei o que é, devo dizer que podia ter se dado bem pior. MUITO pior.

E sei que o ama de verdade e está amargando uma solidão horrível sem ele, então será que dava, por favor, para ligar para o cara e reatar com ele? Estou falando sério, isso já foi longe demais.

Pronto, já falei.

Agora, onde diabo é que você se meteu???

Nad

Para: Nadine Wilcock <nadine.wilcock@thenyjournal.com>
De: Mel Fuller <melissa.fuller@thenyjournal.com>
Assunto: Psiu...

Quer mesmo saber onde estou? Bom, agora, neste momento, estou agachada em uma escada de emergência, que fica colada na parede da sala de estar da Sra. Friedlander.

Juro! Estou usando aquela função de comunicação por satélite que o George instalou nos nossos *laptops*. Aquela que ninguém conseguia usar, sabe? Mas o Tim me ensinou...

Sei que acha que sou louca, mas posso provar que não. E o jeito que vou provar é lhe contar exatamente o que estou ouvindo neste momento John Trent perguntando a Max Friedlander onde ele estava na noite em que a tia levou a pancada na cabeça.

Não sou a única que está escutando, aliás.

O John está com um microfone oculto.

É isso aí. UM MICROFONE OCULTO. E tem uma pá de policiais no meu apartamento, escutando a mesma conversa que estou escutando. Só que estão de fones de ouvido. Eu não preciso deles. Posso ouvir tudo só encostando o ouvido na parede.

Não devia estar fazendo isso. Devia estar no café do outro lado da rua, para me proteger. Quando me disseram isso, eu respondi: "Tá legal!" Como se eu fosse esperar em alguma bar do outro lado da rua quando podia estar lá dando o furo.

Nadine, estou lhe dizendo, essa vai ser a matéria do ano, talvez da década! E eu é que vou redigi-la, e o George não vai poder deixar de publicá-la. Vai ser obrigado a admitir que sou boa demais para a Página Dez, e me mandar para a rua, para cobrir notícias de verdade Posso sentir isso, Nadine. Estou sentindo isso lá bem no fundo!

Bom, então, lá vai o que estou escutando:

John: Estou só dizendo que ia entender se tivesse feito isso.

Max: Sim, mas não fiz.

John: Mas ia entender se fizesse. Quero dizer, olha só a minha família. São podres de ricos. Podres de ricos. É um pouco diferente no meu caso, mas vamos dizer que meu avô não tivesse me deixado dinheiro nenhum, e deixado tudo na mão da minha avó. E se ela não estivesse disposta a me emprestar umas centenas de dólares de vez em quando, eu também ia virar bicho.

Max: Mas eu não virei bicho.

John: Olha, eu sei como é. Quero dizer, não sei bem, mas sabe que ando tentando viver com o salário de repórter, não sabe? É barra. Se eu estivesse duro, e soubesse que não tinha mais dinheiro vivo a receber durante algum tempo, e houvesse uma supermodelo esperando por mim lá embaixo, e eu fosse pedir um empréstimo à minha avó, e ela dissesse... bom, talvez eu perdesse a cabeça também.

Max: Bom... sabe como é. É o tal negócio, o que eles pensam? Que vão levar a grana com eles?

John: Exato.

Max: Quero dizer, ela ali, em cima dessa montanha de grana, e a megera não abriu a mão para me dar nem dois mil, sacou?

John: Como se ela fosse sentir falta dessa grana.

Max: É. Como se ela fosse sentir falta. Mas não, em vez disso preciso ficar ouvindo aquele sermão: "Se tivesse aprendido a administrar seu dinheiro de forma mais responsável, não ficaria duro o tempo todo. Precisa aprender a viver dentro das suas possibilidades."

John: E enquanto isso, ela paga 20 mil para ir à ópera de Helsinque a cada dois meses.

Max: Isso! Isso mesmo.

John: É demais para um cara que já está com a cabeça meio quente.

Max: Foi mais *o modo* como ela falou isso, sabe. Como se eu fosse um garotinho, ou coisa parecida. Cacete, eu já tenho 35 anos! Só queria 500 pratas. Só 500 pratas.

John: Imagina, isso é uma ninharia pra uma mulher dessas.

Max: Pode apostar que é. E aí ela ainda teve a coragem de dizer: "Não me queira mal."

John: Não me queira mal. Fala sério.

Max: "Não fica assim, Maxie. Não me queira mal." E aí começou a me puxar, sabe. O meu braço. E eu com o carro estacionado na frente do prédio, do lado de um hidrante. Com a Vivica dentro, esperando por mim. "Não me queira mal", disse a megera.

John: Mas também não quis soltar o dinheiro.

Max: Caramba, não. E nem queria me soltar, também.

John: Então você lhe deu um empurrão.

Max: Fui obrigado. Ela não me largava. Eu não queria, sabe, derrubá-la no chão. Só queria que ela me largasse. Só que... sei lá. Acho que empurrei com força demais, porque ela caiu para trás e a cabeça bateu na quina da mesa de centro. E aí foi sangue para todo lado, a droga daquele cachorro começou a latir desesperadamente, e eu fiquei com medo que aquela vizinha dela ouvisse...

John: Então entrou em pânico.

Max: Isso, entrei em pânico. Quero dizer, achei que se ela não estivesse morta, alguém ia acabar encontrando ela. Mas se estivesse...

John: Você é o único parente dela?

Max: Sou. Estamos falando de doze milhões, cara. Isso para você é fichinha, mas pra mim, do jeito que eu gasto...

John: E aí, o que fez?

Max: Fui ao quarto dela e joguei umas roupas em cima da cama. Sabe, para as pessoas pensarem que tinha sido aquele cara, o tal travesti assassino. Então tratei de me mandar. Sair de fininho.

John: Mas ela não estava morta ainda.

Max: Não, rapaz. Aquela velha danada é resistente. E as coisas... bom, já sabe, né. A Vivica, e o meu agente, o maior lerdo. Não levanta da cadeira para me descolar nenhum trabalho maneiro. Eu fiquei na pior.

John: E ela já está em coma há quanto tempo?

Max: Meses, cara. Provavelmente vai bater as botas, mesmo. Quero dizer, se lhe desse outro empurrãozinho, quem ia notar?

John: Empurrãozinho?

Max: Insulina, cara. É só injetar uma overdose. Que nem aquele cara, o Claus Von Bülow. Uma velhinha daquelas ia bater as botas na certa...

Oh-oh. Passos no corredor. Os tiras devem achar que já ouviram o suficiente. Estão batendo à porta do 15 A. Estou lhe dizendo, Nadine, vou ganhar um Pulitzer...

Espera aí um minuto. Estão dizendo para Max se entregar sem resistência. Mas o Max não quer se entregar pacificamente. Ele...

Para: Mel Fuller <melissa.fuller@thenyjournal.com>
De: Nadine Wilcock <nadine.wilcock@thenyjournal.com>
Assunto: QUE FOI????

MEL??? ONDE VOCÊ ESTÁ??? Por que parou assim? O que está havendo?

VOCÊ ESTÁ BEM???

Nad

Para: George Sanchez <george.sanchez@thenyjournal.com>
De: John Trent <john.trent@thenychronicle.com>
Assunto: Tentativa de assassinato

Anexo: ✉ (para a primeira edição, DIGA XIS, com fotos; 1) Max Friedlander algemado, com legenda: "O suspeito sendo levado pelos policiais de Nova York" 2) Helen Friedlander de esquis, com legenda: "Fã de ópera e dona de animais muito querida", do arquivo.

DIGA XIS

Famoso Fotógrafo de Moda Preso por Tentativa de Assassinato

Graças a um flagrante organizado em conjunto pelo 89º Distrito Policial de Nova York, com a colaboração do repórter do *New York Chronicle*, John Trent, e da colunista do *New York Journal*, Mel Fuller, finalmente foi preso o culpado pela agressão brutal à moradora do Upper West Side, a Sra. Helen Friedlander.

A Sra. Friedlander, 82 anos, foi encontrada inconsciente no seu apartamento há quase seis meses, aparentemente vítima de uma agressão. Roupas espalhadas sobre a cama dela levaram a polícia a acreditar que a fã de ópera e amante dos animais talvez tivesse sido atacada pelo criminoso conhecido como travesti assassino.

Após a prisão de Harold Dumas, no mês passado, e de ele haver confessado ter matado sete mulheres no ano passado, tornou-se claro que a agressão à Sra. Friedlander foi o que o sargento de polícia Paul Reese chamou de "imitação".

"O criminoso queria despistar os investigadores", disse o sargento Resse em uma entrevista feita esta manhã. "Ele pensou que podia conseguir isso fazendo a agressão parecer trabalho de um maníaco conhecido por atacar outras mulheres da área. Mas houve vários indícios de que não era esse o caso."

Entre esses indícios estava o fato de a Sra. Friedlander aparentemente conhecer seu agressor, uma vez que havia deixado a porta destrancada para que ele entrasse no apartamento livremente, e o fato de não ter sido roubado dinheiro algum.

"O motivo para essa agressão", de acordo com o sargento Reese "foi dinheiro, mas depois de empurrar a vítima e causar-lhe uma lesão que podia ter lhe tirado a vida, o culpado entrou em pânico e esqueceu a necessidade de dinheiro."

O suspeito preso ontem à noite não teria precisado dos duzentos dólares que estavam na carteira da Sra. Friedlander na noite da agressão: se a vítima morresse, teria herdado milhões de dólares.

"A vítima tem uma fortuna respeitável", explicou o sargento Reese. "E o suspeito é seu único parente vivo."

Esse suspeito, Maxwell Friedlander, é o sobrinho de 35 anos da Sra. Helen Friedlander. Famoso fotógrafo de moda que recentemente começou a ter dificuldades financeiras, o Sr. Friedlander confessou a John Trent, repórter policial do *New York Chronicle* e ex-amigo do suspeito, que estava precisando de dinheiro.

Ao explicar que a tia estava "montada na grana" enquanto ele estava duro, o suspeito justificou seus atos dizendo que não tinha inicialmente pensado em matar a Sra. Friedlander, mas que se ela morresse ele iria se beneficiar enormemente da fortuna herdada da velha senhora.

A Sra. Friedlander não morreu, porém. Ela já está internada em coma há quase seis meses. E, para Max Friedlander, essa situação precisava ser corrigida. Na noite passada, ele tentou fazer isso, planejando, de acordo com uma fita gravada sem seu conhecimento, da conversa entre o suspeito e o Sr. Trent, matar a tia no leito do hospital com uma injeção de insulina.

Foi só depois dessa confissão que a polícia prendeu o Sr. Friedlander no apartamento de sua tia. Em vez de vir sem opor resistência, o Sr. Friedlander conseguiu se livrar e tentou fugir do prédio por uma escada de emergência.

Foi nesse ponto que o Sr. Friedlander levou um tremendo golpe no rosto, aplicado com o *laptop* da colunista que assina a presente matéria, um golpe que o fez parar no ato, e exigiu sete pontos no Hospital St. Vincent de Manhattan.

O Sr. Friedlander vai ser indiciado esta manhã. As acusações incluem a tentativa de assassinato contra a Sra. Helen Friedlander; conspiração para cometer assassinato; resistência à prisão e fuga. O Sr. Friedlander deve alegar inocência de todas as acusações.

George... sou eu, a Mel. Tive que digitar tudo isso no computador do John, pois o meu ficou retido como prova. O que acha? Fiz bem ou não?

Para: Mel Fuller <melissa.fuller@thenyjournal.com>
De: Nadine Wilcock <nadine.wilcock@thenyjournal.com>
Assunto: Acho que isso significa

que vocês dois estão juntos outra vez.

Vou tentar encontrar espaço para ele na mesa principal na nossa recepção. Embora tenha certeza de que vai ser difícil, considerando-se como você vai estar inchada a essa altura.

Tony vai ficar feliz. Ele estava torcendo pelo John o tempo todo.

Nad ;-)

P.S.: Eu sempre gostei dele, sabe. Bom, pelo menos depois que ele amoleceu os molares do Aaron.

Para: Mel Fuller <melissa.fuller@thenyjournal.com>
De: George Sanchez <george.sanchez@thenyjournal.com>
Assunto: Tá legal,

eu acho que podíamos dar uma pauta para você fazer uma ou duas matérias nas ruas de vez em quando.

Muito de vez em quando.

Até lá você ainda está na Página Dez. E agora que sei do que é capaz, quero ver umas coisas muito boas nessa coluna. Nada mais desse papo de Winona Ryder. Vamos pegar uns famosos realmente da pesada. Como o Brando, por exemplo. Ninguém fala mais do Brando.

George

P.S.: Não vá achando que, se acontecer alguma coisa com aquele *laptop,* não vai ser você quem vai pagar, Fuller.

Para: Mel Fuller <melissa.fuller@thenyjournal.com>
De: Dolly Vargas <dolly.vargas@thenyjournal.com>
Assunto: Querida,

Só um parabéns antes de o Aaron e eu decolarmos para Barcelona — eu sei, não dá para acreditar que ele finalmente cedeu aos meus avanços, também. Mas suponho que diante do seu recente sucesso jornalístico ele finalmente tenha admitido a derrota... e eu sou o prêmio de consolação!

Como se eu me importasse com isso. Sabe, *é mesmo* muito bom encontrar um homem de verdade, e eu francamente não me importo com o tipo de música que ele ouve. Ele é solteiro, não tem filhos, e pode assinar cheques. O que mais uma moça pode querer?

De qualquer forma, muita sorte pra você e o Pequeno Lorde Fauntleroy — estou falando do Sr. Trent. E por favor, não se esqueça de me convidar para ir à casa do Cape... realmente é divina, pelo que vi no *Architectural Digest.*

XXXOOO

Dolly

Para: Mel Fuller <melissa.fuller@thenyjournal.com>
De: Vivica@sophisticate.com
Assunto: MAX

AI, MEU DEUS, MEL, ESTOU AQUI EM MILÃO PARA OS DESFILES DE PRIMAVERA E TODO MUNDO ME FALOU QUE O MAX ESTÁ NA CADEIA POR TENTAR MATAR A TIA DELE, E QUE VOCÊ É QUE O PÔS ATRÁS DAS GRADES!!!

MINHA NOSSA, VOCÊ É A MULHER MAIS CORAJOSA QUE EU JÁ CONHECI! TODAS AS MINHAS AMIGAS QUEREM SABER SE VAI PRENDER OS NAMORADOS CANALHAS DELAS TAMBÉM!!! TALVEZ POSSAMOS ABRIR UMA EMPRESA: VOCÊ PRENDE OS NAMORADOS CANALHAS, E EU ENSINO OS IMIGRANTES A SE VESTIREM!!!

BOM, DE QUALQUER MANEIRA, SÓ QUERIA TE AGRADECER POR AJUDAR A MANDAR O MAX PRA CADEIA, QUE É O LUGAR DELE, COM TODOS OS OUTROS SAFADOS QUE TÊM LÁ. ESTOU ESPECIALMENTE FELIZ PORQUE FIZ OUTRO AMIGUINHO AQUI EM MILÃO, O NOME DELE É PAOLO E ELE É DONO DE GALERIA DE ARTE, E MILIONÁRIO!!! NÃO ESTOU BRINCANDO!!! ESTÁ MUITO INTERESSADO EM VER MINHA COLEÇÃO DE GOLFINHOS

DE MADEIRA RÚSTICA!!! DIZ QUE NÃO TÊM ESSAS COISAS NA ITÁLIA E ACHA QUE POSSO FICAR RICA VENDENDO-OS AQUI. ISSO DEVE NOS DAR UM CAPITAL INICIAL PARA NOSSO NEGÓCIO JUNTAS, HEIN, MEL?

Uma das meninas acabou de me dizer que é considerada uma grande grosseria escrever em letras maiúsculas no e-mail. É verdade? Achou grosseria minha? Peço-lhe mil desculpas.

Bom, como eu estava dizendo, o Paolo vai me levar para jantar agora, então preciso ir. Não acho que vou comer lá grandes coisas por aqui. Você sabia que eles não têm Applebee's em Milão? Não tem, mesmo. Nem mesmo um Friday's. Lamentável. Mas tudo bem, até a volta!!!

Vivica

Para: Mel Fuller <melissa.fuller@thenyjournal.com>
De: Don e Beverly Fuller <DonBev@dnr.com>
Assunto: Estou com medo

Papai e eu não entendemos aquele último e-mail que você nos mandou. Como assim, não vai vir mais para cá? O papai já tirou todos os troféus de boliche dele do seu quarto. Você PRECISA voltar, Mel. Mabel Fleming está contando com você para a coluna de Artes e Entretenimento dela. Disse que se precisar fazer resenha de mais uma peça escolar ela vai...

Bom, sou muito educada para escrever uma palavra dessas aqui. Conhece a Mabel. Ela é sempre tão... exuberante.

Suponho que deva me alegrar por você vir para casa no Natal, pelo menos. Cinco dias é melhor que nada, imagino. Mas, Melissa, onde anda esse tal John que vai trazer aqui para passar a noite? Quero dizer, não pode esperar que o deixe ficar no seu quarto. O que a

Dolores diria? Sabe que ela consegue ver tudo que acontece na nossa casa pela janela do sótão. E não ache que ela não espia, aquela raposa velha...

Ele vai precisar ficar no quarto antigo de Robbie. Vou começar a tirar minhas coisas de costura de lá.

Estou feliz pelas notícias de sua vizinha, aliás. Ora, parece até um seriado tipo *Toque de um anjo*, ou aquele novo programa como é mesmo o nome? *Curas milagrosas*, uma coisa assim. Estou contente por saber que ela saiu do coma, está passando bem e vai sair do hospital a tempo de curtir o fim de ano, embora não consiga entender por que o sobrinho quis matá-la.

Estou lhe dizendo, Melissa, simplesmente não me agrada a idéia de você ficar morando nessa cidade grande. É perigoso demais! Sobrinhos assassinos e maníacos que usam vestido, homens que lhe dizem que têm um nome e quando acaba têm outro totalmente diferente...

Pensa só, se mudasse para cá, podia pagar uma casa de três quartos pelo preço que paga por um aluguel de conjugado. E sabe que seu ex-namorado, o Tommy Meadows, é corretor de imóveis agora. Tenho certeza de que ele podia arrumar um negócio da china.

Mas acho que se está feliz é o que importa.

Papai e eu mal podemos esperar para vê-la. Tem certeza de que não quer que nós a peguemos no aeroporto? Parece um desperdício você e o John alugarem um carro só para vir do aeroporto até Lansing...

Mas acho que vocês é que sabem, né?

Ligue antes de o avião partir, pelo menos, para sabermos a que horas chegarão. E lembre-se, não beba álcool durante o vôo: melhor ficar bem esperta caso o avião comece a perder altura e precise procurar uma saída de emergência.

Com carinho,
Mamãe

Para: John Trent <john.trent@thenychronicle.com>;
Mel Fuller <melissa fuller@thenyjournal.com>
De: Genevieve Randolph Trent <grtrent@trentcapital.com>
Assunto: O jantar de domingo

Convido-os para o jantar deste domingo em minha casa na Park Avenue número 366. Favor chegarem pontualmente às sete para o coquetel. Traje informal. Jason, Stacy, as gêmeas e a mais nova criança da família também comparecerão.

E devo acrescentar que estou muito feliz por estar enviando este convite à senhorita, Srta. Fuller. Tenho a sensação de que no futuro passaremos muito mais domingos juntos.

Stacy sugeriu que, agora que já pegaram o gostinho de escreverem juntos, vocês abram um jornal só de vocês. Devo dizer que achei a idéia de um mau gosto a toda prova. Já existem jornais demais nessa cidade, na minha opinião.

Mas sou apenas uma velha. O que eu sei?

Ansiosa para revê-los,

Mim

Para: Mel Fuller <melissa.fuller@thenyjournal.com>
De: John Trent <john.trent@thenychronicle.com>
Assunto: Oi

Que tal sair cedo do trabalho para passear comigo e com o Paco? Precisamos lhe fazer um pedido.

John

Para: John Trent <john.trent@thenychronicle.com>
De: Mel Fuller <melissa.fuller@thenyjournal.com>
Assunto: Não conseguiria me lembrar de nada melhor

para fazer do que isso.

E, a propósito, a resposta é sim.

Mel.

Este livro foi composto na tipologia *Stone Serif*, em corpo 9/13, e impresso em papel Offset 90g/m² no Sistema Cameron da Divisão Gráfica da Distribuidora Record.